Aucun homme ni dieu

Jacqueline Varchola

William
GIRALDI

Aucun homme ni dieu

ROMAN

Traduit de l'anglais (États-Unis)
par Mathilde Bach

Titre original :
HOLD THE DARK

Pour Aiden Xavier,
que le noir en toi demeure enfoui.

« Oh, incorrigible obstiné au mal,
mais disant le vrai. »

Gerard Manley Hopkins
(extrait de Le Naufrage du Deutschland,
traduction de René Gallet, Orphée, 1991)

« Nous redoutons le froid et les choses
que nous ne comprenons pas.
Mais, ce que nous redoutons plus que tout,
ce sont les actes des plus inconscients d'entre nous. »

Un esquimau shaman
à l'explorateur Knud Rasmussen

I

Les loups descendirent des collines et prirent les enfants de Keelut. Le premier enfant disparut alors qu'il tirait sa luge sur les hauteurs du village. La semaine suivante, une autre fut enlevée tandis qu'elle longeait les cabanes près de l'étang gelé. Et voilà qu'au milieu des volutes blanches de l'hiver, un troisième était arraché à leur village, celui-ci sur le seuil même de sa maison. Sans un bruit – nul cri, d'homme ou de loup, pour témoin.

Toutes les femmes étaient affolées, celles qui avaient perdu leurs enfants, inconsolables. La police arriva de la ville un après-midi. Ils griffonnèrent des lignes sur des blocs-notes. Semblèrent désireux d'aider, mais ne revinrent jamais. Hommes et femmes se mirent alors à patrouiller dans les collines, à la lisière du village, fusils à la main. Les aînés eux-mêmes escortèrent les enfants, pistolets au poing, jusqu'à l'école ou l'église. Mais il ne se trouva personne pour organiser une battue au-delà des vallées et aller chasser les loups.

Le fils de Medora Slone, six ans, fut le troisième enfant enlevé. Elle raconta aux autres villageois la soirée et la nuit qu'elle avait passées, arpentant les collines et la vallée jusqu'à l'aube rougeoyante, le fusil sur le dos et, noué à la cuisse, un cran d'arrêt de vingt-cinq centimètres. La vengeance qu'elle désirait avait le goût de l'acier. Les pistes des loups s'éparpillaient sous ses yeux, se mélangeaient, pour finalement disparaître dans les flocons qui voletaient telles des plumes dans le ciel. Plusieurs fois, elle tomba à genoux dans la neige, imaginant ses larmes transformées en balles de glace ricochant sur le givre et les rochers de la falaise.

Dans sa lettre à Russell Core, trois jours pile après qu'on lui eut pris son fils, elle écrivit qu'elle n'avait pas espéré le retrouver vivant. Son sang s'étalait en une traînée dentelée de l'arrière de leur porche jusqu'aux bois clairsemés qui s'étendaient dans les collines au-dessus. Mais elle avait besoin de son corps, ou au moins de ce qu'il en restait, même si ce n'étaient que des os. C'est pour cela qu'elle écrivait à Core, disait-elle. Elle avait besoin qu'il lui rapporte les os de son fils et peut-être aussi qu'il abatte le loup qui l'avait pris. Personne dans le village ne partirait chasser les loups.

« Mon mari doit revenir de la guerre très bientôt, lui écrivait-elle. Il faut que j'aie quelque chose à lui montrer. Je ne peux pas ne pas avoir les os de Bailey. Je ne peux pas ne rien avoir. »

Une chose l'avait frappé : cette lettre arrachée à la hâte à un carnet de notes n'avait pas été souillée par les larmes.

*

* *

Russell Core n'était pas le genre d'homme à se laisser facilement effrayer. Il s'était lancé comme écrivain de *nature writing*, et, cherchant un sujet, était parti vers le nord. C'est là que les loups gris le trouvèrent un automne, ils le surveillèrent pendant toute une semaine tandis qu'il campait et pêchait. Ils le suivirent le long de la rivière, ils voulaient quelque chose de lui, mais ce n'était pas sa mort, il en était sûr. Les loups voulaient une histoire, songea-t-il, une histoire cousue dans l'étoffe de la vérité, non dans celle du mythe, une histoire qui ne verse pas dans la terreur. L'hiver suivant, il prit la route de Yellowstone. Son deuxième livre était la chronique de cette année passée parmi les loups gris – un récit remontant aux confins à présent étrangers de sa jeunesse, si loin de lui que Core lui-même parvenait à peine à croire que cela avait réellement existé.

En guise de postface, il avait ajouté un texte relatant la seule attaque de loup jamais survenue dans le parc contre un humain. Une femelle grise s'était introduite sur un terrain de camping et avait enlevé un nourrisson pendant que ses parents, qui avaient bu trop de champagne, dormaient profondément. Il expliquait cet assassinat par le manque de nourriture, les troupeaux de caribous migrant tardivement à cause de l'hiver qui n'arrivait pas, et l'inconséquence des hommes envahissant le territoire des loups : routes, terrains de camping, moteurs mal huilés crachant leur pollution, autant d'insultes faites à la majesté d'antan. Même sa présence parmi eux était indigne. Il le ressentait quotidiennement. La mort de cette enfant n'avait rien de mystérieux, rien de mythologique. L'ordre des éléments. L'ordre de la faim.

Dans le froid mordant du lendemain matin, on l'avait appelé à l'aide – lui, l'écrivain de la nature qui avait vécu sous une tente au milieu du clan de cet assassin. Il ne pouvait pas refuser. Sa propre fille avait alors le même âge que celle qui avait été enlevée, et déjà son amour pour elle avait l'intensité de la perte. La culpabilité d'un père que le métier tient loin de son foyer. Lui et les autres, les rangers, les biologistes et les hommes en tenue de camouflage, traquèrent la louve sur vingt-cinq kilomètres à la ronde dans le Northern Range et à travers Lamar Valley. Il roulait à bord d'un quatre-quatre qu'on lui avait alloué, en contact radio permanent avec ces hélicoptères snipers qu'il haïssait. Il leur envoya de fausses informations pour qu'ils ne la trouvent pas. Puis il traversa la frontière du Montana, où, seul et écœuré, il la débusqua au milieu d'un ranch de bétail, et, à cinquante mètres de distance, l'abattit. Le fusil qu'ils lui avaient fourni n'avait pas de retour – rien à voir avec les armes qu'il pratiquait enfant, au champ de tir avec son père, avant que son père, lui-même, se retire de l'existence.

Ce matin-là, Core jugea sa balle à lui, terrienne, plus respectueuse que les balles volantes de ces dieux rangers désincarnés. Dans le viseur, il distinguait le museau blanc de la louve encore barbouillé de rose par les entrailles de l'enfant. Des lambeaux de pyjama jaune englués dans le sang séché violacé, juste au-dessus de ses naseaux. Ses yeux dorés. Ce n'était pas l'éclat rouge ou vert des illustrations d'épouvante, non c'était un doré terne, nimbé d'une dignité humaine perverse.

On ne s'est pas regardé vraiment, pensa Core, tant qu'on ne s'est pas regardé dans l'œil d'une bête. Cette mission était là pour éprouver sa dignité humaine, et il avait échoué.

Personne ne peut tromper les yeux d'un loup. Ils savent toujours. Et c'est ainsi que lui aussi connut vraiment sa louve. Il partit juste après l'avoir tuée. Tel était son livre. S'ouvrant sur un hommage, s'achevant sur une exécution. Celle de cette femelle grise qu'il avait étudiée pendant un an. À qui il avait donné le nom de sa fille.

Les légistes trouvèrent une bonne partie du corps de la fillette broyée dans le tube digestif. « Maudit assassin », dirent les parents de l'enfant morte à propos de l'animal qui leur avait pris leur enfant. « Maudit démon. » Et cependant

Core savait que ce n'était pas la vérité. Cette prédatrice, cette maraudeuse, cette voleuse nocturne, si elle avait osé causer ce trouble, ce n'était pas parce qu'elle le voulait, mais parce qu'elle le devait. Qui avait transgressé les règles ici ? Il s'était retenu de sermonner ces parents, il aurait voulu insister pour qu'on leur mette une amende pour avoir fait du camping sauvage dans une vallée sécurisée et laissé traîner leurs détritus en plastique près de leur tente, mais c'était impossible.

Puis, durant la décennie suivante, il ne put qu'assister à l'extinction des loups gris, décimés par les chasseurs. Ces lâches qui tiraient depuis leurs hélicoptères. Le souvenir de cette femelle adulte, des morceaux de tissus encore collés aux crocs, de la détente sur laquelle il avait appuyé lui procurait chaque fois un mouvement de recul. Il offrit son soutien à la réintroduction des loups de Yellowstone, rédigea des éditoriaux dans les journaux sur l'*hubris* des hommes, donna des conférences dans des symposiums universitaires devant des publics acquis à sa cause d'anciens élèves en tenues kaki, qui lui demandaient des autographes, repartaient avec son livre, avant d'oublier tout cela bien vite.

Dans sa lettre, Medora Slone écrivait ceci à propos du livre de Core : « Vous avez de la compassion pour cet animal. Arrêtez, s'il vous plaît. Venez et tuez-le pour m'aider moi. Les os de mon fils sont sous la neige. »

*
* *

Il avait la lettre de Medora Slone dans la poche de sa veste en jean quand il arriva à la maison de repos, un bâtiment d'un étage tout en longueur, qui avait autrefois été une école primaire, les salles de classe avaient été transformées en chambres mais les couloirs étaient restés tels quels. À chaque extrémité, il y avait une colonne de casiers et, contre les murs, des alarmes incendie rouges en forme d'assiettes, les mêmes que quand il était enfant. Sa femme, cette femme qu'il avait épousée trente-cinq ans plus tôt, était allongée là, elle n'avait pas bougé depuis treize mois, clouée par une attaque qui l'avait privée de la moitié de son cerveau et de sa lucidité. Debout devant elle, il la regardait en songeant que plus aucun homme ni dieu ne disposait du pouvoir dont elle avait besoin.

Il s'avança vers le lavabo et but au robinet. Dans le miroir, il vit la crinière blanche qui s'échappait de sa casquette et s'étalait sur ses épaules, ainsi qu'une collerette, blanche elle aussi, qui lui poussait sur les joues et surmontait un menton allongé. Impossible de situer le moment où il avait pris cet air d'hiver, cette gueule de loup. Depuis treize mois, sans doute. Plats réchauffés deux fois par jour. Le sommeil des malades, irrégulier et entrecoupé de longues heures de silence. Le vent d'hiver, visiteur hurleur, presque suave, car son cri rompait la nuit. L'ennui quotidien se muant en désespoir, et à nouveau en ennui. Soixante ans cette année et il savait bien qu'il en paraissait quatre-vingts. Incapable de rassembler la volonté nécessaire pour envisager même d'aller chez le coiffeur.

Combien d'autres portraits pourrait-il encore peindre de la louve qu'il avait assassinée ? Les murs de sa bibliothèque étaient déjà recouverts de ces tableaux. Toujours la même louve, manifestement. Toujours les mêmes lambeaux de tissu jaune collés à sa gueule sanglante. Mais la peindre ne la ramènerait pas à la vie. Et rien non plus ne le ramènerait à sa propre vie désormais.

Des milliers de livres s'alignaient dans sa bibliothèque, une vie entière de lectures. Chaque matin il se tenait dans ce lieu, au milieu de ces colonnes de livres, comme pris entre leurs parenthèses. Les effleurant, les feuilletant, humant les poèmes que leurs pages recelaient, mais sans plus jamais retrouver le désir de lire. Une strophe, un paragraphe ici et là, c'était tout ce dont il était capable. Ce bureau en pin, où il avait écrit ses livres, avait autrefois appartenu à son père. Le fauteuil en noisetier était un cadeau de sa femme quelque temps après leur mariage. Sur la cheminée de leur maison, un crucifix prenait la poussière et veillait sur les galoches et les gants, une parka et un capuchon accrochés à l'endroit exact où elle les avait accrochés l'hiver précédent. Sur le paillasson, le *Bienvenue* s'était effiloché en *venue*. Son atelier de peinture dans le grenier, toujours si bien rangé, n'était plus qu'un vaste chaos de toiles et de tubes de gouache, pinceaux et chevalets, vieux chiffons abandonnés. La machine à laver était tombée en panne l'hiver précédent, il n'avait rien fait pour y remédier.

Sous le drap en coton, il chercha du bout des doigts le pied de sa femme, et le serra dans un geste d'au revoir incertain. Il pensa à sa fille, cette étrangère, à plusieurs États de lui, dans sa ville d'Anchorage, professeur d'histoire à l'université, à ce qu'elle dirait quand elle le verrait débarquer à l'improviste. Il ramassa son balluchon et partit. Dans le couloir, une employée en pull rouge lui souhaita un joyeux Noël en lui tendant un sucre d'orge cassé au niveau de l'arrondi. Russell Core regarda la date sur sa montre : Noël n'était que dans un mois. Il n'avait pas vu passer Thanksgiving la semaine précédente. Sur le parking de la maison de repos, dans la lumière triste de l'après-midi, le taxi blanc qui l'avait déposé l'attendait, moteur allumé.

*

* *

À l'extérieur de la ville désertée, un vent furieux fouettait le sable. Des rafales opaques, jaune moutarde, balayaient un soleil duveteux, évoquant des nuées d'insectes regroupés en essaims. Leur véhicule, lancé à tombeau ouvert derrière un pick-up rouge de rouille et bourré à craquer d'hommes, soulevait des colonnes de poussière couleur fauve. Perché sur son calibre .50, Vernon Slone entendait le cliquetis du sable qui saupoudrait son masque. Si tard dans l'après-midi, et le thermomètre était toujours bloqué sur 40 degrés.

Chez lui il neigeait – un hiver qu'il ne verrait pas. Dans son dos, la ville couvait. S'il se retournait, il apercevrait la fumée et les flammes de cette cité devenue Gomorrhe sous leur feu. Mais droit devant, ce n'était que tourbillons de sable et volutes de poussière sous les roues du pick-up qui les précédait de cinquante mètres. À présent plus personne ne tirait. Plus personne n'avait de visibilité. De temps à autre cependant, entre deux rafales de sable, Slone arrivait à viser le hayon arrière du camion.

Il vit le pick-up verser dans le fossé et faire quatre tonneaux dans un silence opaque, au milieu de la tempête de sable et de poussière. Il avait déjà vu des pick-up ou des autoneiges se retourner de cette manière dans la poudreuse : sans un bruit. Les hommes – à quelle faction appartenaient-ils ? De quelle région venaient-ils ? – furent éjectés de l'arrière du camion comme de vulgaires sacs de feuilles. Après une dernière glissade, le camion vint s'écraser sur eux. Certains sortirent en boitant de l'épave de ferraille et se mirent à tirer sur le véhicule de Slone. Le plomb tambourina contre la carcasse blindée.

Lorsque les balles du calibre .50 les atteignirent, eux, elles déchiquetèrent des membres ou bien laissèrent derrière elles des trous bleu foncé de la taille d'une prune. Il tira sur ceux qui s'étaient relevés et arpentaient le sable imbibé d'essence, il tira sur ceux qui s'entassaient encore dans la cabine écrabouillée du camion. Leur sang giclait dans le vent en mèches orange et rouge. Étrange comme le sang brille d'un éclat orange sur un ciel de désert, cette lumière terne et monotone, constante.

Le pick-up prit feu, mais n'explosa pas. Ils le laissèrent cramer pendant quinze ou vingt minutes pour finir par s'approcher avec des extincteurs.

À l'intérieur, il y avait un garçon de l'âge de Bailey. Ce que les flammes avaient épargné de sa peau était couleur caramel. Ni tee-shirt, ni chaussures, ses pieds si brûlés qu'ils semblaient comme fondus et remoulés – des pieds sculptés dans de la cire de bougie. Il avait des fragments de pierre fichés dans le cou et le menton comme des piercings, la jugulaire déchirée par un tesson de verre, et un filet de sang coulant du cou jusqu'aux rotules. Slone plongea le regard dans les yeux gris vitreux de l'homme qui se tenait à ses côtés – un homme dont le nom si simple, Phil, semblait en totale contradiction avec la noirceur que Slone savait cachée en lui.

Qui donne les ordres ici ? De quel jeu de massacre sommes-nous les pions ? Assis sur le capot de leur véhicule, ils fumaient. Vernon Slone regardait les autres fouiller les poches et les sacs. Certains prenaient des photos du chaos, se les montraient et riaient. Phil descendit, se pencha et préleva au couteau les yeux et les langues des morts – pour les garder en souvenir.

*

* *

Russell Core atterrit en Alaska dans les premiers crépitements du crépuscule. Il avait dormi pendant tout le vol, sombrant dans les tréfonds brumeux de rêves où lui apparaissaient les traits brouillés de sa femme et sa fille, et de quelqu'un d'autre encore, caché dans l'ombre, quelqu'un qu'il soupçonnait d'être sa mère. À l'aéroport, il demanda le chemin du bureau de location de voitures à un homme qui lui indiqua la direction sans un mot – le panneau où le nom de la compagnie était écrit en gros sur une flèche jaune se trouvait juste sous son nez. Il s'arrêta devant un présentoir de magazines : des visages fardés et souriants plein les couvertures, aucun qu'il reconnût. Des journaux locaux avec le bulletin météo. Il acheta un bâton de sucre d'orge.

Il loua un véhicule à quatre roues motrices pour aller jusqu'au village de Keelut, à quelque cent cinquante kilomètres de là dans les terres. Il y avait un GPS ventousé au tableau de bord, mais il n'en avait jamais utilisé auparavant, et l'employé de la compagnie de location lui dit que, de toute façon, l'endroit où il se rendait n'avait aucune chance d'être répertorié par le GPS. Il fournit une carte routière à Core, « l'une des plus précises », dit-il, et, au marqueur rouge, traça l'itinéraire de Core depuis l'aéroport jusqu'à Keelut. Ce qui ne l'empêcha pas de se retrouver perdu aussitôt sorti de l'aéroport, engagé sur une route qui le conduisait droit dans le centre de cette ville bizarre. Des gratte-ciel voisinaient avec des bungalows qui leur arrivaient à peine à la cheville, des hydravions étaient garés dans les allées, il vit même, entassée devant un magasin d'informatique, une réserve de bois cordé. Des vagabonds crasseux rôdaient avec leur sac sur le dos, croisant des costards-cravates impeccables, suspendus à leur portable.

Lorsqu'il trouva la bonne route, la ville s'évanouit dans son dos. Derrière les lueurs vertes du tableau de bord, le paysage de décembre plongeait dans le noir. Anciennes et nouvelles neiges s'amoncelaient des deux côtés de la route, formant deux berges arrondies. Au-dessus de sa tête, des pointillés clignotaient dans le ciel en rouge et blanc, trahissant le passage d'avions, ou bien étaient-ce des vaisseaux spatiaux ? Il envisagea la possibilité d'une rencontre avec une soucoupe volante. À son bord, des monstres d'acier venus d'un royaume fort lointain pour lui poser des questions auxquelles il ne saurait pas répondre. Au bout d'une demi-heure de conduite attentive, il vit la neige tomber à gros flocons dans les deux cônes de lumière que ses phares découpaient dans la nuit. Que dirait-il à Medora Slone au sujet du loup qui avait pris son enfant ? Que la faim n'a rien d'une énigme ? Que la vengeance n'est pas prévue dans l'ordre de la nature ?

Il n'avait vu sa fille qu'une fois durant ces trois dernières années, lorsqu'elle était rentrée à la maison juste après l'attaque de sa mère. Trois années rampantes. La vie n'était pas courte, non, les gens se trompaient. Juste avant sa naissance, il avait arrêté le whisky et les cigarettes. Il voulait être en bonne santé pour elle et il savait que les dix ans qu'il avait déjà perdus dans la boisson et le tabac étaient dix ans de trop. À présent, il savait que ces dix ans étaient de toute façon des années inutiles, la décennie argentée de la vie, perspective autrefois ouverte qui s'était rétrécie pour finir par entrer dans un trou de serrure. Ce matin-là, il prit la résolution de se remettre au whisky et à la cigarette, et regretta même de ne pas avoir pensé à en acheter à l'aéroport.

D'autoroutes en routes, de routes en pistes, de villes en grands espaces, les lumières des hommes se faisaient de plus en plus rares. Il perdit une heure dans la direction opposée, à s'enfoncer dans la noirceur épaisse d'une forêt qui semblait vouloir l'avaler. Jusqu'à ce qu'un camionneur à une station-service lui donne une meilleure carte et lui indique le chemin, quoiqu'il n'en fût pas absolument certain, dit-il. Il avait un aigle noir tatoué au-dessus de l'œil.

— Je cherche juste les routes les plus faciles, dit Core.

Le camionneur répliqua :

— Des routes ? À cet endroit, il n'y a pas de routes.

Puis il partit d'un rire et, derrière sa barbe noire et emmêlée, sa bouche s'ouvrit sur seulement trois dents. Core ne comprenait pas ce qu'il voulait dire.

Quelques heures plus tard, il atteignit un col en terre battue dépourvu de panneau ou de nom. C'était le col de Keelut, qui grimpait dans un virage à droite là où les collines commençaient à s'escarper à l'aplomb de la route, juste après une baraque pourrie que le camionneur lui avait dit de guetter. Il passa sur quatre roues motrices pour franchir le col jusqu'au village. Les cabanes étaient peu nombreuses, rangées sur deux lignes bien distinctes. La plupart d'entre elles n'avaient qu'une seule pièce de plain-pied. Quelques-unes comportaient un étage et un toit en pente raide hérissé d'antennes radio qui grésillaient dans le froid. Les collines surgissaient tout autour, protectrices, ou bien juste prêtes à se refermer comme un étau sur le village.

Il se gara et avança en zigzaguant, les jambes enfoncées dans la neige jusqu'aux tibias. Couchés au bout de leur laisse le long des cabanes, des chiens de traîneaux, des huskies aux reflets gris-blanc et cannelle brillant à la lueur de la lune, se blottissaient les uns contre les autres, harnachés, sur un lit de neige, parsemé de taches roses et d'os, reliefs de leur dîner. Des chiens robustes, presque des loups, indifférents au froid, imperturbables dans le gel. Il fut surpris d'apercevoir une enfant debout toute seule dans la nuit. Il regarda ailleurs, il n'était plus sûr qu'elle fût bien réelle, puis il lui demanda son chemin jusqu'à la cabane des Slone. L'enfant, en partie yup'ik, avait un visage en forme de cœur aussi adorable qu'elle était froide et revêche. Elle pointa du doigt la cabane, fit volte-face et s'enfuit derrière un sapin chargé de neige tapi dans les ombres de la nuit. Il la regarda disparaître entre les branches, en se demandant où elle pouvait bien aller par une nuit si froide. Comment se faisait-il qu'elle n'ait pas peur des loups, peur d'être enlevée comme les autres avant elle ?

Le reflet de la lune sur la neige avait un effet trompe-l'œil, la lumière semblait émaner de la neige elle-même. À sa gauche, une silhouette se découpait sur le bleu presque fluo du ciel, celle d'un totem tenant le mauvais œil à la lisière du village – il faisait six mètres de haut et arborait les figures multicolores d'ours, de loups, de créatures humanoïdes dont il ignorait les noms, et, en son sommet, une chouette monstrueuse aux ailes déployées et au bec gigantesque. Il se retourna et contempla l'allée centrale du village – ce n'était pas une rue, c'était un chemin de terre creusé à la pelle entre deux bancs de cabanes, avec, à son extrémité, ce qui ressemblait à une place du village surmontée d'un édifice circulaire en pierre, à présent à moitié enfoui sous des monticules de neige. À sa droite, inutile en cette saison, s'élevait un château d'eau en bois pourvu d'une base en briques rouges. Et derrière, un groupe électrogène vrombissant alimentait l'endroit en électricité. Dans la lueur orange des fenêtres, il distinguait les visages ronds qui l'observaient de l'intérieur des cabanes. L'air était devenu si froid qu'il parvenait à peine à respirer.

Il continua jusqu'à la cabane des Slone. Des bois de caribou se dressaient au-dessus de la porte – en guise de bienvenue, ou d'avertissement, il n'aurait pas su dire.

*

* *

Medora Slone tenait le thé tout prêt quand il finit par entrer. Il fut surpris par sa blondeur juvénile. Il s'attendait à une créature sombre parée de deuil, les cheveux noirs en pagaille. Son visage semblait étranger, comme déplacé dans ce lieu. Elle avait la pâleur lisse et bien portante d'une adolescente entre deux parties de softball, elle n'avait rien d'une femme qui a un fils mort et un mari au front. Ses yeux aussi étaient clairs. Lorsqu'elle se penchait, sous un certain angle, à la lueur de la lampe, ils luisaient de l'éclat sec du maïs, un éclat presque doré.

Sa cabane, en bordure du village, était l'une des mieux bâties. Deux pièces, des cloisons bien étanches, la mousse se glissant entre les rondins de bois. Dans un coin resserré, une cuisine sommaire, et derrière la porte au fond de la pièce, un stère de bois, flanqué d'un côté d'une cheminée avec un foyer en granit, de l'autre d'un poêle en fonte. Près du poêle, il y avait également un seau rempli de petit bois, et, suspendue à un clou fiché dans une bûche, une radio. Le bras levé, il pouvait toucher le plafond du bout du doigt. Bien sûr, car une pièce basse de plafond est plus facile à chauffer. Pour se protéger du froid, des panneaux de plastique, agrafés ou fixés avec du ruban adhésif spécial, recouvraient les fenêtres. Dans le seau à parapluie, un fusil, et, dans un autre coin, une mini-carabine. Accrochés au-dessus de l'âtre, un pistolet-arbalète et son carquois de flèches. Entre deux coussins, presque enfoncé dans le canapé, les pages froissées et cornées, la couverture déchirée, il distingua son livre sur les loups. Il demanda à utiliser les toilettes et ignora son reflet dans la glace.

Assis l'un en face de l'autre – elle sur un canapé dont les coussins étaient usés jusqu'à la corde, lui profondément enfoncé dans un fauteuil –, ils buvaient leur thé dans un silence harassé. Elle lui proposa les plats que les autres villageois avaient préparés pour elle depuis la disparition de son fils – du bouillon de caribou, du pain frit, du ragoût d'élan, de l'orge, une tarte à base de pêches au sirop. Mais pour l'instant il n'avait pas faim. Le thé lui réchauffait les membres, un charbon ardent ou bien encore une ruche rougeoyante bouillonnait en lui tel un magma. Il roula les manches de sa chemise à carreaux. Les auréoles laissées par les tasses maculaient l'accoudoir en pin du fauteuil – on aurait dit des anneaux olympiques brunâtres et tordus.

— *Canis lupus*, dit-elle.

— Oui, m'dame.

— Le prédateur des sommets. Elle posa son livre sur la table basse entre eux. Survivant de l'ère glaciaire de la fin du pléistocène. Qu'est-ce que ça veut dire ?

— Ça veut dire qu'ils sont là depuis très longtemps et savent beaucoup mieux chasser que nous.

— Ça a l'air de vous faire… plaisir.

— Je suis désolée pour votre fils, madame Slone.

— Donc vous êtes venu pour le tuer, n'est-ce pas ? Pour tuer cet animal qui l'a enlevé ?

Il la regarda, mais ne lui répondit pas.

— Et vous êtes venu pourquoi alors ? J'ai été un peu surprise que vous répondiez à ma lettre.

Le même silence écrasant que dans sa maison.

— Je suis venu pour aider, si je peux, dit-il. Pour expliquer, si je peux.

— L'explication c'est que nous sommes maudits. Et pour nous aider, il n'y a qu'une seule chose à faire : le tuer.

— Vous savez, m'dame, je ne suis qu'un écrivain.

— Vous avez déjà chassé et tué l'un d'entre eux. Je l'ai lu dans votre livre.

— Où avez-vous trouvé le livre ?

— C'est lui qui m'a trouvée. Je ne sais pas. Un jour il était là, c'est tout.

Elle balaya la pièce du regard, cherchant un signe, cherchant un souvenir.

— Vous avez parlé de récupérer les os du petit, mais…

— Oui, dit-elle. Je me disais que ses os apparaîtraient à la fonte.

— À la fonte ?

— Vous savez, au printemps. Après le dégel.

Il ne la détrompa pas. Les bottes jaunes du petit étaient debout sur le paillasson comme deux sentinelles, sa doudoune bleu marine accrochée à une patère, mais il n'y avait aucune photo encadrée sur la cheminée renvoyant à Core un sourire incomplet de dents de lait, ni camion ou pistolet en plastique traînant sur le tapis. S'il n'y avait pas eu ce manteau et ces bottes, cette femme devant lui n'aurait été qu'une histoire de plus au milieu de la horde de celles qu'il avait déjà entendues. À soixante ans, désormais, il était presque sûr de les connaître toutes. Ce matin-là, à l'aéroport, assis près d'une fenêtre en plein soleil, dans la lumière crue et dure du printemps, il avait essayé de se remémorer les visages de ses parents, en vain.

— Je l'aurais tué moi-même, dit-elle, si j'avais réussi à mettre la main dessus. J'ai essayé. J'ai essayé de le faire moi-même.

— Non, leur territoire s'étend probablement sur plus de deux cents kilomètres carrés. Heureusement que vous ne l'avez pas trouvé. C'est sans doute une meute de huit ou dix membres. Pas plus de douze, je suppose. Mettez la main dessus et vous le regretterez.

— Est-ce que je peux vous poser une question personnelle, monsieur Core ?

Il hocha la tête.

— Est-ce que vous avez un enfant ?

— Oui, une fille, mais c'est une adulte à présent. Elle vit à Anchorage, elle enseigne à l'université. J'irai la voir quand je partirai d'ici.

— Enseignante comme son père.

— Je n'enseigne pas. J'aurais peut-être pu, mais... Elle est douée, d'après ce que je sais. Elle voulait vivre en Alaska.

— Cette ville, ce n'est pas l'Alaska. Où vous vous trouvez en ce moment, c'est là que commence l'Alaska. Nous sommes à la lisière des terres ici.

Il ne dit rien.

— Monsieur Core, avez-vous la moindre idée de ce qu'il y a derrière ces fenêtres ? De la profondeur de ces terres ? De leur noirceur ? De la manière dont ce noir s'insinue en vous ? Écoutez-moi bien, monsieur Core, ici vous n'êtes pas sur Terre.

Son regard s'arrêta sur la fumée qui s'élevait de sa tasse, puis elle marqua une pause, comme si elle allait boire.

— Aucun d'entre nous n'a jamais mis les pieds sur Terre.

Il l'observa qui buvait son thé.

— J'ai déjà ressenti ça dans certains endroits par le passé.

— Dans certains endroits, vous dites. Ce que vous ressentirez ici, vous ne l'aurez jamais ressenti ailleurs.

Il s'attendait à ce qu'elle développe.

Elle s'en tint là.

— Mais c'est chez vous, finit-il par dire.

— Je ne suis pas née ici. On m'a amenée ici quand j'étais enfant, alors je ne suis pas d'ici.

— Amenée d'où ?

— Je ne m'en souviens pas. On ne me l'a jamais dit, et je n'ai jamais demandé. Mais je sais qu'ici c'est différent.

Elle lui apparut, nue dans la neige, son corps debout, presque translucide, la vision ne dura que le temps d'un battement de cils.

— Oui, m'dame, dit-il.

Ses yeux parcoururent la pièce, affolés, anxieux et impatients. Elle attrapa son livre sur la table et fit voler les pages.

— Je ne comprends pas ce qu'ils font ici, lâcha-t-elle.

— Qui ?

— Les loups.

— Ils sont là depuis un demi-milliard d'années, madame Slone. Ils ont franchi le détroit de Béring à pied pour venir ici. C'est leur terre.

C'est leur terre. Et Core savait aussi qu'ils avaient contribué à dominer ce continent, et ce, quatre siècles plus tôt. C'est en observant les loups que les chasseurs inuit avaient appris à encercler les caribous. L'homme chasseur avait trouvé son maître en un autre chasseur. Les fermiers, eux, voulaient s'en débarrasser. Certains d'entre eux les jetaient au feu encore vifs et dansaient devant le bûcher. *L'homme et le loup sont si semblables que nous les confondons.* Lupus est homo homini. *Cette terre recèle des horreurs que la majorité d'entre nous ne remarque même pas. L'aconit-tue-loup, champignon mortel. Où l'homme est la ciguë, le poison dans le loup.* Core ne dit rien.

— Je ne comprends pas ce qu'ils font ici, et elle esquissa un geste vague devant elle, vers le tapis, là où sans doute son fils avait assemblé les pièces d'un puzzle du système solaire. Ou bien encore dessiné le portrait du monstre qui justement viendrait un jour l'enlever, les bonshommes bâtons représentant sa mère et son père, spectateurs impuissants de son rapt.

— Pourquoi cela m'arrive-t-il à moi, monsieur Core ? Pourquoi le mythe est-il devenu vérité juste sous mon toit ?

— Ce sont des loups affamés, madame Slone. Ce n'est pas un mythe. Juste la faim. Aucune malédiction. Les loups enlèvent les enfants quand ils en ont besoin. Ce n'est que de la biologie. L'ordre de la nature.

Il avait envie de dire : *Tous les mythes sont vrais. Ils sont la seule vérité dont nous disposons.*

Elle partit ensuite d'un rire, le visage baigné de larmes, elle rit entre ses mains. Il remarqua ses ongles rongés au sang. Il savait que c'était de lui qu'elle riait, de l'incommensurable mission qu'il était venu accomplir auprès d'elle.

— Je suis désolé, dit-il en baissant les yeux sur ses bottes. Je ne sais pas pourquoi c'est à vous que ça arrive, madame Slone.

Il ne connaissait aucun réconfort à un tel malheur. L'absurdité de sa présence ici lui faisait monter le rouge aux joues.

Le silence, encore. Puis :

— Est-ce que votre mari est au courant ?

Elle sembla comme saisie par ce mot, elle n'était pas encore prête à penser à son mari.

— Les hommes d'ici étaient censés l'appeler là-bas, appeler d'autres hommes qui pourraient le prévenir. Mais j'ai dit que je le ferais, que c'était à moi de le faire. Je ne l'ai jamais fait, cependant. Je ne peux pas le lui dire tant qu'il est là-bas. Il s'en rendra compte tout seul.

Elle s'interrompit et considéra ses ongles rongés.

— Il verra ce qui s'est passé. Ce que nous avons fait. Ce qu'aucun d'entre nous n'a réussi à arrêter.

— Ils sont affamés et désespérés, dit-il. Ils ne s'éloignent pas des limites de leur territoire, à moins d'être désespérés. Ils évitent tout contact avec les humains tant qu'ils le peuvent. Tant que nous les laissons tranquilles. Les loups qui sont venus jusqu'à ce village étaient forcément enragés. Seul un loup enragé ou affamé commet de tels actes.

Il posa son regard derrière elle, cherchant ses mots, en vain.

— Les caribous ont dû migrer plus tôt, dit-il. Pour une raison ou pour une autre.

Il aurait pu continuer ainsi pendant un long moment. Lui expliquer que l'organisation sociale des loups était si sophistiquée qu'en comparaison n'importe quelle ville américaine semblait arriérée. Que les premières tribus humaines étaient tout à fait identiques aux meutes. Que les besoins annuels en viande d'un loup gris peuvent atteindre deux tonnes, que lorsque la faim se fait trop féroce, ils en deviennent cannibales, se tuent entre eux. Il avait assisté à cela dans la nature. Alors, un garçon de six ans fondait littéralement sous les crocs d'un mâle adulte, comme du papier mâché. Le loup commençait par tuer en mordant à la gorge, puis repoussait les vêtements pour découvrir le ventre, dégageant les os du bout du museau pour manger les organes qui l'intéressaient.

— Si je puis me permettre, reprit-il, pourquoi, après ce qui s'est passé, n'y a-t-il personne ici pour partir à la chasse aux loups ?

— Ils ont peur. Et ceux qui n'ont pas peur ont trop de respect. Ils respectent cette créature. Ils pensent sans doute que nous le méritons, que nous méritons ce qui s'est passé ici.

— Je ne comprends pas, madame Slone.

— Si vous restez ici assez longtemps, vous comprendrez peut-être. Vous voulez encore du thé ?

Il fit signe que non. Son thé était terminé et il commençait à sentir les ombres du sommeil peser sur ses épaules. Quelque part dans le village, un attelage de chiens de traîneau se mit à aboyer dans le noir, hurlant après les constellations qui traversaient le globe de la nuit tout autour d'eux. Il tourna la tête, dans le même mouvement que Medora Slone, pour regarder à travers la fenêtre calfeutrée. Où étaient les chiens de traîneaux quand les loups sont venus ? Il se souvint d'un proverbe russe : *N'appelle pas les chiens pour te défendre contre les loups.*

Il se remémora une histoire qu'il avait entendue et dont il n'avait jamais su dire si c'était une parabole ou si c'était réellement arrivé, il la lui raconta : « En Russie, pendant la Seconde Guerre mondiale, il y eut une pénurie alimentaire. Ni viande, ni blé. Les combats avaient laissé la terre en friche. Les loups se livrèrent à des saccages dans les villages, déchiquetant tout ce qui se présentait. Comme s'ils étaient eux-mêmes l'envahisseur. Ils tuèrent des centaines de personnes cet hiver-là, et pas uniquement des femmes et des enfants. Les vieux un peu ivres, les boiteux, les paralysés, tout ce qui était trop faible pour se défendre. Les chiens même. Il ne restait plus personne pour chasser les loups. Tous les hommes valides étaient encore au front ou déjà morts. Pour une raison inexplicable, les loups avaient perçu ce déséquilibre des forces, alors ils étaient venus, laissant derrière eux des scènes de carnage presque aussi terribles que les bombardements. Les médecins dirent qu'ils avaient la rage, mais les villageois étaient persuadés qu'ils étaient possédés par quelque démon assoiffé de vengeance. Leurs hurlements, racontaient-ils, semblaient ceux de démons ulcérés. La vengeance, pensèrent les anciens. Le désir de revanche, venu du passé, peut-être, je ne sais pas. »

Elle le fixait – déconcertée. Vexée.

— Ce que je veux dire, c'est que vous n'êtes pas seule.

— Si, je le suis. Ce qui est fait est fait, n'est-ce pas ? Regardez ce dont nous sommes capables, monsieur Core, regardez, ordonna-t-elle en brandissant sa main sous ses yeux.

Mais il ne comprenait pas de quoi et avait trop peur pour demander.

Elle baissa la main et dit :

— Venez, je vais vous montrer où les enfants ont été enlevés. Est-ce que ce sont vos bottes ?

Il regarda ses pieds.

— Ce sont mes bottes.

— Vous allez avoir besoin de meilleures bottes.

*

* *

L'impassible village demeurait figé dans la neige et le silence ; au-delà des collines s'étalait une étendue sans fin, où résonnait l'écho obscur de l'esprit du froid. Des carrés jaune orangé se découpaient, incandescents, sous les charpentes en bois, derrière les murs en rondins ; les cheminées en pierre exhalaient leur fumée dans le ciel. Suspendu au crochet d'une cabane, un filet de pêche se balançait avec deux saumons argentés à l'intérieur. Core remarqua des attelages renversés au sol avec leurs traîneaux, des canoës et des barques en aluminium, des tas de bois à découvert, des pick-up aux pneus chaînés. Le long de certaines cabanes, il y avait des niches en contreplaqué pour les chiens de traîneau. Des containers de deux cents litres, sans étiquette, brunis par la rouille, la plupart avec les couvercles arrachés. Pelles, tronçonneuses, autoneiges, lampes à gaz cabossées et cassées. Foret à essence pour percer le lac gelé. Une bâche bleue accrochée autour du moteur d'un camion par les chevalets de sciage. Des véhicules immobilisés, surpris par la neige. L'église, une bâtisse à nu, en forme de A, juste à côté de l'école. Et tout autour, ces collines et les hurlements qu'elles étouffaient.

Il était pourtant allé très loin dans les profondeurs du Montana, du Minnesota, du Wyoming, du Saskatchewan, mais il ne parvenait pas à se souvenir d'un seul autre lieu aussi étranger, aussi inconnu que celui-ci. Une colonie à la frontière de la Nature, à la fois familière du monde sauvage, et lui résistant.

— C'est un bel endroit, dit-il en laissant échapper ses mots dans un nuage d'haleine. C'était un mensonge, et il savait qu'elle l'avait entendu.

Elle se tourna vers lui.

— Vous ne comprenez pas.

— Qu'est-ce que je ne comprends pas, madame Slone ?

Elle n'était pas crispée par le froid, elle ne semblait même pas le sentir fouetter son visage et ses mains nus.

— Il n'y a pas que notre monde qui est sauvage, nous le sommes aussi à l'intérieur, dit-elle. Tout ce qui nous entoure l'est.

Elle pointa le doigt au-delà des collines, désignant un espace plus vaste que ce que leurs regards pouvaient embrasser.

— Vous êtes heureuse, ici ?

— Heureuse ? Ce n'est pas une question que je me pose. Je vois ces photos dans les magazines, des photos de vacances dans les îles, l'eau turquoise et le sable, les filles qui dansent dans des maillots de bain, pour moi c'est très surprenant. Ce genre de lieu me semble si étrange. Il y a une source chaude, pas si loin d'ici, à trois heures de marche, c'est un endroit qui compte pour moi, caché tout au fond de la vallée. C'est le plus près que je me sois approchée de la chaleur et de l'eau.

— Je ne serais pas contre une source chaude en ce moment, dit-il.

— C'est la meilleure façon de se laver, dit-elle, et il ne lui demanda pas ce qu'elle entendait par là.

— Je suis venu vous aider, si je le peux, madame Slone. Rien de ce que vous me racontez n'est nouveau pour moi.

Elle ne le regardait pas.

— Monsieur Core, mon mari m'a laissée ici avec un enfant malade.

— Vous vous êtes rencontrés dans ce village ?

— Nous ne nous sommes jamais rencontrés. Je l'ai toujours connu. Ma vie entière. Avant même d'exister. Je n'ai pas un seul souvenir où il ne soit pas présent. Et il m'a laissée ici.

— À cause de la guerre.

— J'ai entendu à la radio que ce n'était pas une vraie guerre. Quelqu'un a dit ça.

— C'est tout ce qu'il y a de plus vrai, madame Slone. Des gens meurent de vraies morts. Dans les deux camps.

— Il avait dit qu'il ne me quitterait jamais. C'est ce que les hommes disent. On ne peut pas jeter des mots comme ça, vidés de leur sens, comme des ordures. Le mensonge appelle le châtiment.

— Et, cependant, j'ai parfois constaté que la vie vient contredire nos paroles. Ou changer leur sens.

Elle lui tourna le dos et continua son chemin. Il suivit. Devant un taillis de bouleaux, un homme yup'ik et son fils, tous deux armés, traînaient un petit élan maigrelet, à peine de quoi nourrir une famille à dîner. Medora Slone et Core les regardèrent tirer le cadavre dans la neige jusqu'à leur cabane derrière le taillis.

Puis ils reprirent leur marche, silencieux.

— Voilà l'étang où le premier a été enlevé.

Elle le lui montra du doigt.

Il essuya ses narines humides du revers de son gant.

— Vous n'avez pas emporté de vêtements plus chauds ?

— Je ne m'attendais pas à ce genre de froid.

— Il ne fait même pas encore froid, monsieur Core. J'ai des vêtements plus chauds pour vous. Et les grosses bottes de Vernon.

— Vous avez dit tout à l'heure que votre fils était malade.

— Ce n'était pas le bon.

— Pardon ?

— Il a cessé d'aller à l'école après le départ de son père.

— Ça n'a rien d'anormal, à mon avis. Les enfants n'aiment pas l'école au début. Ma fille est passée par là elle aussi.

Sa fille était adulte bien sûr, et vivante aussi, avec derrière elle toute une vie de bonne élève. Il aurait voulu mettre son manque de prévenance, sa maladresse, sur le compte de l'épuisement, de ce froid impie.

— Je suis désolé, je voulais juste dire…

— Arrêtez de vous excuser.

De nouveau, elle pointa le doigt devant elle.

— Le loup est descendu de cette déclivité dans la montagne, à l'autre extrémité de l'étang. J'ai retrouvé ses traces. Je les ai suivies. Et notre fils n'avait rien de normal.

Il aperçut au bord de l'étang un rectangle couvert de neige, l'embarcadère, supposa-t-il. En été, les enfants plongeaient de cette plate-forme, mais à présent imaginer seulement le bruit de leurs éclaboussures était impossible. Le spectacle de ce village repoussait la moindre image d'été ou de soleil. Il tentait de débusquer les sources probables de chaleur, de renouveau, de croissance que recelait cette terre, en vain.

— Le deuxième a été enlevé ici. La fille, dit-elle, tandis qu'ils contournaient l'étang derrière une rangée de cabanes jusqu'à l'endroit où les premières collines s'ouvraient en une alcôve de glace. Les enfants font de la luge ici, ils dévalent cette colline là-bas.

Un souvenir remonta à la surface : *Écoutez donc, enfants, cette alarme pour vous ; Des tours insidieux des loups, méfiez-vous*[1].

---

1. *Take warning hence, ye children fair ; of wolves insidious arts beware.* Dans *The Portfolio*, par Joseph Dennie et John Elihu Hall, auteurs américains classiques du XIXe siècle.

— Bailey aussi ?

— Bailey ne faisait pas de luge.

Elle s'interrompit et posa la main sur son ventre, comme s'il renfermait quelque souvenir que sa main pouvait sentir.

— Ce n'était pas le bon, ajouta-t-elle.

— Je ne suis pas sûr de comprendre ce que vous voulez dire par là, m'dame.

— Il ne faisait pas de luge.

Debout devant l'alcôve, leurs regards intenses se perdaient dans le vide ; il essayait d'imaginer le loup chargeant dans la pente. Le visage terrorisé et la surprise de l'enfant. Une rafale souffla sur leur gauche, soulevant des nuages de neige qui vinrent plaquer leurs vêtements contre leurs corps. Medora Slone évoluait dans le vent et la neige comme d'autres avancent dans le soleil.

— Qu'est-ce que ça vous a fait de tuer cette louve ?

— J'étais venu pour les étudier.

— Et vous croyez vraiment ce que vous avez écrit ? Qu'un loup qui enlève un enfant, c'est l'ordre de la nature ici-bas ?

D'un geste, elle balaya les collines et la terre au-delà.

— Oui, je le crois, madame Slone.

— Qu'est-ce que ça vous a fait de la tuer ?

— Je n'avais pas vraiment le choix ce jour-là. Ça m'a semblé injuste.

— Mais pas si exceptionnel ?

— Très exceptionnel, reprit-il. Ils ne sont pas ce que vous croyez, madame Slone. Ce qui est arrivé ici n'arrive jamais.

Elle le dévisagea – ses orbites semblaient figées dans la glace.

— Ce qui est arrivé ici m'est arrivé à moi.

Il ferma les yeux et les garda fermés dans le froid, haïssant les paroles horribles qu'il pourrait prononcer. Il s'abstint.

— Vous devez commencer à avoir faim maintenant, dit-elle. J'ai du bouillon pour vous.

Quand ils furent de retour devant la porte de la cabane des Slone, il demanda :

— Où votre fils a-t-il été enlevé ?

— À l'arrière de la maison, répondit-elle en désignant vaguement le fond de la cabane du menton.

— Puis-je voir ?

— Je préférerais que vous attendiez, dit-elle, et elle lui prit sa main gantée et l'attira à l'intérieur, c'était un geste amoureux, totalement déconcertant pour lui.

Elle réchauffa du bouillon de caribou dans une petite casserole cabossée sur le réchaud. Calé dans le fauteuil, il mangea à même la casserole et se laissa gagner par les effets du bouillon, anéantissant immédiatement toute velléité de résister à un sommeil impérieux. Elle lui reprit la casserole des mains et lui tendit une tasse de café à la place. Il repéra une bouteille de whisky à moitié pleine sur une étagère et demanda s'il pouvait en ajouter un peu dans son café. Elle versa l'alcool dans sa tasse, lorsqu'il but, une vague de chaud vint combler un creux en lui.

Puis il demanda si elle aurait une cigarette et du chocolat à lui donner. Elle les sortit d'un placard : un sachet de chocolats, jamais ouvert par le petit, devina-t-il, et une marque de cigarettes sans filtre qu'il ne reconnut pas. Ils fumèrent, assis ensemble, sans un mot. Sa poitrine et ses poumons semblèrent d'abord s'enflammer, mais, au bout de quelques bouffées, les sensations revinrent. Il fuma tranquillement, le chocolat nappant encore son palais, remerciant le sort pour cet instant de plaisir au milieu de ce guet-apens.

On frappa à la porte de derrière, elle se leva. C'était le fils du chasseur yup'ik qu'ils avaient vu plus tôt ; il lui tendit un morceau du petit élan, pas plus grand que la largeur de sa paume, et elle le remercia.

Quand elle revint s'asseoir sur le canapé, Core s'adressa à elle :

— Les gens ici, ils vous aiment.

— Non, dit-elle. Ce n'est pas de l'amour. C'est juste ce qu'on fait ici. Tout le monde partage avec tout le monde.

— Ce n'est pas commun là d'où je viens.

— Je vous ai mis un édredon et un oreiller, monsieur Core. Je vois que vous êtes fatigué.

Elle se leva du canapé et posa sa tasse sur le haut du poêle.

— Merci d'être venu jusqu'ici. Je n'ai rien pour vous payer.

— Ce n'est rien, assura-t-il.

— Est-ce que votre fille vous attend ?

— Je ne suis pas sûre de savoir ce qu'elle attend, en fait. J'appellerai sans doute quand j'aurai terminé ici. Ou bien j'irai, tout simplement. Merci pour le bouillon et le café.

Elle alimenta le feu avec de nouvelles bûches.

— La nuit va vous sembler froide quand le feu s'éteindra. Ce chauffage, là, il marche, quand il y a du courant. Vous pouvez l'utiliser, vous n'avez qu'à le faire rouler jusqu'à vous. Ou bien, je vous allume le poêle ?

— Je suis très bien installé comme ça, dit-il.

— Bonne nuit, monsieur Core.

Elle éteignit la lampe, puis s'en alla vers la pièce du fond. « Allez, au lit », l'entendit-il murmurer avant qu'elle ne ferme la porte.

*

* *

Dans l'obscurité, sous l'édredon, il sentit la faille en lui se remplir, le sommeil comme seul répit au feu roulant de la journée. Encore désorienté dans ce lieu, il s'efforçait de se souvenir d'où il venait et surtout pourquoi il était venu.

Quelques secondes à peine avant qu'il ne s'endorme, le hurlement d'un loup l'escorta vers l'obscurité. Comme un cri de deuil dans la nuit noire et glacée – un hurlement inhabituel, un appel qu'il ne put identifier : entremêlé de fureur, de peur et d'incompréhension. La louve grise qu'il avait traquée et tuée toutes ces années auparavant hurlait après lui – il savait que le hurlement lui était destiné – à travers les cinq kilomètres d'étendue plate et déserte entre eux, depuis le cœur dépouillé de ce qui avait autrefois été si plein.

Tant de nuits il s'était endormi en songeant que les rêves de la louve qu'il avait tuée, la détonation puissante, le retour du fusil viendraient l'arracher au sommeil. Et chaque fois, lorsqu'il se réveillait le matin sans que son repos ait été interrompu, il en concevait du remords.

Tandis que le sommeil le gagnait à présent, il crut entendre les murmures de Medora Slone dans la pièce du fond, des incantations de sorcière, des chansons fredonnées entre deux sanglots. Il savait ce que c'était d'être hanté. Les morts ne hantent pas les vivants. Les vivants se hantent tout seuls.

Au bout d'une heure de sommeil, plongé dans un rêve dévoyé, il fut réveillé par une lame de lumière qui fendait la porte de la salle de bains, et le bruit de l'eau qui coulait dans la baignoire. Il s'assit sur le canapé et tendit l'oreille. Elle n'avait pas complètement fermé la porte, et, glissant sur le plancher dans ses chaussettes en laine, il se faufila pour l'épier, terrifié à l'idée de ce qu'il était en train de faire, à l'idée qu'elle le surprenne, et cependant incapable d'ignorer sa présence. Elle continuait à marmonner, et lorsqu'il s'accroupit près de la porte et glissa le regard dans le rai de lumière, il la vit, assise dans la vapeur du bain, frottant sa peau à vif avec une brosse, sur le visage une expression de douleur résignée. Honteux, il retourna au canapé et remonta l'édredon jusque sous son menton.

Mais très vite, il fut de nouveau réveillé et distingua les contours du corps nu de Medora Slone qui se découpait devant la fenêtre. Elle avait retiré les panneaux en plastique des fenêtres et se tenait debout devant, immobile, la main posée sur le carreau couvert de givre, luisant de lune, sembla-t-il à Core, mais la lune avait pourtant disparu. Le feu n'était plus qu'un sombre brasier, et le clair-obscur bleu nuit qui l'entourait était anormalement intense. Il vit les plis autour de sa taille, ses seins lourds tombant de chaque côté de sa cage thoracique, le léger renflement de chair sous son coude. Allongé, immobile, figé par une sorte de crainte, il l'observait par-dessus le duvet qui recouvrait son corps, retenant sa respiration de peur qu'elle le surprenne en pleine contemplation, de peur d'interrompre cette vigie de minuit.

— Est-il là-haut ? Ou bien en bas ?

Sa voix, à peine un murmure, lui parvint, comme un écho, comme dans une chambre vide.

— Madame Slone ? Il est tard, madame Slone. Est-ce que ça va ?

Elle se retourna vers lui, étendu sur le canapé. Il ne distinguait que la moitié de son visage. Il lui suffirait de s'asseoir pour atteindre l'accoudoir, frôler le coussin et caresser sa hanche, son sein lourd, à un mètre tout juste de lui.

Il se leva pour remettre du bois dans le foyer, puis il fit rouler le chauffage électrique près du canapé. Lorsqu'elle s'approcha de lui, d'instinct il repoussa l'édredon et se décala pour lui faire de la place. Elle s'installa maladroitement, le canapé s'enfonça encore davantage, puis il les recouvrit de l'édredon et s'agrippa à son corps tremblant.

Lui tournant le dos, elle lui attrapa la main et la porta à sa gorge, la serra fort sur sa trachée, comme si elle essayait de lui donner envie de l'étrangler. Il tenta de retirer sa main mais elle la tint plus serrée encore, puis elle la fit descendre jusqu'entre ses cuisses, sur le duvet fourni de ses poils blonds. Il remit ses bras autour d'elle et les laissa là jusqu'à ce qu'elle glisse dans un sommeil agité de cauchemars.

II

Patrouillant dans le secteur Ouest de la ville, Vernon Slone croisa des pyramides de pneus en flammes au coin des rues, brûlant dans leurs propres nuages de fumée noire. Un marché bombardé, puis abandonné, la chair des fruits disséminée sur le pavé telles des entrailles tout juste disséquées. Des immeubles qui se dressaient derrière le marché, il ne restait que des tas de gravats irréguliers, pavillons ou entrepôts désormais méconnaissables. Un nouvel après-midi s'évanouissait, la douceur du crépuscule n'était qu'un rêve lointain, inconcevable ici.

Ils roulaient au pas, s'arrêtaient, repartaient, au pas toujours, ne trouvant pas leur place parmi le cortège de véhicules serpentant dans ces rues. D'abord, il fut saisi par l'envie de revoir le paysage enneigé qu'il connaissait, puis les incendies qui lui brûlaient les yeux le ramenèrent à sa vision. Il scrutait les alentours, guettant le moindre mouvement, des hommes au milieu de ce chaos, le moindre souffle de vie qui resterait à éteindre. Posée sur la route, il vit la moitié supérieure d'un corps d'homme carbonisé, coupé net à la taille et dont les entrailles constituaient désormais un festin pour les mouches, tandis que de son unique bras tendu, le cadavre semblait vouloir s'échapper, pour rejoindre la partie basse de son corps.

Tout à coup, une averse de tirs, rapide et brutale. Des snipers sur un toit. Ou bien crachant depuis la gueule béante d'un immeuble en ruine. Il savait qu'il avait été touché à l'épaule droite, à deux doigts de son gilet pare-balles. Il sentit le sang, ce miel chaud qui coulait entre les poils de ses bras. Le véhicule devant lui sauta. Le souffle de l'explosion le fit se soulever sur le côté, puis il crama sous ses yeux. Un soldat en feu surgit de l'épave, un bras arraché comme un bout de bois flotté déchiqueté, et l'autre appelant à l'aide pour que quelqu'un vienne éteindre ce qui le consumait, cette douleur inconnue. Mais personne ne vint, et il tomba au sol, finissant de brûler sur le bitume.

Slone mitrailla les alentours avec son calibre .50 : les murs, les portes, une carcasse de pick-up sans essieu avant. Du mouvement sur un toit, il tira. Un visage d'homme enturbanné bondit de derrière le pick-up abandonné et tenta de traverser l'allée. Slone l'atteignit avant qu'il n'ait le temps d'y parvenir. Les balles lui tordirent le dos et découpèrent sa tête en deux, éclaboussant les murs beiges d'une flamme rouge. L'espace d'un instant, Slone trouva au spectacle des airs de tableau, cet éclatant bouquet lui rappelait quelque chose qu'il avait déjà vu dans un livre d'art.

Les autres tireurs dans sa ligne de véhicules étaient désormais tous à l'ouvrage, ils déchargeaient leurs munitions dans un vacarme de fusillade militaire. Sur sa droite, derrière un tas de gravats, un autre homme enturbanné. Slone en profita pour s'exercer sur lui : les balles le découpèrent en morceaux comme s'il le taillait à la hache.

Puis, il lui sembla qu'un jet de vapeur ou de gaz brûlait dans son cou – même pas un élan de douleur. Lorsqu'il s'effondra au sol, s'attendant au voile noir qui passerait devant ses yeux, il pensa à Bailey devant la télévision : *Papa, regarde ça, regarde,* sur l'écran des trapézistes volaient, libérés des lois de la gravité, s'élançant vers le ciel, leurs corps musclés incroyablement élastiques. Les trapézistes disparurent, le toit de leur chapiteau fut soufflé, il n'y avait plus que de la fumée, et le visage du petit vira au bleu givré, et Slone vit les lèvres de son fils former des mots qu'il ne pouvait ni entendre ni deviner. Mais il s'imagina que son fils lui disait *Souviens-toi de moi*, et il tendit la main pour essayer de toucher le petit, en vain.

Quelque temps plus tard – impossible de dire combien de temps, chaque minute lui semblait un grain de sable dans un sablier –, il se réveilla sur un brancard, avec des gens à l'ouvrage sur lui, leurs mains rudes manipulant ses épaules et son cou, un première classe grimaçant au-dessus de lui : « T'es un putain de veinard, tu rentres à la maison. » Il prononça le nom de son fils et le première classe lui dit : « Bientôt, putain de veinard, tu le verras bientôt. » La balle, un petit calibre, avait manqué à la fois son pharynx et sa colonne vertébrale.

« C'est rien qu'un suçon, mec », dit l'un d'entre eux, puis il sentit la piqûre d'une seringue et le sommeil le fit sombrer dans une obscurité gratifiante et dénuée de rêves.

*

* *

Russell Core se réveilla dans l'obscurité hivernale, avant le lever tardif du jour, Medora Slone était toujours endormie et toujours nue à côté de lui sur le sofa, le chauffage électrique et leurs deux corps formaient un cocon de chaleur, l'édredon pesait sur eux, il aurait voulu demeurer enveloppé dans cette poche ronde. Mais il s'attela au feu, mit en marche le foyer. Elle s'habilla, prépara à manger, et le regarda partir avec le fusil AR-15, un stock de provisions et des chaussures de neige. Il avait les bottes de son mari aux pieds et une combinaison en peau de caribou – une combinaison d'hiver qu'elle avait confectionnée elle-même en prévision des froids impies. Elle recouvrit le bout du canon du fusil avec de l'adhésif opaque. Core lui demanda pourquoi.

— Pour que la neige ne rentre pas dans l'arme, répondit-elle.

— Je ne laisse pas la neige rentrer dans l'arme.

— Si, c'est ce qui se passera quand vous tomberez.

— Je n'ai pas prévu de tomber.

— Tout le monde tombe dans la neige, monsieur Core. Si vous sentez que vous commencez à transpirer, arrêtez-vous un moment et reposez-vous jusqu'à ce que vous soyez sec à nouveau.

— Quel est le problème avec la transpiration ?

— Aucun problème. Sauf que quand vous serez complètement mouillé, la sueur se mettra à geler sur votre peau à chaque fois que vous vous immobiliserez.

— Je connais le froid, dit Core.

— Pas le genre de froid qui sévit ici.

Elle lui ouvrit la porte et il fit un pas dehors, le visage aussitôt penché sous la gifle des flocons de neige qui soufflaient à l'horizontale, lui fouettant le visage comme une pluie de pièces de monnaie. Elle était toujours appuyée à l'encadrement de la porte, elle avait juste refermé la ceinture de sa robe de chambre.

— Je pensais qu'il faisait peut-être trop froid pour neiger, dit-il.

— Qu'est-ce que vous voulez dire ?

— Trop froid pour neiger. J'ai entendu parler de ça. Même si je n'ai jamais vraiment compris ce que ça voulait dire.

— Peut-être que c'est vrai là d'où vous venez. Mais ici il ne fait jamais trop froid pour neiger. Il y a quelque chose de vicié, quelque chose de mauvais dans le ciel, ici.

Core leva les yeux vers l'obscurité, cherchant du regard ce qu'elle avait bien pu vouloir dire.

— Est-ce que vous savez s'il y aura beaucoup de neige aujourd'hui ?

— Je ne prédis pas le temps, monsieur Core. C'est le temps qui le dira.

Core la remercia, et la quitta, ainsi encadrée dans la lueur ténue de la porte de sa cabane.

Il contempla la lumière du ciel à travers l'étendue évasée de la forêt. Sur le pourtour du village, dans le taillis qui bordait la colline là où le chemin ondulait, il repéra soudain le dos penché d'une femme yup'ik au visage rond, occupée à brûler des choses dans un container rouillé.

Il l'apercevait derrière le réseau complexe de troncs et de branchages. Il s'arrêta sur le chemin pour voir si elle allait le remarquer. Lorsqu'elle le vit finalement, elle lui fit un signe de la main de derrière son brasier. Il nota les reflets rouge orangé sur ses bajoues, les vêtements confortables qu'elle portait, épais et crasseux, comme hérissés à la lumière du feu, un anorak vieux d'un siècle. Ses pieds et ses tibias étaient enserrés dans des bottes en peau et fourrure d'élan.

Impossible de savoir ce qui était en train de cramer dans le container. Certainement des ordures ménagères, mais pourquoi maintenant ? Les aînés de ce monde se lèvent avant les premières lueurs, comme s'ils cherchaient à gagner la course contre le soleil.

Elle s'adressa à lui :

— Je vous ai pris pour un monstre qui venait vers moi.

— Non, m'dame, dit-il. Je vais vers les collines.

Elle avait une voix d'homme, il lui manquait des dents.

— Pour en revenir avec une dent de loup autour du cou, je sais.

— Oui. Mais comment savez-vous ?

— C'est un petit village. Nous avons eu assez de soucis comme ça.

— Les loups. Je sais, m'dame. Je suis désolée.

— Ah, vous savez ? Non, vous croyez que vous savez. Je parle de soucis qui datent d'il y a longtemps. Avant même qu'aucun d'entre nous ne vienne ici. Une fois que vous aurez barré la route aux loups, alors il faudra la barrer aux bêtes qui hantent les esprits des hommes damnés, et aux hommes qui se damnent eux-mêmes jusqu'à devenir des bêtes, vous savez faire ça ?

— Qu'est-ce que vous racontez, m'dame ?

— Je lis les livres qu'ils m'apportent. Qu'y a-t-il d'autre à faire pour occuper des nuits pareilles ? Je lis les livres. Les chrétiens sont venus quand j'étais enfant. Les missionnaires. Ils m'ont fait lire. Ils sont venus avec des livres, avec des livres et avec le fléau.

— Pardon ?

— Le fléau de la grippe.

La flamme grandit dans le brasero et Core sentit l'épaisse chaleur venir le lécher à deux mètres de distance.

— Connaissez-vous le nom de ce village ? demanda-t-elle.

— Keelut.

— Dites-moi ce qu'est un Keelut.

— Je ne le sais pas.

— C'est un esprit malin déguisé en chien. Ou en loup.

— Pourquoi lui avoir donné un nom pareil ?

Ses gencives luisirent d'un éclat rose orangé.

— Pourquoi, c'est vrai. C'est vous l'expert des loups, d'après ce qu'on m'a dit.

— Mon nom est Core.

— Cette fille sait que cet endroit est maudit.

— Quelle fille ? Medora Slone ?

— Elle.

— Elle vient de perdre son enfant. Ce qu'elle sait c'est qu'elle souffre.

— Est-ce que les loups vont revenir nous prendre cette nuit ?

— Les loups ne viennent pas ici. Ni cette nuit, ni jamais.

— Je n'ai pas demandé s'ils *viennent* mais s'ils *vont* venir. Elle le fixa du regard. Ils portent l'esprit des damnés avec eux.

— Ce sont des loups affamés, des animaux affamés. Rien de plus.

— Je ne parle pas des loups.

— Je vais y aller, déclara-t-il.

— Gardez-vous des faux prophètes. Ils viennent à vous en vêtements de brebis, mais au-dedans ce sont des loups ravisseurs.

— C'est dans l'Évangile de Matthieu.

— Je vous l'ai dit, je lis les livres. Ils me l'ont appris.

— Pourquoi me dites-vous ça ?

— Êtes-vous chrétien ?

— M'dame, je sais certaines choses sur la nature et les loups. J'écris sur ces choses. Je ne prétends pas savoir quoi que ce soit d'autre.

— Nous prétendons tous. Et ils vous connaissent vous aussi.

— Je vais y aller maintenant, dit-il. Il s'engagea dans le sentier. Bonne journée, m'dame.

— Ce n'est pas la bonne direction, dit-elle, sans détourner la tête de son container. Retournez d'où vous venez, ajouta-t-elle en désignant du doigt le centre du village tapi sous la neige.

Core l'ignora et continua son chemin, dépassant des éclats de roche et des souches de sapins figées par la foudre.

*

* *

Il s'attendait à trouver une meute de loups dans la vallée, de l'autre côté de ces collines, une tanière à l'abri des regards, cachée sur une arête rocheuse surplombant la plaine. S'il arrivait à la repérer, il les verrait revenir à leur tanière juste après le lever du jour, au retour d'une longue nuit de chasse loin de chez eux. Car si la famine sévissait bel et bien sur leur territoire, il leur fallait chercher leurs proies au-delà des terres qu'ils connaissaient.

Il se souvint d'une chose qu'il avait racontée à sa fille quand elle était encore une enfant : chez les Apaches, la chasse aux loups était un rite de passage pour les garçons, c'était ainsi qu'ils devenaient des hommes. Tuer un loup transformait un adolescent en meneur d'hommes et attirait sur lui la faveur des esprits de ses ancêtres. Il se souvenait de son indignation quand elle avait rapporté de l'école primaire le livre *Pierre et le Loup*, où le loup apparaissait comme une créature démoniaque. Et voilà qu'à présent Core chassait un loup pour une raison et une femme dont il ignorait tout.

Aucune chance que les os du petit soient dans la tanière ; il s'était passé douze jours depuis son enlèvement. Ses os avaient eu le temps d'être éparpillés dans la nature par les charognards et recouverts de plusieurs couches de neige fraîche. Il n'y aurait pas d'enterrement, pas de deuil possible pour la femme et son mari. Mais il tuerait un loup déjà à moitié mort s'il en avait l'occasion.

Il le rapporterait à Medora Slone, le lui présenterait comme le monstre qui avait pris son fils. Le monstre auquel elle voulait tant croire pour que tout cela ait un sens. Un cadavre de loup la soulagerait – même si, bien sûr, c'était illusoire. Peut-être cesserait-elle ses vigies nocturnes si elle savait qu'un loup aussi avait été arraché au monde. Peut-être pas. Car à présent même ses jours seraient des nuits de vigie.

Il cheminait péniblement, la neige lui trempait les mollets, malgré les bonnes bottes. Sur ses épaules, les réserves de nourriture et de munitions pesaient lourd. À l'est, sous un ciel plus clair, la neige cessa brièvement de tomber. L'aurore naissante jetait un halo timide de lumière à l'horizon, puis de grands manteaux de nuages se déployèrent par-dessus. À la fin de l'année, sous cette latitude, le soleil se levait et se couchait dans un intervalle si court, il semblait presque qu'il abandonnait, incapable de se résoudre à porter le jour jusqu'à cette terre.

De nouveau, il ressentit ce poids dans ses jambes. Au-delà des arbres enneigés s'étalait une insoupçonnable étendue de toundra, fresque inexplorée de blancs et de gris. Et partout, le froid, vif. Comme le deuil, le froid est un manque qui prend toute la place. L'hiver vient chercher votre âme et va jusqu'à vous forer le corps pour l'atteindre. Qu'était-il possible de faire dans ce lieu ? Sous la neige, la terre recelait un relief, un relief connu, mais dont lui ignorait tout.

Il progressait d'un tertre blanc à un autre, de butte en butte, enfonçant ses chaussures de neige sur des chemins inexistants, cherchant des pistes. La ligne d'horizon flottait au loin, hésitante, mélangeant terre et ciel. Après des heures de marche dans les collines, il s'arrêta sous une paroi rocheuse, le long de ce qui ressemblait à un ancien esker[1]. Un soleil faible et laiteux apparaissait par intermittence derrière les nuages. Le blanc uniforme de la terre sous ses yeux l'aveuglait, puis il se souvint qu'il avait des lunettes noires dans son sac. Il était en train de boire de la neige fondue et de manger le sandwich aux œufs que Medora Slone lui avait préparé quand il entendit les premiers hurlements en bas dans la vallée, un kilomètre après la crête la plus élevée dans les collines. Il n'avait repéré aucune trace de caribou, de coyote ou de lynx, pas même un élan ou un lièvre.

Quel fléau s'était donc abattu sur ces contrées de silence ? La terre fertile, le souvenir des fruits lourds mûrissant dans la chaleur des champs d'été – tout cela avait été balayé sous un paysage lunaire.

La nourriture le réchauffa de l'intérieur et il reprit sa marche dans les vapeurs neigeuses de la plaine. Le vent le fouettait, sifflait autour de sa capuche, plaquait les contours matelassés de ses

1. Un esker est une formation glaciaire se présentant sous la forme d'une butte allongée parfois sur des centaines de mètres de longueur.

vêtements contre son corps, changeait l'air en une poussière de craie. Il ajusta les lunettes sur son nez et enfonça le menton profondément dans le col en fourrure de caribou de la combinaison de Vernon Slone. Apparemment il lui faudrait marcher encore un bon moment. Il leva les yeux au ciel, mais impossible de savoir l'heure avec un soleil aussi pâle. La falaise devant lui était à deux cents ou deux cent cinquante mètres, cinq cents peut-être – toute idée de mesure devenait caduque dans cet endroit. Seul un fou compterait ses pas, et pourtant il les comptait. La buée ne cessait de lui boucher la vue, alors il s'arrêtait pour essuyer ses lunettes.

Là où la plaine s'escarpait à nouveau, il découvrit les premières traces de loups, un mâle, une foulée d'un mètre, cinquante-cinq kilos, à vue de nez. Il commença à grimper, escalada les congères sur le talus et, depuis une faille étroite, enjamba l'arête, la falaise était désormais sous ses pieds et les nuages étaient repartis vers le nord. Sur sa droite, il vit une bouffée de vapeur s'échapper d'une faille cuivrée creusée dans un rocher à pic, peut-être la source chaude dont la femme lui avait parlé la nuit précédente. Le soleil se coucha, bas et étale ; la neige luisait comme de l'aluminium froissé. Il s'accroupit sur la ligne de crête et scruta la vallée au-delà, c'est là qu'il repéra la meute, dans les collines en face, dix loups gris déchaînés.

À travers les champs glacés, il aperçut un petit loup ou peut-être un coyote, au milieu de la mêlée, suspendu aux crocs plantés dans sa chair. Les deux plus gros loups de la meute le déchiraient en essayant de se l'arracher, leurs oreilles levées en position de combat, leur prise à nu entre eux, maculant la neige de taches violettes et rouges. Core resta là accroupi à les regarder pendant un long moment.

En faisant un pas de côté dans la pente, il perdit l'équilibre sur la neige et dévala plusieurs mètres avant d'atterrir sur un rocher. De nouveau, il reprit sa marche jusqu'au talus et à la plaine. Là, il se remit en position accroupie et reprit son observation tandis que la bande de loups achevait de ronger la carcasse. Il vérifia que le chargeur de son fusil était plein, chargea la première balle, la sécurité encore enclenchée. Il descendit à pas lents à travers la vallée, sa surface givrée ondulant et crissant sous ses pieds comme si elle souffrait. L'espace d'un moment, il perdit les loups de vue mais il savait que lorsque le vent tournerait à l'ouest, il emporterait son odeur jusqu'à eux. Chacun de ses pas dans la neige était chargé de peur, sur son épaule le fusil, chargé lui aussi.

En temps normal, en un lieu normal, les loups fuient les hommes, détalent dès qu'ils sentent leur odeur, aperçoivent leurs silhouettes – ils ne veulent rien avoir à faire avec les hommes. Il les avait vus traquer des bisons et des caribous, à seulement quatre, venir à bout d'une bête de plus de deux cents kilos à coups de griffes et de crocs mortels. Et c'était ainsi qu'il voulait que cela se passe, se disait-il. Un combat inhumain, un démantèlement. *Un mort pour un mort*. Pourquoi avoir fait tout ce chemin pour une femme endeuillée qu'il n'avait jamais rencontrée auparavant ? Et pourquoi cette chasse, à quoi bon ? Il songea aux cigarettes, au chocolat, à l'odeur de son corps sur le canapé.

Il aurait aussi bien pu en finir chez lui. Une balle, une corde. Un rasoir. Ou bien des médicaments, si jamais, au moment de le faire, il n'avait pas le courage. Ou bien foncer dans la porte du garage, ou bien scotcher le tuyau d'arrosage au pot d'échappement. Mais la nuit précédant l'arrivée de la lettre de Medora Slone, il avait eu ce cauchemar, presque agréable, dans un paysage bleu glacé, où son corps désarticulé était déchiqueté par des loups. Sa lettre était l'ordre qu'il attendait, la sentence qu'il appelait de ses vœux depuis si longtemps. Et sa fille dans cette ville près d'ici ? La raison officielle de sa venue, celle qu'il donnait en plein jour. Et il n'y avait pas de raison officielle plus forte que la vérité qu'on avouait le soir venu. Avant l'aube, le mensonge était impossible.

Il poursuivit sa marche et dépassa la dernière crête de la plaine. Le vent emporta son odeur, quelques minutes plus tard, la meute sut qu'il était là. Deux cents mètres plus bas, les loups le fixèrent, museaux à l'affût. Core se figea et les fixa à son tour. Avança de quelques pas, puis s'arrêta de nouveau. Ils semblaient comme entravés, confus, privés de leur instinct de fuite. Et cependant ils le fixaient, la queue levée. Il marcha droit sur eux.

C'est là qu'ils se mirent à charger, la moitié de la meute fonçant sur la cible, l'autre moitié l'encerclant sur ses flancs. Ils allaient le cerner, il le savait – il les avait vus faire. Il tomba un genou à terre, ôta un de ses gants avec les dents, et resta en position, avec dans le viseur le meneur, l'alpha, celui qui se dégageait de la meute, juste en face de lui, un mâle, pas plus de six ans et soixante-cinq kilos – il aurait dû peser bien davantage. Si je l'abats, lui, les autres abandonneront.

Leur course faisait voler une poussière blanche qui s'élevait au-dessus de la meute, elle scintillait dans la trame des rayons de soleil qui trouaient les nuages. Était-ce le loup qui avait enlevé les enfants de Keelut, cet animal à la fourrure d'argent, irisé de reflets bruns, à la foulée si parfaite ?

Il centra le crâne du loup dans la cible de son viseur. Dans moins d'une minute, la meute l'atteindrait, l'alpha lui arracherait la gorge tandis que les autres attaqueraient le reste de ses membres. Un travail d'équipe admirable. Comme s'ils avaient vu que son esprit était ravagé, qu'il en avait envie. Ou bien eux-mêmes étaient-ils assez ravagés pour le prendre pour autre chose qu'un homme.

Il s'imagina la scène au ralenti, sans le son. Il savait que pour le charger ainsi, il fallait qu'ils fussent devenus fous, à quelques jours à peine de mourir de faim. Il désarma et baissa son fusil, les laissa venir à lui. C'était son châtiment, il le savait. Le silence de son salon, l'idée de peindre encore un autre tableau de la femelle grise qu'il avait tuée, le grésillement de son micro-ondes dans la nuit – une angoisse qu'il ne pouvait plus souffrir, une forme de mort déjà. Une grande partie de lui désirait ce châtiment. Mais une partie seulement. Il les laissa venir à lui.

Lorsque, au dernier moment, il leva son fusil et tira juste au-dessus de la tête de l'alpha, la meute se figea à deux doigts de l'encercler et les loups échangèrent des regards. Ils connaissaient ce bruit. Pas un mouvement, ni en avant, ni en arrière, alors il tira à nouveau en l'air au-dessus de leurs têtes et ils déguerpirent vers l'ouest, retournèrent d'où ils étaient venus, au fond de la vallée. Il les regarda partir. Presque surpris de ne pas se mettre à pleurer. Il avait passé toute la dernière année à imaginer ce moment plein de larmes.

Il resta debout et ne les quitta pas des yeux, jusqu'à ce qu'ils disparaissent tout à fait. Il allait rentrer à Keelut à présent. Il dirait à Medora Slone que les loups avaient fui. Lui rappellerait que ce qui était fait ne pouvait être défait, qu'on ne lave pas le sang par le sang. Il lui faudrait porter le poids de son sort. C'était le seul moyen.

*
* *

Le trek de retour dura toute la fin de matinée et l'après-midi, le jour faiblit et retomba vite dans l'obscurité. Il se reposait dès qu'il pouvait, il s'arrêta un long moment sur le talus après la plaine. Il fit une réserve de neige dans une Thermos d'aluminium et le glissa dans sa combinaison en caribou – les vêtements de Vernon Slone, impossible de l'oublier. Puis il s'assit dans une fissure sur une arête, à l'abri du vent. Il mangea le mélange de noisettes et de lambeaux de viande séchée que Medora Slone lui avait également préparé. Il songea à dormir. Puis, lorsque la neige eut fondu dans sa Thermos, il la but et reconstitua sa réserve.

Après cela, la marche devint presque automatique, ses jambes semblaient propulsées par un moteur indépendant de lui. Il ne pensait pas à un feu ou un repas, à sa femme ou à sa fille, il pensait juste à mettre un pied devant l'autre, puis, même à cela, il cessa de penser. Et il continua de marcher ainsi dans la faible lumière du jour.

Lorsqu'il regagna enfin la cabane, ses poumons lui semblaient gorgés de glace. Medora Slone ne vint pas répondre quand il frappa à la porte en bois. En entrant, il vit la porte de sa chambre ouverte, des vêtements éparpillés sur le tapis devant un placard – un jean, un pull, un déshabillé en dentelle verte. Une valise à la poignée cassée abandonnée sur le côté. Il appela son nom. Son visage était encore raidi par le froid ; ses membres subissaient les assauts de la fatigue.

Une lame de lumière fendait le dessous de la porte étroite dont il avait pensé la nuit précédente qu'elle cachait un placard. Lorsqu'il l'ouvrit, il fut saisi par le froid d'une cave dont la construction n'avait jamais été achevée. Les marches avaient été taillées dans la roche et polies, le plafond en pente raide était si bas qu'il lui fallut se plier en deux pour ne pas se cogner – c'était une cage d'escalier pour lutins de contes de fées. Un simple néon éclairait cet espace exigu. Une odeur de terre et de roche. Des cageots à même le sol. Des bocaux de denrées desséchées qu'il n'arrivait pas à identifier. Du bois de charpente et des rouleaux de panneaux en plastique entassés dans un coin. Des fientes de rongeurs par terre.

Son haleine formait un nuage devant lui tandis qu'il s'agitait sous le néon. Des pierres avaient été retirées dans le mur à côté des marches, ce n'était pas récent. Un recoin avait été ménagé dans la terre, à la pelle ou à la pioche.

La lumière du néon n'éclairait pas jusque-là. Il ôta un gant pour sortir sa lampe torche d'une de ses poches. Il s'approcha. Dans ce recoin, il vit le petit – le corps glacé de Bailey Slone, six ans, allongé, à même le sol, protégé par une enveloppe de plastique, ses yeux ouverts recouverts de givre, la bouche béante comme dans un souffle, comme s'il tentait de formuler un dernier mot de protestation.

Core se reposa là pendant un moment, assis dans un coin sur un seau de plâtre retourné, les jambes et le dos fourbus par la chasse. À l'aéroport, la veille, il avait lu un article qui expliquait que l'essentiel du cosmos nous demeure invisible, l'énergie et la matière, par opposition à la lumière. Il y croyait, même si cela paraissait fou. Puis il se souvint de sa main enserrant la gorge de Medora Slone, de sa bouche qui implorait un châtiment, une purification qu'elle ne pouvait s'accorder seule.

III

Russell Core se traîna en gémissant le long de l'artère centrale de Keelut, les jambes coupées par la journée de marche. C'était l'heure du dîner, il frappait aux portes tel un damné, criait, le souffle lourd, derrière les vitres givrées des fenêtres. Les villageois sortirent de leurs cabanes, lentement, prudemment, et se rassemblèrent sur la route enneigée, fusils ou lanternes à la main. Certains avaient encore la bouche pleine, les feux brûlaient dans les cheminées derrière eux. Certains avaient des enfants dans les bras qui le toisaient avec une méfiance engourdie, la couleur ocre de leur peau luisait d'un éclat magnifique à la lueur des lanternes. Tous sortirent pour voir de leurs yeux cet homme-loup que Medora Slone avait appelé à l'aide, pour affronter cette clameur qu'il avait introduite dans leur nuit.

« Le petit, cria-t-il. Le petit. Bailey Slone. » Il pointa le doigt derrière lui, vers l'obscurité, leur raconta à tous que le petit était là, mort, gelé dans la cave. La plupart parurent ne pas comprendre, ou ne pas vouloir comprendre.

Un homme du nom de Cheeon – l'ami d'enfance de Vernon Slone, apprendrait-il plus tard – passa en trombe devant lui, son fusil à la main, ses bottes de neige délacées, avec juste une chemise à carreaux sous sa salopette en jean, aussi rapiécée qu'un patchwork. D'autres le suivirent. Core resta là, courbé, essoufflé, les mains sur les genoux, essayant de se souvenir à quel âge son père avait succombé à un arrêt cardiaque.

Ayant à peu près repris son souffle et réussi à se redresser, du milieu de la route, il la vit, là-bas, sur le seuil d'une cabane qui ressemblait plus à une hutte qu'à une maison – la femme yup'ik toute ratatinée qu'il avait rencontrée ce matin-là avant l'aube. Il boita jusqu'à elle avec des picotements de fatigue dans la jambe gauche et ses doigts nus qui commençaient à s'engourdir. Où étaient passés ses gants ? Oubliés dans la cave, à côté du cadavre du petit.

— Vous saviez, ce matin, dit-il. Vous saviez. Quand nous avons parlé ce matin. Vous saviez ce qu'elle avait fait au petit.

Elle se contenta de le fixer.

— Vous saviez, dit-il.

— Que peut bien savoir une vieille femme comme moi ?

— Comment avez-vous pu ne rien dire ?

La faible lumière d'un lampadaire de fortune palpitait au-dessus de leurs têtes, des crochets de glace se découpaient dans son ombre. La vieille femme exhalait une odeur de feu de bois et de crasse.

— Rentrez chez vous, dit-elle. Laissez ce village à ses démons. Laissez-nous vivre.

Core songea à l'attraper par le bras pour la traîner jusqu'à la cabane des Slone et lui montrer le petit, pour qu'elle comprenne. Mais elle fit volte-face, oscilla le long d'un chemin dégagé à la pelle derrière sa hutte et fut dissoute dans l'obscurité.

Il demeura debout sous le lampadaire, dans la combinaison en caribou et les chaussures de neige de Vernon Slone. De nouveaux villageois se pressèrent hors de chez eux, passèrent devant lui, certains parlaient une langue qu'il ne comprenait pas. Une autoneige vrombit en s'approchant, son phare dessinait un cône de lumière dans le noir. Le froid portait les effluves d'essence à ses narines. Il tenta de la suivre, mais ses jambes ne répondaient plus et il s'assit au milieu de la route, écoutant son propre souffle. Comme envoûté par ce climat. Terrifié par les choses qu'il avait découvertes et craignant, déjà, de ne jamais pouvoir se les expliquer.

Lorsqu'il atteignit la cabane des Slone, il se fraya un chemin parmi les villageois amassés à la porte. Impossible de qualifier le ton des murmures qu'il percevait, est-ce qu'ils l'accusaient, lui ? Dans la cave, Cheeon avait extirpé le petit de son tombeau, défait la cellophane qui l'enveloppait et l'avait allongé à même la terre. Lui et d'autres étaient agenouillés auprès du cadavre, trop effrayés, pensa Core, pour se regarder. Un bleu délavé courait sur toute la largeur de la gorge du petit, Core comprit alors qu'il avait été étranglé.

Dans l'air froid suspendu de ce lieu exigu, il s'entendit dire : « Où est-elle ? »

Personne ne répondit, alors il renouvela sa question : « Où est Medora Slone ? »

Cheeon se retourna vers lui, mais il ne lui répondit pas. Il avait une cicatrice au coin de la bouche, comme des points de braille prolongeant sa lèvre supérieure en un trait oblique. Ses cheveux noirs étaient noués sur sa nuque par un bout de cordon. Cet homme avait sur le visage une expression indéchiffrable – une sorte de mélange entre l'ennui et la rage. Cheeon s'adressa en yup'ik au jeune garçon qui se tenait à côté de lui, puis se saisit de son fusil posé sur un cageot et remonta les marches en poussant du coude les autres. Quelques-uns demeurèrent agenouillés auprès du cadavre, mais eux aussi finirent par s'en aller.

De nouveau seul avec le petit, Core éprouva une sorte de vertige à le regarder. Les enfants posent tout le temps des questions, sur tout, mais il est une chose qu'ils ne remettent jamais en question, c'est leur propre existence. De même que les animaux, ils sont incapables de se concevoir comme mortels. La vie leur semble l'état le plus naturel qui soit. Cependant les tout-petits, se rappela-t-il, répugnent à la compagnie des plus vieux, hurlent quand ils sont dans leurs bras, à croire qu'ils peuvent entrevoir, renifler l'imminence de leur délabrement.

Core aperçut une couverture en laine roulée dans un cageot et s'en servit pour recouvrir le petit. Il demeura là, près de lui, durant de longues minutes, tentant de se souvenir de prières tombées dans l'oubli bien longtemps avant cette nuit-là.

Remontant de la cave, il se retrouva dans la première pièce à attendre qu'on vienne lui parler. Peut-être pour le rassurer. Mais les villageois s'en tinrent à leurs murmures. La plupart étaient yup'ik, certains blancs, d'autres métisses. Tous le dévisageaient avec une angoisse qui semblait à la fois individuelle et ancestrale. Leurs vêtements juraient ; une des femmes portait un pantalon en peau et une veste rouge avec le nom d'une équipe de football brodé sur le devant. Core réussit à saisir que la police avait été appelée et qu'ils étaient en route depuis la ville, un trajet d'une heure, davantage sous cette neige et cette nuit.

Il tourna la tête vers la bouteille de whisky sur l'étagère et en but une gorgée pour étouffer l'effroi en lui. Où étaient passées les cigarettes que Medora Slone lui avait données la veille ? Il s'effondra dans le fauteuil où il s'était assis en arrivant la nuit précédente. On ne lui avait toujours pas adressé la parole.

Il n'avait jamais eu le moindre mal à cerner les raisons qui font des hommes ce qu'ils sont. À celui qui vit assez longtemps pour s'en rendre compte, le temps démontre qu'il n'est rien dans le monde des humains qui n'ait son équivalent dans la nature. La plupart des hommes sont mus par des appétits assez semblables à ceux du loup. Un loup exclu de sa meute parcourra des kilomètres pour en trouver une autre – pour être accepté par ses semblables, avoir une famille. Étancher la faim, dormir tout son soûl, se régénérer, des désirs simples. Qu'il avait cernés. Mais Medora Slone. Il n'avait même pas le début d'une explication qui tienne. Et pourquoi ces gens refusaient-ils de prendre acte de sa présence ? Ils commencèrent à sortir de la cabane par paires pour, une fois tous dehors, ne plus y revenir.

À présent, seul dans la cabane des Slone, il s'extirpa hors du fauteuil et reprit une gorgée de whisky. En tournant la tête vers la porte ouverte, il lorgna vers l'extérieur, un silence d'ébène, massif et profond, où ces gens avaient-ils bien pu passer ? Quelque part dans le village, des cris résonnèrent. Des aboiements de chiens de traîneaux. Une autre autoneige vrombissant à travers les arbres. Quand le vent se leva, il souffla des nuages de neige à l'intérieur de la cabane et Core referma la porte. Il fit un feu dans le foyer à la hâte, presque étonné d'arriver à faire du feu avec les mains qui tremblaient à ce point.

Il se défit de la combinaison de caribou, comme s'il épluchait sa propre peau, et se rassit dans le fauteuil, un peu ivre des deux gorgées de whisky qu'il venait d'avaler. Et de la chasse de la journée. Boire et manger, pensait-il, mais il ne pouvait pas bouger. La chaleur des flammes lui léchait le visage, et il pensa alors au mari, à Vernon Slone. À la manière dont il allait apprendre tout cela. Aux ravages que cela lui causerait en tant que mari et père.

Et la dernière chose qu'il se rappela avant de sombrer dans le sommeil fut le visage de son propre père, juste après que sa mère eut quitté sa famille pour des raisons qu'ils ignoraient tous les deux. Core avait dix ans, et il avait supposé que son père se réfugierait dans l'alcool ou dans la religion. Au lieu de cela, il alla au cinéma, tous les soirs, dans ce théâtre à néon rouge et salle unique, dans leur trou perdu du Nebraska. Souvent, il restait dans la salle et regardait le même film deux fois de suite – *Spartacus*, *Exodus*, *Psychose*. Core traversait la rue principale, puis la rue Willow pour aller le rechercher à la nuit tombée. Il se glissait par la porte de sortie à l'arrière de la salle, et trouvait son père là – seul face à ces immenses visages parlants, ronflant sur sa chaise avec un cornet de pop-corn vide sur les genoux.

*

* *

La police entra dans la cabane des Slone, trois hommes blancs en civil, en tenues de chasseurs hivernales. Endormi droit comme un piquet dans le fauteuil, Core ouvrit l'œil en entendant leurs bottes trempées fouler le parquet. Il avait l'impression d'avoir dormi pendant deux heures, peut-être plus. Il essuya le filet de bave qui avait coulé dans sa barbe, puis se leva et s'adressa à celui des trois qui avait l'air de diriger les opérations, celui qui portait les cheveux en brosse, la barbe rousse et une cigarette coincée derrière l'oreille.

Donald Marium se présenta à Core ; il avait les mains douces d'un garçon coiffeur et, derrière sa barbe, un visage absolument lisse. Core débita tout ce qu'il savait d'une traite – qui il était, pourquoi il était venu, ce qu'il avait découvert – et Marium lui demanda de s'asseoir et de reprendre sa respiration. Lui et les deux autres descendirent dans la cave pour voir le petit, et, quelques minutes plus tard, rejoignirent Core pour écouter son histoire, en commençant par le début. Ils s'assirent autour de la table en fumant.

Quand Core eut terminé son récit, Marium dit :

— Redites-moi, s'il vous plaît, pourquoi elle vous a demandé de venir ici.

— Je l'ignore. Elle avait lu mon livre sur les loups.

Il jeta un œil dans la pièce, cherchant des yeux son livre, mais impossible de le trouver. Il sortit la lettre que Medora Slone lui avait écrite de la poche de sa chemise à carreaux et tendit le bras au-dessus de la table pour la passer à Marium qui la lut en silence.

— Et pourquoi est-ce que vous avez décidé de venir jusqu'ici ?

— Pour aider, dit Core. Elle disait que les loups avaient enlevé des enfants dans ce village. C'est dans la lettre. Vous n'avez qu'à lire. Elle disait que personne ne voulait l'aider. Je suis venu pour l'aider.

— Les loups ont bien enlevé deux enfants dans ce village le mois dernier. On ne les a pas retrouvés. Nous sommes venus ici et nous avons essayé d'aider ces gens, mais je ne suis pas sûr que qui que ce soit puisse faire une chose pareille. Il ne suffit pas de partir dans la toundra à pied pour aller chercher les loups.

— Mais aucun loup n'a enlevé Bailey Slone, dit Core.

Marium écrasa le filtre de sa cigarette dans le cendrier, puis il se leva en repoussant la table. Core l'imita.

— Il va falloir qu'on éclaircisse tout ça.

— Est-ce que les autres sont en route ?

— Quels autres ?

— Les autres. La police. Pour retrouver Medora Slone. Ne devrait-il pas y avoir davantage de monde ici ? Des enquêteurs ? Il y a toujours des enquêteurs dans les séries télé.

— Des enquêteurs ? Monsieur Core, ici rien ne se passe comme ailleurs. Et encore moins comme à la télé.

— Pas d'enquêteurs ? Juste vous ?

— Pour le moment. Il faut que vous compreniez où vous vous trouvez. Nous n'appartenons pas réellement au reste du monde. Et, d'une manière générale, nous nous en accommodons. Mais, s'il vous plaît, une chose à la fois.

— Quelle heure est-il ? Minuit ?

Sa montre avait disparu de son poignet.

— Il est six heures, monsieur Core. Vous n'êtes pas encore acclimaté. Vous dites que la nuit venait de tomber quand vous êtes revenu ici aujourd'hui ? Alors il était à peu près trois heures et demie.

— C'est impossible. Je suis parti avant l'aube. Je n'ai pas été absent aussi longtemps que ça.

Il se toucha le poignet gauche, comme si, en le frottant, il pouvait y faire réapparaître sa montre.

— Le jour se lève à dix heures en ce moment, monsieur Core. Vous n'êtes pas encore acclimaté.

— Ma montre a disparu. Je ne comprends pas.

— Apparemment, une femme a également disparu.

Core se rassit.

— J'ai essayé de parler à ces gens mais ils ne me répondent pas. Est-ce qu'ils vous ont dit quelque chose ?

— Pas grand-chose. Pour le moment, ajouta Marium. Nous avons parlé à quelques-uns d'entre eux dehors. Comme vous avez pu le constater, ils ne sont pas très bavards avec ceux qui ne sont pas des leurs. Retournons voir le petit en bas.

Dans la cave, les hommes firent des photos du cadavre sur le sol, de la cavité creusée dans la terre. Le plus gros prenait des notes sur un bloc ; un autre, moustachu, était debout devant un ordinateur posé sur un cageot. Core montrait, expliquait comment il avait trouvé le petit, et que l'homme qui s'appelait Cheeon avait sorti le petit du trou et déballé le plastique dans lequel il se trouvait.

— Son corps était enfoncé là-dedans ? demanda Marium. Dans ce trou ?

Core acquiesça.

— Regardez sa gorge, dit-il. Elle l'a étranglé.

— Quelqu'un l'a étranglé.

— C'est elle, dit Core.

— Une chose à la fois, s'il vous plaît, monsieur Core. Quand vous êtes revenu ici après votre chasse aujourd'hui, elle était partie ?

— Elle était partie. Vous n'avez qu'à voir sa chambre, celle du fond, là-haut. Elle a fait ses valises. Pris sa voiture. Elle est partie. Elle voulait que je reste ici et que je trouve le corps du petit.

— Que vous restiez ici et que vous trouviez le petit. Pourquoi ferait-elle une chose pareille, monsieur Core ?

— Pourquoi ? C'est vous la police. À vous de me le dire.

— Nous trouverons pourquoi. Nous éclaircirons toute cette histoire.

— Quelqu'un doit informer le père, dit Core.

— Vernon Slone est au front.

— Vous connaissez Vernon Slone ?

— Quiconque vit dans ce coin sait qui est Vernon Slone.

— Quelqu'un doit l'informer, dit Core.

— Est-ce que vous pourriez nous attendre en haut, s'il vous plaît, monsieur Core ? Désolé, ça ne vous dérange pas ?

— C'est moi qui ai mis cette couverture sur lui, dit-il sans bouger d'un centimètre. C'est moi qui l'ai couvert.

— Nous prendrons soin du petit, dit Marium. Ne vous inquiétez pas. Nous prendrons bien soin du petit.

Core prit congé.

— Et, monsieur l'arrêta Marium, s'il vous plaît, quand vous serez là-haut, ne touchez à rien, contentez-vous de vous asseoir.

Core remonta, retourna à son fauteuil et s'assit sur ses mains.

*

* *

Quelques heures plus tard, Marium et ses hommes installèrent Bailey Slone à l'arrière d'un des pick-up de la police. Ils firent toutes les cabanes, toquant à chaque porte à la recherche des proches de Medora et Vernon Slone. Core se tenait à côté du véhicule de police, au milieu de la route, il observait leur ronde en fumant les cigarettes de Marium, et en avalant une gorgée de whisky de temps à autre quand le froid devenait trop mordant. Tout en gardant le petit avec la plus grande solennité. Jusqu'à ce qu'il ne puisse supporter davantage le froid et rentre relancer le feu dans la cabane des Slone.

Dans la chambre du fond, il observa les draps froissés de Medora Slone, le petit lit de son fils juste à côté avec ses draps aux super héros délavés par la lessive. Il n'arrêtait pas de se frotter le poignet, cherchant sa montre disparue, incapable de se défaire de cette sensation d'étourdissement, incapable d'arriver à savoir quelle heure il était.

Quand Marium finit par revenir, Core avait de nouveau sombré dans le sommeil, calé dans le fauteuil.

— Je retourne en ville, dit-il. Mes hommes restent ici. Vous feriez mieux de me suivre, il y a un motel là-bas. C'est tellement facile de se perdre dans le noir. En plus, ils annoncent de nouvelles chutes de neige. Vous ne pouvez pas rester ici.

— Pourquoi pas ?

— Il ne vaut mieux pas.

— Mais pourquoi ? dit Core. Est-ce que ces gens croient que j'ai quelque chose à voir avec tout ça ?

— Ce n'est pas ce que j'ai dit. Mais vous ne pouvez pas rester ici.

— Qu'avez-vous trouvé ?

— Rien pour le moment.
— Sa famille ? Ou bien celle de son mari ?
— Rien pour le moment. Suivez-moi, on rentre.
— Personne ne sait rien ? dit Core.
— On en saura plus bientôt.

Core démarra sa voiture, laissa chauffer le moteur, vit les traces de son haleine figée dans le givre de la veille. Pendant près de cent kilomètres interminables, il resta calé dans la lumière des phares arrière de Marium, qui brillaient comme deux yeux éblouissants au milieu d'un visage noir de jais. Il lutta pour empêcher sa voiture de glisser sur les routes jamais déneigées, lutta contre le sommeil qui refermait sa main sur lui. Garda la fenêtre à moitié baissée pour que la gifle du froid le maintienne éveillé. La radio à fond, un chanteur bouleversé par un chagrin d'amour. Difficile d'évaluer la distance qui séparait la route des collines et des arbres autour. Impossible de distinguer la moindre trace de présence humaine dans ce noir. Il ne se souvenait pas avoir pris cette route la veille.

À cette heure de la nuit, il était incapable de se faire une idée précise de la ville. Il s'était attendu à trouver un genre d'oasis lumineux au milieu de ce monde éteint, mais ce n'était pas vraiment le cas. Le néon blafard du motel surgit au bord de la route sans même un panneau de bienvenue. Il suivit Marium qui se garait sur le parking, puis se pencha à la fenêtre du conducteur pour lui taper une cigarette.

— Combien de temps allez-vous rester ?

— Je ne sais pas, dit Core. Il faudrait que je reste combien de temps ?

— Quelques jours, je dirais. Au moins. Le temps que nous éclaircissions tout ça. Vous ne vous souvenez d'aucun endroit qu'elle aurait mentionné et où elle aurait pu aller ?

— Elle ne m'a jamais parlé de s'en aller. Nous avons parlé de loups, et de cet endroit. C'est tout.

— Si vous êtes sûr que c'est elle qui a fait ça, alors dites-moi comment elle l'a fait.

— Avec une corde. Je suppose.

— Je ne vous demande pas avec quoi. Mais *comment*.

— Il faut que j'y réfléchisse, monsieur Marium. C'est avec les gens de ce village qu'il faut que vous parliez.

— Une minuscule vieille femme est venue me voir quand je suis arrivé ce soir, j'avais à peine eu le temps de poser le pied par terre. Et elle était là, juste devant moi. Elle m'a raconté que Medora Slone était possédée par un démon loup. Dont le nom est *tornuaq*, d'après elle. Voilà ce qu'on obtient quand on parle à ces gens.

— Il faut que j'y réfléchisse.

— Vous voyez cette grande route là-bas ? Il la désigna de sa cigarette. Le poste de police est au bout de cette route, en bas à gauche. En face du marché. Venez demain pour que nous parlions, s'il vous plaît. En attendant, vous devriez aller vous reposer.

Impossible de dormir. Il s'étira sur le lit de cette chambre froide et humide, il avait faim, mais pas la force de manger. Et il imagina le visage de Medora Slone flottant dans l'obscurité au-dessus de lui. Il se souvenait de sa peau, la veille, de son corps nu tremblant contre le sien.

Il connaissait les choses de la nature.

Chez les lions, un quart de la mortalité est causé par les infanticides. Le bar mange sa propre progéniture si elle ne nage pas assez vite pour lui échapper.

Les femelles du cochon et du lapin étouffent leurs petits lorsqu'ils sont faibles ou malades, ou bien lorsque la nourriture vient à manquer. Cela s'appelle le « *savaging* ».

Les chiens de prairie tuent un nombre tellement important de leurs petits que c'est pratiquement devenu un sport chez eux.

Les rats mangent leurs petits quand ils sont blessés ou difformes. Mais ce sont des rats.

Des guêpes. Des requins de mer. Des otaries. Des hirondelles.

Ces dauphins, dont nous admirons tellement l'intelligence : ils sont capables de tuer un nouveau-né avec leur bec, en l'enfonçant dans la chair de l'animal jusqu'à ce qu'il en meure, comme dans une mêlée mortelle.

Plus de quarante espèces de primates tuent leur progéniture. Et nos ancêtres ? Darwin doutait de leur participation à ce genre de barbarie : ils n'étaient pas aussi « pervertis », écrivait-il. Goodall fit état dans ses observations de femelles chimpanzés tuant et mangeant des bébés chimpanzés.

Chez certains babouins, trente pour cent de la mortalité infantile relève de l'infanticide.

La dépression post-partum peut conduire une femme à assassiner son enfant. Mais les scientifiques ont établi que l'essentiel des infanticides humains est à mettre sur le compte de la misère sociale ou économique. Dans la grande majorité des cas, les mères sont très jeunes. S'il faut choisir entre deux enfants, une fille et un garçon ? C'est la fille qui meurt.

Dans une tribu aborigène, on a recensé un cas où un enfant avait été tué et donné à manger à un autre. Dans la région des Hautes-Terres de Nouvelle-Guinée, les mères tuent leurs filles jusqu'à ce qu'elles aient des garçons. Les mères Kung, elles, emportent leurs nouveau-nés malades au fond de la forêt et reviennent seules.

Il n'existe pas une seule culture sur terre qui n'ait jamais vu une mère tuer son enfant.

Quelle force s'était emparée de la nature de Medora Slone le jour où elle avait serré une corde autour du cou de son petit garçon dans une cave ? La réponse est dans les bois, se dit-il, pas dans les livres. Les annales de la connaissance humaine sont muettes face à la sauvagerie tapie en chacun de nous.

Sur ce lit de motel, au bord du monde, Core sentit alors distinctement toute connaissance et toute croyance le quitter.

IV

Vernon Slone atterrit en Alaska après la nuit tombée, il avait quitté son uniforme pour une salopette rentrée dans ses rangers de soldat, une casquette de baseball sans logo et la parka en laine d'un homme mort sur une civière dans l'hôpital militaire où il avait transité en Allemagne. Il avait un bandage autour du cou, un autre à l'épaule. Ses cheveux couleur de sable avaient poussé, il avait une véritable crinière, assortie à sa barbe blonde, longue elle aussi, et à sa moustache qui cachait ses lèvres.

Il avait passé plusieurs jours en Allemagne, une semaine peut-être, il n'aurait pas su dire – des pilules, encore et encore, roses et bleues. Une opération pour ôter le plomb qui lui avait traversé l'épaule et le cou, et transpercé certains os. Puis ce vol, entre deux eaux, jusqu'au pays. Une base du Kentucky, d'après ce qu'on lui avait dit. Des nouvelles du petit. Des nouvelles de sa femme.

Un médecin militaire s'adressa à lui. *Personne ne vous a contacté ? Quelqu'un était censé vous contacter.* Slone n'arrivait pas à faire la mise au point sur son visage, il le voyait flou, et entendait sa voix étouffée, comme s'il lui parlait sous l'eau. *Ça fait deux semaines...* Il baissa les yeux sur des documents dans un dossier. *Ça fait presque deux semaines. Quelqu'un aurait dû vous le dire.*

Une onde de choc, amortie par la chimie, par encore davantage de rose et de bleu. Une autre voix déformée, lui parlant sous l'eau à nouveau. Une femme cette fois, en civil. Une conseillère. Un crucifix doré au creux de son cou, juste sous la jugulaire. Elle s'assit sur une chaise en face de lui, à une table posée devant la fenêtre de sa chambre. Il reconnaissait chaque mot pris à part, mais les phrases en entier semblaient prononcées dans une autre langue, indéchiffrable. Elle n'arrêtait pas de lui demander s'il voulait prier. Effondré sur une chaise, Slone jeta un œil à l'extérieur, aux uniformes qui défilaient sur la passerelle. Il resta éveillé encore une minute puis sombra, le front appuyé contre la table.

Son pouls battait dans tout son corps, dans ses oreilles bouchées par le sang coagulé ou par du coton. Un visage inconnu, lardé de cicatrices d'acné, un officier, évoqua devant lui la Purple Heart, la médaille des blessés de guerre. Et une cérémonie en son honneur. Plus de pilules. Le sommeil pesant des malades. Et puis la chute lente dans quelque bas monde d'ombres et de nuages, traversé de visages, lui apparaissant davantage comme ceux de créatures imaginaires que de personnes, et de cris indistincts transperçant le silence. Dans sa bouche, le nom de son fils.

Le soleil dehors. Quelqu'un poussait le fauteuil dans lequel il était assis, pourtant il n'y avait aucun problème avec ses jambes et la douleur dans son épaule et son cou avait disparu. Une jeune fille rousse, aux faux airs de stripteaseuse déguisée en vendeuse de bonbons, lui tendit un bouquet de roses jaunes encore sous cellophane vert. Elle avait des seins trop gros pour son âge, le visage éclaboussé de taches de rousseur, une bouche de monstre, envahie par le métal de son appareil dentaire qui renvoyait l'éclat du soleil en plein dans les yeux de Vernon Slone. Elle parlait une langue qu'il ne connaissait pas et personne ne traduisit. Il avait besoin de pleurer mais il était incapable de trouver la force de le faire.

Les rayons du soleil découpaient la pièce en figures géométriques mystérieuses, comme si la lumière venait à la fois de l'ouest et de l'est. Impossible de comprendre que l'ordre de la nature soit ainsi suspendu. Les ombres des branches et des brindilles au-dehors caressaient les murs de leurs bras squelettiques. Le soir, la lumière de la lampe enveloppait chaque recoin de formes maléfiques qu'il tentait en vain d'identifier. Son fils lui parlait en rêve, et lorsqu'il ouvrait les yeux, il découvrait qu'il avait pleuré dans son sommeil.

Dans le monde éveillé, le temps ne s'écoulait plus de la même manière. En Alaska, lui avait-on dit, les gens avaient le rythme circadien faussé, réglé sur la vie arctique où une moitié de l'année se passait dans le noir et le froid. Dans ces corridors nébuleux entre veille et sommeil, il vit aussi son père, cet homme plein de crevasses, une peau d'argile, gercée par le tabac et le froid. Chaque fois qu'il se réveillait, tout lui revenait en mémoire, comme si on venait de lui annoncer le drame.

Plusieurs jours auparavant, on lui avait donné des copies de l'article qui était paru sur les événements, avec des photos de Medora et Bailey en noir et blanc. Des photos qui dataient de trois ans, avait-il noté, tronquées et brouillées par l'impression de piètre qualité. Seule la moitié supérieure des phrases était visible, comme si au fond elles n'étaient qu'à moitié vraies – comme si c'était à lui de reconstituer ces phrases, de compléter les détails de cette histoire.

Quand il embarqua enfin dans l'avion qui le ramenait chez lui, son corps avait évacué les pilules bleues et roses. Il commençait à émerger de son nuage reculé.

Son ami d'enfance, Cheeon, l'attendait à l'aéroport. Slone le reconnut au milieu de la foule bigarrée de gens venus accueillir leurs familles – un mètre quatre-vingts, à moitié yup'ik, le visage figé dans une expression triste et résolue. Il reconnut ses vêtements d'hiver ternes, ses bottes, la forte odeur de tabac qui le caractérisait. Et ses cheveux noirs qui dépassaient sous une casquette de chasseur à l'imprimé camouflage. Sa fille de cinq ans avait été le deuxième enfant du village enlevé par les loups, mais de cela il ne dit rien à Slone.

Les deux hommes n'échangèrent pas un mot, pas une poignée de main ou une accolade, ils se contentèrent d'un regard et d'un hochement de tête. Cheeon prit le balluchon de Slone puis lui tendit une cigarette, un Zippo et un couteau de chasse dans un étui de cuir noir. Slone traversa l'aéroport à toute allure, Cheeon à ses côtés réglait son pas sur le sien. Une fois passées les portes coulissantes, il alluma la cigarette, glissa le couteau à sa ceinture dans le creux de son dos et regarda Cheeon, qui lui indiqua le chemin d'un geste de la tête vers sa voiture dans le parking.

Il faisait deux degrés, et d'ici l'aube la température tomberait à moins vingt. Le nuage de son haleine devant lui et la morsure de l'hiver – Vernon Slone était chez lui.

Pendant les quatre-vingts minutes qu'il leur fallut pour arriver à la morgue de la ville, les deux hommes ne prononcèrent pas un mot. Cheeon conduisait et fumait, et fumait encore, sa fenêtre entrouverte pour ventiler l'habitacle. La cicatrice blanche qui saillait au coin de sa bouche évoquait ce matin d'automne où ils étaient partis à la pêche dans le lac de la vallée. Slone, quatorze ans, avait lancé sa ligne, sans regarder, et lui avait harponné la bouche d'un geste net et précis. Après un cri, Cheeon avait attrapé la ligne au vol pour empêcher

Slone de la projeter en avant. Slone avait tranché le fil avec des cisailles et fait ressortir l'hameçon de la peau, en retenant un rire nerveux tandis que le sang giclait sur leurs bottes et que Cheeon, mâchoire serrée, le maudissait du regard.

Cette retenue entre eux, à la fois instinctive et rituelle, avait toujours été. Hurlant dans leurs langes, les deux nourrissons devenaient instantanément calmes et silencieux lorsqu'on les réunissait, comme s'ils étaient l'un pour l'autre un réconfort que personne ne pouvait expliquer. Ils partaient à la chasse à l'élan et au cerf ensemble avec leurs arcs et leurs flèches, côte à côte, chacun derrière un sapin, et pouvaient passer douze heures dans un silence total, leur langage gestuel ayant supplanté la parole.

Chasser en hiver requérait un silence hors du commun, la neige et le froid étouffaient tous les sons de l'été, le givre recouvrait la terre, le moindre pas dans la neige pouvait être repéré par un caribou à plus d'un kilomètre de distance. Ils passaient tous leurs week-ends à pêcher du saumon royal et de la truite sans prononcer une seule phrase pour ne pas risquer que les poissons les entendent. Et traversaient les longues nuits de novembre enroulés l'un autour de l'autre pour se réchauffer sous la tente, sans jamais s'étonner de cette affection si naturelle.

Sur les tapis en caoutchouc devant les sièges de la voiture de Cheeon se trouvaient un marteau, un gobelet de café écrasé, une boîte de préservatifs déchirée à l'ouverture, des mégots de cigarettes tombés du cendrier, des balles de calibre .22 qui roulaient à chaque virage. La tête appuyée sur son siège, Slone observait ces routes qu'ils connaissaient par cœur, et, tandis qu'ils approchaient de la ville, il scrutait les devantures, guettant les changements dans les vitrines, les panneaux, les jardins, avalant de temps à autre une gorgée d'eau dans une bouteille que Cheeon lui avait donnée. Une mère marchait le long d'un trottoir déneigé en tenant la main de son fils – Slone se redressa en vitesse et tourna la tête pour les regarder passer. Derrière le pare-brise de la voiture, dehors, il y avait de l'électricité partout dans l'air ce soir-là – les lumières de la vie. Slone pensait protons, électrons, électrocution.

*

* *

Dans la pénombre du hall d'entrée de la morgue, deux détectives, un légiste en blouse blanche et Russell Core – l'homme qui écrivait sur les loups et qui avait découvert le corps de son petit garçon deux semaines auparavant, l'homme aussi qui avait vu Medora Slone en dernier – vinrent à leur rencontre. Core et les détectives tentèrent d'y mettre les formes, tendirent les mains, présentèrent leurs condoléances, mais Cheeon posa le doigt sur ses lèvres, secoua la tête pour leur intimer le silence et la distance, avant de pousser la barre de la porte en acier menant à la chambre froide pour laisser passer Slone.

Il entra seul. Il vit son fils allongé sur un tiroir ouvert, le drap replié au niveau de la taille, l'étiquette à son pied, fixée comme un prix sur un article, presque aussi grande que le pied lui-même. Son petit, tout bleu, avait grandi pendant l'année où il avait été absent, ses traits avaient changé, mais c'était peut-être l'effet de la mort plutôt que du temps. Il avait les cheveux plus longs. Et une tache bordeaux sous la peau si fine de sa gorge. Des orbites noires sous les fentes de ses paupières. Il avait l'air affamé, et Slone se demanda si c'était la mort qui donnait cette impression.

Il respirait à travers des sanglots, de même qu'une femme respire à travers le souffle en donnant la vie – des sanglots qui lui soulevaient le plexus solaire, des sanglots auxquels il s'abandonnait littéralement, sachant que ce serait le seul moment, la seule opportunité qu'il aurait de pleurer à chaudes larmes. Il les laissa venir et s'en aller. Pendant de longues minutes, elles roulèrent sur lui. Puis il posa la main sur le torse pâle du petit, effleura ses côtes d'oiseau. Il se pencha – la pression des sanglots irradiait partout, contractant la peau sur son crâne, dans son cou et sur son visage. Il déposa un baiser sur les lèvres de son fils et murmura : « Souviens-toi de moi. »

*

*   *

Les détectives étaient assis dans les canapés défoncés de la salle de repos de la morgue, dans l'atmosphère épaissie par l'odeur du café tout juste passé. En face d'eux, Slone et Cheeon fumaient, assis autour d'une table. Russell Core avait pris place dans un fauteuil à leur gauche, les yeux fixés sur sa tasse. Donald Marium lui avait demandé d'être présent ; il disait que Core était le seul lien avec ce qui s'était passé au village. Sur le mur de cette pièce, il y avait un tableau représentant un élan avec une perruque écarlate et du rouge à lèvres. En entrant, Cheeon était resté un long moment à regarder cette image comme si elle recelait un sens caché.

Le flic à moustache se lança :

— Est-ce que tu as la moindre idée de l'endroit où cette femme a bien pu s'enfuir, Vern ? N'importe quel indice ?

— On la retrouvera, dit le gros. Elle paiera pour le mal qu'elle a fait, Vernon. On a quelques pistes.

Il brandit un dossier, une liasse de documents concernant Medora Slone : des photos, des cartes, et d'autres choses que Slone ne parvenait pas à identifier.

L'autre, celui à la moustache, continua :

— On a diffusé sa photo dans tout l'État. Partout, Vern. Des patrouilles recherchent sa voiture du nord au sud. Mais ce serait vraiment bien si tu pouvais nous donner une idée de l'endroit où cette femme a pu s'enfuir. Au Canada, peut-être ? On a prévenu la police montée là-bas. Des trous du cul, tous autant qu'ils sont, mais on est en contact avec eux.

Ce flic buvait dans une minuscule tasse en polystyrène, et semblait contrarié par le goût du café de la morgue.

— Je sais que c'est l'horreur pour toi en ce moment, Vern, à cause de cette femme.

La plupart des habitants de cette ville n'étaient pas du coin, c'étaient des réfugiés volontaires venus d'en dessous du quarante-huitième parallèle. Ceux qui vivaient sur le quarante-huitième parallèle, Slone et Cheeon les reconnaissaient au premier regard. Le gros, pensa Slone, venait de Caroline du Nord, peut-être d'Oregon. Celui à la moustache était un Texan, à coup sûr. Installés ici pour jouer les policiers, quand ils ne s'amusaient pas à abattre des élans en dehors de la saison de la chasse. Et l'homme-loup, un gars du Midwest. Ils se sentaient nécessaires en ce moment, se dit Slone. Importants. Des phares dans la nuit

La paupière gauche de Slone papillonnait, comme souvent quand il manquait de sommeil. Il avait essayé de s'assoupir dans l'avion, mais en avait été incapable. Il écrasa sa cigarette et se retourna vers Core, sa gueule de loup blanc et sa barbe royale. Il était assis dans le fauteuil, accablé et silencieux.

— C'est vous qui avez trouvé mon petit garçon ? lui dit Slone.

Core croisa son regard, acquiesça, et détourna les yeux. Slone esquissa un hochement de tête en retour, c'était sa façon de montrer sa gratitude, sa version gestuelle des remerciements. Core baissa les yeux sur ses pieds, les bottes couvertes de sel de Vernon Slone, les bottes que Medora Slone lui avait prêtées deux semaines plus tôt quand il était arrivé. Lorsque Core réalisa qu'il les avait aux pieds, sa tête bourdonna d'embarras et il tenta de cacher l'une sous la semelle de l'autre tout en sachant que ses efforts étaient vains.

— M. Core a été appelé ici par ta femme, dit le gros flic. Cette satanée bonne femme lui a raconté qu'un loup avait enlevé ton fils. Tu imagines ? Faire un truc pareil ?

À l'âge de douze ans, Slone avait tué d'une seule balle un loup dans les collines au-dessus de Keelut. Pour s'entraîner au tir sur une cible vivante, pour jouer, pour se faire peur. Quand son père le découvrit, il lui arracha son fusil et lui asséna une gifle qui lui fit cracher du sang. Sa peau gardait le souvenir indélébile de la main parcheminée du vieux sur sa joue.

Ensuite, son père lui confia un bébé husky, « pour corriger cette violence en toi », dit-il. Et Slone s'occupa de l'animal pendant une dizaine d'années jusqu'à ce que le chien perde de sa vigueur et développe plusieurs tumeurs. Son père exigea alors que Slone mette fin lui-même à ses jours avec la carabine .22 long rifle, puis l'enterre dans les collines de Keelut, juste à côté du ravin. Ce jour-là, il était sûr – il avait vingt ans – que jamais de sa vie il n'éprouverait à nouveau un chagrin aussi viscéral. Il voyait son chien partout, sentait son odeur sur les vêtements, l'entendait dans la cabane, rêvait de lui. Hanté et endeuillé, comprit-il alors, les deux faces impitoyables d'un même miroir.

Celui à la moustache reprit :

— On s'est dit que tu aurais des questions à poser à M. Core, Vern, comme il était là et qu'il est le dernier à avoir vu cette femme. Il nous a bien aidés jusqu'ici.

Slone se retourna à nouveau vers Core dans son fauteuil, sirota son café. Il observa ses poings serrés, son alliance, et sous l'ongle d'un de ses pouces un pinçon qui éveilla sa curiosité. Chacun de ses doigts semblait un prodige de mobilité.

— Pouvez-vous réveiller les morts ? demanda-t-il enfin.

— Non, monsieur, je ne peux pas, répondit Core.

— Alors, je n'ai rien à vous demander.

— Je voudrais bien une cigarette, s'il vous plaît, dit Core.

Slone le dévisagea. Sans comprendre.

— Est-ce que je peux vous prendre une cigarette ? redemanda Core.

Slone lui passa le paquet, et Core, hochant la tête en signe de remerciement, en tira une du bout des doigts – c'était la même marque inconnue que les cigarettes offertes par Medora le premier soir où il était arrivé à Keelut, avec un poignard noir en guise de logo. Il se pencha, l'alluma avec le briquet de Slone et se rassit en contemplant le bout rouge.

— Il n'y a pas un endroit où tu penses que ta femme aurait pu aller, Vernon ? Aucune idée ? demanda le gros. Un parent, un ami, peut-être ? Cette femme, elle a des amis, non ? Au moins un ?

Slone se leva alors, fatigué par cette conversation, et Cheeon l'imita. Core demeura assis à fumer, le corps toujours engourdi et enfiévré par le rhume qu'il avait attrapé et dont il n'arrivait pas à se débarrasser. Le comprimé effervescent qu'il avait avalé une heure plus tôt n'avait en rien dissipé la fièvre.

Les détectives se levèrent à leur tour, le gros ajouta :

— On a besoin d'une déclaration de ta part quand tu t'en sentiras capable, Vernon, et il y a tout un tas de paperasses qu'il faut que tu signes. Au poste, si c'est possible, ce serait mieux, si tu es prêt à y aller. Don Marium est là-bas. Tu connais Don ? Il nous a demandé de venir ici à ta rencontre et de te ramener au poste ensuite si tu veux bien. Le plus tôt sera le mieux, apparemment.

Slone fixa le flic, sans un mot.

— Putain, on sait que tu viens de rentrer, Vern. On est vraiment désolés de toute cette merde. Ce qu'il y a c'est que plus on attend, plus elle a le temps de s'enfuir loin, tu vois. On a quelques pistes, il faudrait qu'on en parle avec toi, si tu veux bien nous accompagner au poste maintenant. Je sais qu'il est tard. On a délimité une zone sur une carte là-bas.

Cheeon se tenait devant le tableau, à nouveau plongé dans l'observation de l'élan à la perruque et au rouge à lèvres, sans doute l'idée que quelqu'un se faisait du genre de blague qui convenait à une morgue, le genre d'abomination qu'il ne comprendrait jamais. Quand Russell Core se mit à ronfler dans le fauteuil, les quatre hommes se retournèrent pour le regarder.

*

* *

Dans le parking sans éclairage derrière la morgue, Slone et Cheeon, debout devant le véhicule des détectives, regardèrent l'homme-loup disparaître dans la nuit qui l'attendait, prêt à se faire cueillir par le sort, quel qu'il fût. Dans ses phares, on apercevait des rafales de neige, comme des tornades miniatures dont il ne resterait au lever du jour qu'un canevas blanc et épais.

Ils se retournèrent pour pisser côte à côte dans les congères formées par le chasse-neige au bord du parking sombre, deux filets jaunes éclaboussant la neige dure. Slone apercevait les lumières blanches et orange de la ville, l'œil rouge de la tour de la radio clignotant au-delà des voies de chemin de fer.

Le gros s'adressa à eux de derrière :

— Vous voulez bien nous suivre, les gars ? On a du café qui nous attend là-bas, du bon café, qui vous réchauffe un homme. Une lampée de bourbon là-dedans et vous serez comme neufs.

Slone referma sa braguette et prit le calibre .45 de Cheeon dans le noir. Il se retourna et tira à bout portant sur le gros, en plein visage, à moins d'un mètre.

Il abattit l'autre d'une balle dans le front.

Ils s'effondrèrent devant la portière de leur véhicule et Slone, debout à côté d'eux, leur logea à chacun une autre balle dans l'oreille, avant de rengainer l'arme à la ceinture. Cheeon lui tendit une lampe-torche et Slone repéra des fragments de crâne et de cerveau en train de geler collés à la carrosserie. Il se pencha avec la lampe pour rassembler les documents sur Medora qui étaient tombés par terre – une photo d'elle en noir et blanc était lézardée de sang et imbibée de neige – et les remit dans le dossier. Il jeta encore un regard sur les corps, les giclées de sang durci luisaient comme des rubis éparpillés sur une étoffe blanche.

Cheeon lui prit la lampe et le dossier des mains et démarra le moteur de sa voiture. Slone retourna dans la morgue en rentrant par la porte arrière – au-dessus de la porte la lumière rouge d'un panneau de sortie de secours, derrière, un couloir plongé dans le noir. Quelques minutes plus tard, il ressortit du bâtiment en portant dans ses bras une housse mortuaire comme s'il s'agissait d'une jeune mariée. À l'arrière du pick-up, Cheeon saisit l'extrémité du petit et le passa au-dessus du hayon baissé. Ils le couchèrent délicatement dans le coffre, la neige formait un lit douillet, où il s'enfonça de plusieurs centimètres.

Pendant le trajet d'une heure qui les séparait de Keelut, les deux hommes n'échangèrent pas un mot. Cheeon fumait et conduisait tandis que Slone piquait du nez, la tête tournée vers ce monde blanchi qu'il connaissait si bien, à présent coloré de noir : maisons, cabanes, bâtiments, puis, hors de la ville, des acres et des acres de terre, et sur des kilomètres, pas la moindre promesse de lumière, un calme si immuable.

Des réminiscences du sable, là-bas, de la gifle du soleil, et la fatigue violente infligée par ces souvenirs. Slone s'endormit au son des pneus avalant l'asphalte comme sur une berceuse.

*

* *

Les bourgades ou faubourgs qui se trouvaient en première ligne étaient noyés sous les cendres depuis le début des combats. Les avions laissaient des champs de ruines derrière eux. Après quoi les escadrons de chars avançaient, pâté de maisons par pâté de maisons, pour retrouver ce qu'il restait de vivant sous les décombres. Ils rampaient de porte en porte au milieu des bâtiments en feu, sous une nappe de fumée aussi noire que la nuit où le soleil se transformait en lune. Les hommes qu'ils recherchaient semblaient ne jamais être là où ils auraient dû. La plupart n'étaient même pas en uniforme. Difficile de décider sur qui tirer, et qui risquait de tirer. Les familles se réfugiaient dans les caves, blotties les unes contre les autres. Les chiens errants, sourds et commotionnés, promenaient leurs corps décharnés. À tout moment, des tirs retentissaient à quelques rues, au nord ou au sud, impossible de savoir.

Slone se retourna et se rendit compte qu'il avait perdu le groupe en se cachant derrière une porte, où il s'était accroupi pour tenter de trouver de l'air. Il s'aspergea d'eau avec sa gourde, essuya la sueur et la saleté de son front. Des voix, américaines, lui parvenaient depuis une allée obstruée par les gravats. La fumée dans les rues laissait un couloir étroit.

Debout dans ce hall d'entrée, Slone aperçut, à travers la fenêtre sans vitre, une enfilade de deux pièces rondes et, au fond, un soldat, aux cheveux couleur de miel clairsemés, portant les mêmes couleurs que lui, arborant son drapeau, un membre de sa compagnie peut-être – les yeux de Slone lui brûlaient encore à cause de la sueur et de la fumée. Sur une table, sous le poids du corps de cet homme, une fille, et sur le côté des sous-vêtements en tire-bouchon. Slone regarda cet homme, piston tatoué dressé entre les jambes de la fille.

Il pénétra dans la maison, se faufilant tel un voyeur. Et il observa. La fille était très jeune, maintenant qu'il était plus proche, il s'en rendait compte, seize ou dix-sept ans. Sa peau ombrée étincelait de leurs sueurs mêlées. Elle ne luttait pas. Elle ne criait pas. Elle n'arrivait pas à regarder ailleurs. Elle étudiait le visage du soldat comme s'il fallait qu'elle s'en souvienne pour plus tard. Ou bien était-elle sidérée par l'existence de cette vipère, stupéfiée par la présence de ce diable aux cheveux de miel et aux dents lisses. Et pourtant, s'il n'y avait pas eu ces larmes qui coulaient en silence de ses yeux, elle aurait presque pu paraître consentante.

Les tirs redoublèrent dans la rue. Des explosions furtives, pas loin, firent trembler le sol de la maison. Il y eut un souffle de vapeur, dont il n'arriva pas à identifier la provenance.

Puis Slone se retrouva juste derrière eux. Il vit des hiéroglyphes absurdes inscrits sur le biceps du soldat. Une croix médiévale tracée dans sa nuque, et à l'intérieur de la croix, une question : *Pourquoi m'as-Tu maudit ?*

Slone dégaina le couteau qu'il avait à la ceinture. Sa main, son bras, son épaule avaient agi indépendamment des ordres du cerveau. Il plongea son couteau dans l'oreille droite du soldat. Un centimètre de la lame ressortit par la tempe gauche et Slone sentit le corps s'affaler sous l'acier. Il retint le corps avachi de l'homme au bout de son couteau pour qu'il ne bascule pas sur la fille. Puis il enfonça encore sa lame d'un geste vif et la retira tout aussi vite dans un seul et même mouvement. Les dents du couteau dégoulinaient à présent de chair et de cervelle. À terre, sur la pierre poussiéreuse, le sang s'échappait de la tête de l'homme en une nappe plus noire que rouge. L'inutile question de son tatouage disparaissait avec lui.

Pourquoi t'a-t-Il maudit ? Tu n'as qu'à Lui demander.

La fille se redressa, le sang coulait de son ventre. Elle couvrit ses jambes, les croisa sur la table, et regarda Slone, à moins de deux mètres d'elle, les yeux écarquillés. Il serrait toujours la lame ensanglantée dans son poing. Il n'avait pas imaginé que ces gens puissent avoir les yeux clairs, mais il le voyait bien, maintenant que cette fille le dévisageait de son regard bleu stupéfait, se demandant dans quelle autre chair cette lame voudrait plonger ensuite. Se demandant si cet autre homme aux cheveux jaunes allait encore entrer de force en elle.

Je suis incapable de te faire du mal, pensa-t-il. *Je ne te ferai rien. N'aie pas peur de moi.* Et elle parut pouvoir lire dans ses pensées, déceler dans son visage quelque chose qu'il n'y avait pas chez les autres. Elle ne trembla pas, ne prit pas la fuite – ses larmes avaient séché – et ne détourna pas les yeux de lui. Slone débarrassa sa lame des matières collées dessus en l'essuyant sur l'intérieur de sa cuisse de pantalon, et lui tendit son couteau garde en avant.

Elle était prête, elle savait déchiffrer ses expressions désormais : *Sers-toi de ça la prochaine fois. Tue tous les hommes, toutes les personnes qui tenteront de te faire du mal.* Alors, elle prit le couteau qu'il lui offrait. Pour une raison connue d'elle seule, elle porta la lame sous son nez pour humer l'odeur du métal et de la garde. Elle se leva de la table et glissa le couteau dans ses sous-vêtements souillés. Elle baissa les yeux sur le corps qui gisait à ses pieds et cracha dessus. Elle saisit la main droite de Slone, où le sang du soldat formait une croûte goudronneuse, et la tourna pour observer sa paume. Du bout de l'index, elle traça une lettre ou un signe invisible dont elle serait à jamais la seule à connaître le sens.

Puis elle boita, pieds nus, jusqu'à l'entrée de la maison et disparut dans les volutes de fumée.

*

* *

La chambre de motel de Russell Core dégageait une odeur de maladie, deux semaines qu'il y était malade, l'écriteau NE PAS DÉRANGER pendu à la poignée en permanence, décourageant les femmes de chambre désireuses d'entrer. Des emballages de nourriture à emporter du seul restaurant chinois de la ville. Des serviettes de toilette humides sur les chaises, un lit défait. Des journaux jonchant la moquette aussi dure que du béton, des bouteilles d'eau de source compactées dans la poubelle. Des boîtes de médicaments déchirées, des mouchoirs roulés en boule, des tasses de thé sales pour lui réchauffer la gorge. Sur le buffet, il y avait une statue en céramique ébréchée représentant une jeune Hawaïenne souriante en jupon de paille et collier de fleurs – Core n'arrivait pas à trancher, c'était du premier ou du second degré ?

Après la chasse, il avait souffert des jambes et du dos pendant trois jours ; le simple fait de s'asseoir sur les toilettes était douloureux – et lui rappelait avec insistance sa faiblesse physique et son âge. Il avait dormi longtemps d'un sommeil chargé de microbes. Il s'était réveillé sans savoir quel jour on était et avait du lutter pour se souvenir du mois. Après plusieurs minutes immobiles, tout lui était revenu : le petit mort, Medora Slone, sa femme à lui qui n'était plus elle-même. Et sa fille qu'il fallait qu'il aille voir.

Après avoir trouvé le petit, il avait attendu le retour de Vernon Slone pendant deux semaines. Il guettait le coup de téléphone qui lui annoncerait enfin la mort de sa femme. Mais personne ne savait où il se trouvait. Il passa ces jours si courts à dormir, un peu apeuré par ce ciel si gris et par le mystérieux instinct qui l'avait poussé à venir dans cet endroit.

Maintenant, de retour de la morgue, il comprenait qu'il avait attendu pour rien. Le numéro de téléphone et l'adresse de sa fille étaient notés sur un papier plié dans son portefeuille, comme une invitation envoyée à la mauvaise adresse. Il n'avait rien à apporter à Vernon Slone, pas le moindre détail à ajouter au destin horrible de cette famille.

Et si Slone lui avait réclamé une explication ? Aurait-il compris ce que Core avait à lui dire, ce qu'il savait de la nature ? Tout son savoir n'était d'aucun secours ici – d'aucun secours pour Slone et d'aucun secours pour lui-même. Réveillé en pleine nuit, le parfum de Medora Slone encore vif dans son souvenir, il étudiait les constellations par la fenêtre. Ce que Medora avait fait existait dans la nature également, chez les animaux. Il l'avait observé de ses propres yeux parmi les loups affamés au nord. Il le savait. Mais cela ne l'aidait pas à trouver les mots.

La chambre de motel vide autour de lui, comme la fin ou le début de quelque chose d'autre, une nouvelle direction qu'il ne parvenait pas encore à définir. Core ouvrit la fenêtre, un panneau à huit carreaux en fer, une relique dont il croyait qu'il n'existait plus un seul exemplaire, les ramures de givre dessinant une branche de fougère sur la vitre. Il ouvrit le battant dans la nuit noire pour laisser le froid entrer et nettoyer la chambre. Il s'agenouilla face à la nuit, laissant ses larmes se perdre dans le chaos de sa barbe. Il tenta de prier mais les mots ne voulaient pas venir, oubliés depuis trop longtemps, tandis qu'il rejoignait inexorablement le troupeau des damnés. Il resta là, devant la fenêtre ouverte, jusqu'à ce que le froid de la nuit l'anesthésie comme la Novocaïne, jusqu'à ce que l'épuisement parvienne à le faire sombrer dans le sommeil.

*

* *

Derrière les collines de Keelut, Slone et Cheeon creusèrent la terre à l'arrière d'une tombe nichée dans une clairière entre deux étendues boisées. Un loup hurla du fond de la vallée, par-delà les arbres, et, perchées sur les branches basses des cèdres, des chouettes observaient ce labeur nocturne. Ils creusaient sur les côtés, dans le remblai de neige, à l'aide de pelles et de pioches, ébauchant ce qui était clairement une tombe temporaire. Sans l'équipement adéquat, le sol était à présent impossible à creuser. Les phares de la voiture éclairaient leur ouvrage, la neige tourbillonnait dans les rayons de lumière comme une nuée d'insectes dans la lueur d'une lampe un soir d'été. Le noir autour d'eux semblait plus profond encore que la nuit, semblait une négation délibérée du jour.

Enfants, ils avaient chassé le lynx et la grouse sur ces terres à l'automne et en hiver, malgré la consigne de leurs pères qui leur interdisaient de jouer au-dessus des morts endormis. Le petit aurait un enterrement décent après la fonte des neiges, quand la terre aurait ramolli. En attendant, sa place était ici, dans les terres éternelles de son village, auprès de ses ancêtres. Le grand-père du petit, le père de Slone, était enterré à seulement quelques mètres de là, dans un trou creusé à la pelle dans la terre, par ces deux mêmes hommes. Mais pour le moment, toutes les tombes, toutes les pierres tombales disparaissaient sous les couches de neige successives.

Ils balançaient les pioches dans le talus de neige. Côte à côte au-dessus de leur ouvrage, on aurait dit des ouvriers du chemin de fer frappant les rails en cadence à force de se côtoyer. Ils ne s'arrêtaient pas, pas même pour boire un peu d'eau ou fumer une cigarette. Les blessures de Slone à l'épaule et au cou semblaient se rouvrir à chaque coup de pioche. Le petit reposait sur la neige dans sa housse, témoin discret du labeur de son père.

Arrivé à mi-chemin de la couche la plus épaisse, Cheeon abandonna la tombe à Slone et se dirigea vers l'arrière de la voiture pour fabriquer un cercueil au petit. Trois planches de contreplaqué, une scie à main et un marteau, un mètre et une poignée de clous, un crayon fiché derrière l'oreille, la lanterne perchée sur une boîte à outils procurant un halo de lumière suffisant. Ce qu'il façonna en si peu de temps n'était guère plus qu'une boîte. Mais le bois était régulier et fixé serré, et c'était tout ce qu'il pouvait lui offrir tant qu'il n'avait pas plus de visibilité et de temps, tant que le dégel n'était pas là.

Slone s'arrêta après avoir creusé un trou d'un mètre cinquante de profondeur dans le talus. Surplombant son ouvrage, il but une gorgée de la Thermos que Cheeon avait prise dans la portière et leva son verre vers lui.

Ils défirent la fermeture Éclair de la housse et placèrent le petit dans la boîte. Slone caressa son visage, se détourna, mais ne put résister à l'envie de le toucher encore une fois. Puis il scella le couvercle de vingt-deux clous. Au-dessus du cercueil, Cheeon saisit le bras gauche de Slone, roula sa manche jusqu'au coude et lui taillada l'avant-bras avec un couteau. Il appuya jusqu'à ce que des bulles de sang gouttent sur le haut de la boîte comme des cachets à la cire, puis de son doigt nu dessina un glyphe mi-loup mi-corbeau – un symbole que lui avait appris sa mère yup'ik. Slone ne demanda pas de quoi ce symbole était censé protéger son fils, mais se sentit rassuré qu'il se trouve là-dessous.

Ils transportèrent la boîte et la glissèrent dans le compartiment qu'ils avaient ménagé pour elle, avant de reprendre leurs pelles pour cacher ce qu'ils avaient enterré là.

*

* *

Sa maison, la cabane qu'il avait construite de ses mains, était entourée de ruban de la police. Slone se posta sur le seuil et observa la scène. Les baskets du petit près du radiateur à roulettes, ses minuscules bottes de neige. Un manteau d'hiver à la patère. L'ampoule au-dessus de sa tête qui grésillait, faiblissant peu à peu. Il entra, le bois des parois semblait comme raidi par le froid, par l'absence de chaleur humaine. Les lattes craquèrent sous ses pieds. Il alluma le radiateur électrique, puis alla chercher du bois sous une bâche à l'abri du porche derrière la cabane, et forma un tas compact et volumineux dans le foyer de la cheminée. Ensuite il enflamma du petit bois dans le poêle, souffla sur les braises jusqu'à ce que l'atmosphère se réchauffe assez pour que sa respiration redevienne invisible.

Toujours vêtu de son manteau, il se rapprocha du canapé. Tournoyant, oscillant sur ses pieds à moitié engourdis. Au-dessus de lui, l'ampoule claqua dans le noir. Puis Slone sombra à son tour, endormi avant même d'avoir senti le canapé s'affaisser sous son poids.

Réveillé avant l'aube, il versa de l'eau bouillante sur du café en poudre givré. Il savait que, dès les premières lueurs, les deux hommes morts derrière la morgue seraient découverts, et qu'alors il ne lui resterait plus beaucoup de marge avant que la police ne vienne le chercher. Trois ou quatre heures par ce temps, maximum cinq. Debout dans la cave, il scrutait le trou dans lequel l'écrivain des loups avait trouvé son petit. Il s'approcha au plus près afin de le toucher, de sentir le froid qui y régnait.

Assis à table devant un repas d'œufs périmés et de pain rassis – il n'avait plus aucun goût –, il ouvrit le dossier qui contenait les documents sur Medora. Un rapport de police à l'encre passée. Des photos de son fils sur le sol de la cave. De l'endroit où la Chevy Blazer avait sans doute été vue pour la dernière fois. Une carte de l'autoroute qui reliait les villes au Yukon, une artère principale, noire, entrecoupée de routes goudronnées ou non, comme un réseau capillaire.

Sur la carte, des points rouges délimitaient les itinéraires possibles. De nombreuses routes, remarqua-t-il, n'étaient même pas indiquées, inconnues au bataillon pour les gens de la ville et les flics, la plupart se résumaient à des chemins ménagés entre les taillis de bouleaux et d'aulnes, invisibles depuis le ciel. Medora et lui parcouraient ces chemins depuis l'enfance, depuis l'âge où ils avaient appris à manier autoneiges, quatre-quatre, trial. Quel que soit l'endroit où elle avait choisi de s'enfuir, elle avait emprunté ces chemins-là, il le savait. Il alluma un coin du dossier d'abord, souffla sur la flamme qui s'éleva dans les airs, puis le laissa tomber tout entier dans l'âtre.

De l'aspirine pour la douleur dans son épaule, et encore du café. Debout devant le bureau de sa femme, il retourna chaque feuille de papier, chaque enveloppe. À ses pieds, il y avait du linge sale dans une corbeille en osier, il porta les chaussettes et les sous-vêtements à son nez et respira leurs relents humides. Au fond de la corbeille, il tomba sur un tee-shirt du petit, celui avec une voiture de course rouge transformée en personnage souriant – il était encore imprégné de l'odeur de son enfant. Slone le glissa dans la poche de sa veste. Dans la chambre, il vida sa penderie et défit le lit. Sous son oreiller, Medora gardait un masque de shaman inuit en bois flottant et peaux de bête – la gueule d'un loup.

Il s'assit sur le lit de son fils. Il regarda, encore et encore, autour de lui, sans ciller. Dehors, le matin ne l'attendait plus.

Il commença à remplir des balluchons. Chaussettes, gants, collants thermiques sans pieds, combinaisons isolantes. Un couteau de chasse, des munitions, des pinces et des cartouches. Arc à poulies et carquois. Lampe torche et corde. Jumelles. Dans la salle de bains : ibuprofène, antibiotiques, aspirine, bandages, peroxyde, lames de rasoir, laxatifs. Dans le double-fond du placard, une réserve d'armes à feu : un revolver 9 mm, un calibre 12 avec chargeur automatique, un fusil Remington qui avait appartenu à son père. Et le semi-automatique AR-15 qu'il avait trouvé près de la porte de derrière : celui que l'homme-loup avait emporté dans sa chasse.

Cheeon avait dégagé son Bronco de sous les couches de neige qui le recouvraient, rechargé les batteries, remis de l'huile, rempli la jauge, et enveloppé le moteur dans une couverture chauffante pour le ramener à la vie. À l'arrière, Slone installa les bagages et les armes. Des couvertures, un oreiller, deux bouteilles de gaz, des bottes de neige. Pioche, pelle, scie à métaux. Un paquet de denrées non périssables : beurre de cacahuètes, biscuits secs, chocolat. L'engin se remit en route au premier coup de clé dans le contact et Slone laissa le moteur se réchauffer en surrégime, pare-brise et dégivrage arrière en position maximum. Il chargea le pistolet et se le mit à la ceinture, puis il chargea le fusil de chasse et le plaça sous son siège.

Ensuite il alla voir la vieille.

*

* *

Si tôt après l'aurore, la route principale du village était déserte. Il avait été absent pendant toute une année, et apparemment rien n'avait changé. À cette heure-ci, les hommes, jeunes et moins jeunes, étaient déjà partis à la chasse, ou bien relever leurs lignes au-dessus des trous percés dans le lac gelé. Les femmes se consacraient aux enfants et aux corvées ménagères à l'intérieur des cabanes. Un équipage de chiens de traîneaux posté le long d'une maison se redressa en silence en le voyant, puis se rallongea quand il fut passé. La hutte de la vieille était située dans la descente qui longeait la cabine du générateur. Elle avait toujours été là, bien avant sa propre naissance, derrière la maison du puits – un endroit que tous les enfants évitaient.

Lorsqu'il entra, elle se tenait assise bien droite sur une chaise à bascule qu'elle balançait face à la gueule béante du feu, au milieu d'un tas disparate de quenouilles, déchets, bois de corde, peaux, livres à reliure de cuir, disposés autour d'elle comme du mobilier. Dans l'unique pièce de cette hutte, l'odeur de feu de bois, d'élan bouilli et de chairs crasseuses était épaisse et moite. Sur le mur du fond, il y avait un vieux poster fripé représentant un joueur de football en train de shooter le ballon. À part un poêle à bois, une bouilloire et une gamelle dessus, il n'y avait pas d'appareils ménagers. Slone referma la porte sur le bloc de froid derrière lui et tira le couteau dentelé de sa botte.

— Vernon Slone, dit-elle. Tu es de retour chez toi, Vernon.

Elle porta le regard sur la lame qu'il avait à la main.

— Et à présent tu es venu punir la vieille sorcière. Mais je ne suis pas une sorcière. Et je savais que tu viendrais. Tu es chez toi maintenant, Vernon Slone.

Il s'approcha d'elle, considéra son cou ridé, la lumière du feu dans ses yeux, ses bajoues lardées d'entailles, cicatrices d'une blessure d'enfance.

Elle lui désigna un cageot retourné près de ses pieds qui séchaient devant le feu :

— Assieds-toi, dit-elle.

Et il obéit – il s'assit tout près d'elle, assez pour sentir l'odeur âcre de sa saleté.

— Tu crois que j'aurais pu sauver le petit ? Moi, une vieille femme ? Tu crois que je savais ? Je sais des choses depuis bien avant la naissance de ton propre père. Mais rien de ce que je sais n'a jamais compté. Va sur la tombe de ton père, interroge-le toi-même. Interroge les esprits. Retourne ton courroux contre les dieux, contre les loups, pas contre une vieille femme. Et retourne-le contre toi si tu veux vraiment t'en débarrasser, Vernon Slone.

Dans ses mains, elle tenait une poupée de chiffon, sans nez ni bouche – une poupée faite pour jeter des sorts ou les rompre.

— Le destin de ce petit, il était écrit dans la glace. Celui de Medora aussi, depuis le début. Il n'y avait rien qu'une vieille femme puisse faire contre cela. Punis-toi toi-même. Punis-vous tous les deux. Tu as quitté cet endroit pour aller à la guerre, Vernon Slone. Tu aurais dû y mourir. Là-bas, dans le sable. C'était ton destin. Tu as choisi de ne pas l'accepter. Et voilà ce que tu trouves en rentrant chez toi.

Elle lui agita la poupée à la figure, puis la posa sur une montagne de livres derrière elle. Le bois craqua dans l'âtre et le feu renvoya des reflets orangés sur la lame du couteau de Slone. Elle montra une table près de lui.

— Mes comprimés, dit-elle.

Et il lui tendit la boîte de médicaments. Tous les mois, un médecin passait en ville pour la ravitailler. Elle ouvrit la boîte, déposa un comprimé sur sa langue et l'avala sans eau, tout le temps ses mains tremblaient.

— Ce n'est pas la première fois que les loups viennent à Keelut. Les aînés du village s'en souviennent comme moi. Nous étions des enfants à l'époque. Avant les loups, il y avait eu un autre fléau, que l'homme blanc appelait la grippe espagnole. Que nous appelions le *peelak*. La moitié de ce village y a succombé. La moitié, tu m'entends ? La maladie s'attaquait au cerveau, aux poumons, à l'estomac. Personne ne t'a raconté cette histoire, Vernon Slone, l'histoire de ton propre village ?

Il demeurait assis, silencieux.

— C'était l'hiver, et certains, comme mon père, ceux qui avaient gardé des souvenirs de la vie sur la côte, avaient construit des igloos derrière la colline. C'est là qu'on a gardé les corps, à l'abri. Cent corps. Puis deux cents. Personne n'est venu à notre secours. Personne ne s'est risqué à venir à notre secours. Chaque matin, à notre réveil, il y avait d'autres morts dans les huttes de ce village. Les gens se noyaient. Se noyaient dans leurs propres fluides. La maladie inondait leurs poumons. Ou bien leurs cerveaux se consumaient de fièvre. Leurs entrailles se vidaient. Jour et nuit, ils se vidaient et ils étaient trop faibles pour bouger.

Elle se pencha en avant dans sa chaise à bascule.

— Nous sentions leur odeur. Mon père m'avait dit de rester en arrière, mais je l'ai vu, je l'ai vu transporter un homme, presque mort, cet homme, le transporter jusqu'à un traîneau. Puis tirer le traîneau autour de la colline jusqu'aux igloos qu'ils avaient construits là. Cet homme que j'ai vu n'était pas mort. Il me regardait, frissonnant, ses yeux étaient bien vivants. Mon père et d'autres, ils l'ont entassé dans l'igloo avec les morts. Il n'a pas fallu longtemps pour qu'il meure à son tour. Qu'il meure, là, avec les morts, gémissant dans le froid, au milieu des morts. Je l'entendais encore gémir de l'autre côté de la colline.

Lorsqu'elle esquissa un mouvement vers le broc d'eau posé au sol, Slone l'attrapa et le lui tendit côté poignée.

— La nuit, les gémissements étaient terribles. Allongées dans notre lit, éveillées, nous écoutions, ma sœur et moi, blotties l'une contre l'autre, aux aguets. Sous la couverture qui nous recouvrait entièrement pour nous protéger de la maladie. Et nous écoutions, oui, nous écoutions. Une fois, alors que mon père tentait de sauver une femme, il nous a envoyées au ruisseau, ma sœur et moi, il nous a envoyées casser de la glace au ruisseau pour faire de l'eau. Nous nous sommes précipitées. Dans la nuit et le froid, nous nous sommes précipitées et lui avons découpé de la glace. Et sais-tu ce que nous avons entendu ?

Slone scrutait son visage, un filet de lèvres gercées, pincées, ourlées sur elles-mêmes.

— Nous les avons entendus hurler. Ils hurlaient au-delà de la vallée cette nuit-là. Nous nous sommes dépêchées et avons fait fondre de la glace comme mon père nous l'avait demandé. Il est resté avec cette femme. Il est resté jusqu'au lendemain matin, à la faire boire. Il nous a dit que l'eau allait la sauver. Mais à l'aube elle a fini par s'endormir, et ne s'est pas réveillée. Elle ne s'est jamais réveillée. Mon père l'a posée sur la pile de corps entassés sur le traîneau et les a emportés aux igloos derrière la colline.

Slone, toujours absorbé dans son observation du visage de la vieille, jouait avec la lame de son couteau en la faisant aller et venir entre ses mains calleuses.

— Le lendemain matin, mon père et d'autres ont découvert ce qui s'était passé dans les igloos. Les loups s'y étaient introduits. Ils avaient déchiqueté les corps des morts dans la nuit. Ils avaient festoyé dans le sang, debout sur cette montagne de cadavres, une centaine de corps. Leurs os et leur sang gelés étaient disséminés aux quatre coins de la colline. Éparpillés partout. Aucun corps n'avait été épargné par les animaux.

D'après les empreintes, mon père a pu juger de la taille de la meute. Plus de vingt loups étaient venus festoyer cette nuit-là. Ce sort-là semblait pire encore que la grippe. Tout le monde s'est mis à rassembler les ossements, tous les os qu'on pouvait retrouver, rassemblés dans des paniers pour être enterrés décemment à la fonte des neiges. Mais il ne peut y avoir d'enterrement décent après une chose pareille.

Elle reprit la poupée et lui caressa la tête comme si elle était une créature vivante.

— C'est l'histoire de cet endroit, notre histoire, Vernon Slone. Tu ne peux pas le reprocher à une vieille femme.

Quelques minutes plus tard, le poignet et la main encore gluants du sang de la vieille, Slone revint sur ses pas dans le jour débordant de lumière. Debout dans le froid, il regardait les nuages de son haleine. Si les gens du village étaient au courant de son retour, ils choisissaient de ne pas venir à sa rencontre, que ce soit pour lui souhaiter la bienvenue ou bien l'envoyer au diable. De l'autre côté de la route, il vit des rideaux se soulever et retomber. Il retourna à sa voiture et jeta un dernier regard à sa maison.

Puis il quitta les lieux, s'enfuit par des chemins glacés qui ne méritaient pas le nom de routes – des sentiers serpentant à travers une nature qui existait depuis bien plus longtemps que lui.

V

Par cette aurore de décembre, derrière la morgue de la ville, Donald Marium contemplait les cristaux de glace qui scintillaient sur le tapis de neige fraîche dont les flocons volaient encore vers l'horizon couleur de dune. Il passa en revue les visages des hommes aux yeux braqués sur les victimes – abattus par balle, ils reposaient, gelés et entortillés près de la roue de leur pick-up. On avait épousseté leurs cadavres et trouvé sous la neige des éclaboussures, des ruisseaux de sang glacé. De l'autre côté de l'étendue déserte qui bordait la ville, vers les champs au nord, il vit des arbres chargés de neige, inclinés comme des pénitents. Le jour semblait tissé dans une mousseline, le soleil y formait à peine une petite auréole. Le souffle du vent, tout juste un murmure, portait avec lui le parfum des sapins et de la neige qui flottait dans l'air telle une brume.

Chacun de ces flics avait vu des cerfs, des caribous, des loups dans cet état, martres et rats musqués, mouflons de Dall, passant du blanc au rouge. Quelques-uns avaient découvert des hommes morts d'hypothermie dans une rivière en crue, ou bien des randonneurs sur glacier, ayant chuté du haut d'un précipice. Certains avaient tenté de sauver des enfants coincés sous la glace après le chavirement d'un canoë, prisonniers de l'attache qui les reliait à l'embarcation. Mais Marium comprit tout de suite que la majorité d'entre eux n'avaient jamais assisté à un tel spectacle. Lui-même n'avait vu ses semblables ainsi tués qu'une seule fois, et ce n'était pas dans cette ville.

Il s'adressa au flic qui était debout derrière lui :

— Et à l'intérieur, c'est comment ?

— Un autre cadavre. Frank, le légiste, apparemment.

— Apparemment ?

— Merde, Don, on n'a pas réussi à s'approcher suffisamment pour être sûr. Il est au milieu d'une gigantesque mare de sang, dans son bureau.

— Il est mort ?

— Complètement mort, si tu veux mon avis.

— Vous avez retrouvé les douilles, ici ? demanda-t-il.

— Les quoi ?

— Les douilles des balles. Tu crois qu'ils sont morts comment ? Qu'on les a chatouillés trop fort ? Creusez tout autour et retrouvez-moi les douilles, s'il vous plaît.

— Comment tu sais que c'est là qu'il faut creuser ?

— Ces blessures, on dirait des tirs à bout portant. Tu vois ce trou, il a une forme en étoile si tu regardes bien, là, sur la figure de cet homme, tu vois ? Eh bien tu marches sur les douilles en ce moment même, je peux te le dire.

— Qu'est-ce qui a bien pu faire une chose pareille ici ?

— Je dirais plutôt « qui ». Trouvez-moi les douilles, s'il vous plaît.

— Moi j'ai du mal à croire que quelqu'un a fait ça. D'abord ce gamin du village, et maintenant ça. C'est la fin d'année la plus merdique que j'aie jamais vue. Et le gamin, il a disparu, tu sais.

— Comment ça, disparu ?

— Son corps, il a disparu. Ils ont pris le corps du gamin. T'as déjà vu un truc pareil ?

— Rien de vraiment pareil, non. S'il te plaît, les douilles.

Marium resta debout à fumer une cigarette tandis que les hommes s'attelaient à la tâche. L'ambulance était garée, silencieuse et inutile, ses feux tourbillonnaient dans le vide. Ses rêves de la nuit ne lui avaient rien annoncé de ce qui l'attendait ce jour-là.

Les sols cirés de la morgue crissaient sous le troupeau bruyant de bottes humides. Les flics se tenaient les bras ballants, alignés en croissant de lune autour du sang du légiste. Il était allongé face au sol, et Marium pouvait voir la blessure du couteau qui lui avait transpercé la tête d'une oreille à l'autre.

— Eh bien les gars, qu'est-ce que vous attendez ? Que Frank se lève et vous dise qui a fait le coup ? Épongez le sol tout autour de lui et regardez si vous voyez des empreintes de pas sous le sang au fur et à mesure.

— Et la police scientifique, Don ?

— La quoi ?

— Les mecs de la ville ?

— Vous avez pris des photos de la pièce ?

— Une bonne centaine.

— Dans ce cas, toi et ton éponge, vous ferez largement aussi bien que la police scientifique. Cherchez-moi une empreinte de bottes, bon sang, et arrêtez tout si vous en trouvez une.

— Je pensais que les mecs de la ville étaient en route. Ou bien les forces spéciales, quelque chose quoi. Comment on est censé gérer un bordel pareil ?

Marium lui sourit.

— Les forces spéciales, elle est bonne celle-là. Je ne suis même pas sûr que les forces spéciales sachent qu'on existe, que cette ville existe. Considérons que ce bordel est notre bordel pour le moment. À partir de maintenant vous ne touchez plus à rien, s'il vous plaît.

Il n'avait pas eu le temps de finir le saumon et les œufs de son petit déjeuner, laissés à moitié entamés sur la table de la cuisine. Il pensait à son café, à Susan, sa femme, nue sous sa robe de chambre, ses cheveux mi-longs auburn, qui l'attendait à la maison, avec ce vernis qu'il adorait sur ses ongles de pieds. Douze ans de moins que lui, rousse, féline, elle avait été danseuse de ballet. Son haleine était toujours sucrée, même au réveil. Dans cet endroit, pour lui, c'était elle la promesse du dégel. Elle voulait des enfants et mettait Marium à contribution, ils s'accouplaient dès les premières lueurs, avant la douche, elle avait sur la peau ce parfum moite et érotique. À quarante-huit ans, il se sentait prêt à avoir des enfants, il les désirait même.

Au bout du hall, il pénétra dans la salle de repos. L'odeur de cigarette collée aux rideaux lui fit tâter la poche de sa veste à la recherche de son propre paquet. Les coussins des canapés étaient bosselés, des hommes lourds s'étaient assis là. D'autres pièces, des bureaux le long du deuxième couloir, et la chambre froide derrière la porte métallique tout au fond. Il avait franchi la porte de cette morgue des dizaines de fois au fil des années – signant des documents officiels pour des gens âgés morts de maladie, ou des gens jeunes morts de bêtise –, mais il n'avait jamais pénétré dans la chambre froide. N'avait jamais voulu y entrer.

Il posa sa main gantée de latex sur la barre en fer, poussa pour ouvrir la porte, puis entra avec la prudence des superstitieux. Le tiroir à cadavre ouvert devant lui était vide, le drap rejeté sur le côté. Sur le sol, en dessous, il y avait une étiquette avec une inscription à l'encre bleue. Il s'accroupit et lut le nom et les renseignements qui étaient accrochés à l'orteil de Bailey Slone.

On dirait que ton père est rentré à la maison, mon garçon.

*

* *

On frappa, Cheeon vint répondre, ouvrit la porte de sa maison en grand, une cigarette au filtre incandescent à la main et la chaleur du poêle en fonte repoussant le froid au-dehors. Le manteau de Marium était grand ouvert lui aussi, ainsi Cheeon pouvait voir qu'il n'était pas armé. Lorsque Marium remarqua sa cigarette, il sortit son paquet de la poche de son manteau et en prit une. Les deux hommes restèrent là, à fumer dans l'encadrement de la porte, regardant l'horizon, et, à presque cinquante mètres de la cabane à un étage de Cheeon, les quatre véhicules de police garés sur la neige les uns derrière les autres. Les hommes postés derrière les voitures portaient des gilets pare-balles et des casques, leurs fusils baissés et quelques gobelets de café attrapés au vol.

— Je m'demandais quand vous débarqueriez ici.

— Je leur ai dit que j'allais essayer de te parler, Cheeon. Que j'allais voir si je pouvais te ramener sans que ce soit le bordel. Je ne prétends pas être ton ami. C'est pas mon genre ces trucs-là.

— Si tu le dis.

— Mais on s'est souvent parlé depuis toutes ces années, quand tu étais en ville. On a pris un café ensemble deux ou trois fois, si tu te souviens. On a toujours été en bons termes. Nos pères se connaissaient, je crois. Ta femme et ta fille ont toujours été sympathiques avec moi. Et avec Susan aussi, ma femme. Tu es d'accord, non ?

— Si tu le dis.

— Et ça ne peut pas ne rien signifier du tout.

Cheeon cracha, à moitié dans la neige, à moitié sur sa botte.

— Si tu le dis. Mais je ne crois pas que ça signifie ce que tu voudrais que ça signifie là tout de suite, mec. On est loin du compte.

Une rafale de vent souleva la neige qui reposait sur les toits et l'emporta en un tourbillon blanc dans le ciel. Le soleil de la fin de matinée colorait vaguement le ciel de reflets orangés.

— Je suis d'ici, tout comme toi.

— Tu n'es pas de ce village.

— Non, pas de ce village, mais pas loin.

— Tu es venu pour me raconter ta vie, mec ?

— On a deux cadavres de flics sur les bras, là-bas en ville, derrière la morgue, Cheeon. Et, à l'intérieur, celui du légiste qui s'est fait transpercer la tête d'un coup de couteau. Et, pour finir, le corps du petit a disparu. Voilà pourquoi on est là, Cheeon.

Il hocha la tête et continua à fumer sans un regard pour Marium.

— Pour toi, c'est ça l'ordre d'importance de ces morts ? Parce que dans le coin, la mort de deux flics, c'est plutôt le genre de choses qu'on fête.

— Non, ce n'est pas ce que j'ai voulu dire. La vie de deux flics ne vaut pas plus qu'aucune autre vie. La mort de quiconque ici n'est pas une bonne nouvelle, si tu veux mon avis.

— J'ai en tête deux trois noms de fils de putes dont la mort ferait le plus grand bien à tout le monde.

— OK, je veux bien l'admettre. Tout ce que je veux, c'est éviter qu'il y ait d'autres morts ici aujourd'hui si c'est possible, s'il te plaît.

— Pourtant, on dirait bien que c'est ce que tu as prévu. Avec tous ces flics, là-dehors.

— Je te l'ai dit, je leur ai demandé de me laisser essayer de parler avec toi d'abord. Pour voir si on arrive à s'entendre sans faire d'histoires.

— Tu veux que je te suive bien gentiment, c'est ça ? C'est ce que disent les flics, non ? Tu vas me suivre bien gentiment.

Le silence retomba sur la fumée de leurs cigarettes.

— Cheeon, ces flics que tu vois là-bas, ce ne sont pas les péquenauds de chez nous. Ce sont des fédéraux, des mecs de la ville, ils ont de quoi tirer toute la journée s'il le faut.

— J'ai de quoi faire moi aussi.

— Je sais. C'est pour ça que je suis venu te parler, Cheeon. Ton père s'est retrouvé à l'ombre deux ou trois fois pour usage illégal d'arme à feu.

Tu connais l'expression, la pomme ne tombe jamais très loin de l'arbre.

— Non, je ne sais pas ce que ta pomme veut dire. En revanche, ce qui serait vraiment malin de ta part, ce serait d'arrêter de me parler de mon père.

— D'accord, je ne recommencerai plus. C'est soit toi, soit Slone qui a tué ces hommes et emporté le petit. Peut-être que c'est vous deux ensemble. Je sais que vous avez toujours été très proches.

— Vernon est parti dans le désert. C'est la guerre là-bas. T'as pas la radio ?

— Vernon Slone est rentré. Tu le sais très bien. Et tu l'as aidé. Je reviens tout juste de sa cabane. Apparemment, je l'ai manqué de cinq ou six heures.

— Si tu le dis.

— Écoute, Cheeon. Peu importe ce qui s'est passé. Il va falloir qu'on le découvre. Les flics ont été tués avec un Springfield .45. Et il y en a un enregistré à ton nom.

— J'en ai d'autres qui ne sont pas enregistrés.

— J'avais deviné. Frank, le légiste, devait prendre sa retraite cette année, il avait prévu de déménager à San Diego, je crois. Bon sang, il n'était même pas vraiment médecin légiste. C'était juste un médecin, et il faisait le boulot pour nous dépanner parce que personne d'autre ne pouvait le faire.

— San Diego, hein ? Jamais entendu parler.

— Le poignard lui a traversé la tête. Une seule entaille, nette, entre les deux oreilles. Qui ferait une chose pareille ?

— À toi de me le dire.

— Comme tu l'imagines sans doute, ce gars a une famille qui ne va pas apprécier.

Cheeon hocha la tête, encore, fuma, encore, en souriant presque. Ses ongles étaient jaunis par le tabac.

— Ouais, dit-il. Il y a un tas de choses qui se passent dans le coin ces derniers temps.

— Où est Vernon Slone, Cheeon ?

Cheeon se tourna vers lui, crachant la fumée par les narines. Son visage – le front plissé, l'esquisse d'un sourire narquois – avait l'air de dire : *Si tu crois que je vais te le dire, tu es plus bête que tu en as l'air.*

— Bon, OK. Alors peut-être que tu vas bien vouloir me dire où est le corps de ce petit. C'est une preuve d'État.

— C'est quoi ?

— Une preuve.

— Le corps de ce petit n'a rien à voir avec toi et tes semblables. Il n'est plus de ce monde. Sors-toi ce petit de la tête si tu ne veux pas qu'il te hante, mec.

— Où est Medora Slone ?

— Elle sera retrouvée. Mais pas par toi, ni par eux.

— Qu'est-ce qui lui est arrivé ? Comment peut-il arriver une chose pareille à une femme ?

— Comment je suis censé le savoir, Bon Dieu ? Je suis pas une femme.

Après quoi, le silence, suspendu. Cheeon écrasa son mégot dans la glace du bout du pied, puis s'en alluma une autre.

— Il fait combien aujourd'hui ? demanda-t-il. On dirait un froid de février, et on n'est même pas encore en janvier.

— Là, le thermomètre indique zéro, dit Marium en pointant le doigt.

Cheeon jeta un œil au thermomètre rond calé sur le rebord de la fenêtre de la cuisine.

— Il est cassé. Coincé sur zéro toute l'année, même l'été dernier.

Il s'interrompit pour tirer sur sa cigarette.

— Peut-être qu'il n'est pas cassé en fait, je ne sais pas, reprit-il.

— C'est pour ça que ces flics sont morts ? Pour que personne d'autre que Slone ne puisse retrouver Medora ? Pour que personne ne se mêle de ses affaires ? De sa vengeance, de ce qu'il a prévu de faire, quoi que ce soit. Et Frank ? C'était juste le gros balourd qui n'aurait pas dû être là ?

— J'ai l'air de quoi à ton avis ? J'ai l'air de m'éclater à écouter tes putains de questions, tu crois ?

— Je sais que ta petite fille a été enlevée par un loup. Je sais que tu n'as pas de corps à enterrer et que c'est ce qu'il y a de pire au monde.

— Tu sais tout ça ? T'as pas beaucoup aidé pour un mec qui sait autant de choses. Tu te tapes une heure de route dans la neige pour venir serrer mon gros cul mais t'es même pas venu pour quelques gamins morts dans les collines.

— On est venus.

— Vous êtes venus, vous êtes repartis et vous êtes jamais revenus. De la merde, voilà ce que vous êtes, vous, les gens de la ville. Quoique, même la merde est parfois fertile, hein ? Alors que vous ?

— On n'est pas des gens de la ville, Cheeon, tu le sais très bien.

— Bien sûr que si, vous l'êtes, bon Dieu. J'ai passé ma vie à aller et venir là-bas, je sais très bien ce que c'est que la ville.

— On est juste à une heure de moins d'Anchorage que vous. Ça ne fait pas de nous des gens de la ville. Cinq mille personnes, c'est pas franchement la population d'une grande ville, si tu veux mon avis.

Cheeon se tordit de rire, s'étouffa dans la fumée de sa cigarette. Rit de plus belle, découvrant ses dents, aussi jaunes que ses doigts.

— C'est pour ça que t'es venu aujourd'hui, mec ? Pour discuter avec moi de la définition du mot ville ? Tu dois vraiment rien avoir d'autre à foutre, bon Dieu.

— Je ne discute pas, Cheeon. Personne ne discute. Je parle, c'est tout. Et ce que je dis c'est qu'on n'est pas si différents de vous tous ici.

— C'est là que tu te trompes. C'est un des trucs sur lesquels tu te trompes. T'es allé à l'université pourtant, eh ben t'es plus con que de la merde de chien.

— OK, d'accord. Je me trompe et je suis con, si tu veux. Ce que je dis, c'est juste qu'on n'est pas complètement bons à jeter. Il y a cinq ou six ans, c'est grâce à nous que ce village a pu avoir l'eau courante. C'est grâce à nous que vous avez été reliés au réseau.

— Et quoi ? Tu veux une médaille pour avoir permis à ces gens de pouvoir chier dans leur maison ? Tu manques pas d'air.

— Je ne veux rien du tout, Cheeon. Je te le rappelle, c'est tout.

À ce moment-là, leurs yeux se croisèrent, ils soutinrent le regard l'un de l'autre pendant plus de trente secondes, jusqu'à ce que Marium se détourne. Ce qu'il vit sur le visage de Cheeon pendant ces trente secondes était plus qu'un mélange de rage et de douleur. C'était une altérité fondamentale, une étrangeté qui lui fit peur.

— Certaines de ces cabanes n'ont toujours pas l'eau.

— Certains anciens ne voulaient pas de l'électricité ni de l'eau. Ce n'est pas notre faute, Cheeon.

— Ça fait du bien de se dire ça, hein ? *Ce n'est pas notre faute*. Tu manques vraiment pas d'air, bon Dieu.

— OK. Je sais que les choses vont mal ici en ce moment. Je ne le conteste pas.

— Tu sais beaucoup de choses, apparemment. Mais c'est bien pire que mal. Il y a un mot pour ça ? T'as pas appris un mot pour ça dans ton université ?

— Il y en a peut-être pour éviter que les choses empirent. Tu as une femme, et je suppose qu'elle a besoin de toi, non ?

— Elle est partie.

— Elle reviendra. C'est chez elle, non ?

— Elle ne reviendra pas. Personne n'a envie de revenir ici après ce qui s'est passé. Ce village sera une ville-fantôme dans moins d'un an, il n'y a qu'à attendre.

Du silence, encore, un briquet qui passe d'une main à l'autre, de la fumée, encore, épaisse et blanche dans le froid entre eux.

— Je suis désolé pour tout ça, Cheeon. Vraiment.

— J'y ai réfléchi. Ces fils de putes qui ont crevé à la morgue ? Rien que des connards, comme toi et moi. Si quelqu'un nous tue, le passé meurt avec nous, et le passé est déjà mort, alors je vois pas le problème. Mais les gamins ? Tuer des gamins, c'est différent. Si on tue des gamins, l'avenir meurt avec eux, et il n'y a plus de vie s'il n'y a pas d'avenir. Non ?

— Nous avons un avenir.

Sur son visage, une grimace plus qu'un sourire, puis :

— Encore une fois, tu te trompes, mec. Notre avenir se termine aujourd'hui. Le corbeau vole juste derrière le loup, et le loup est venu pour toi et moi. Regarde là-bas.

Il désigna un sapin ployant sous la neige, sur une branche au milieu, comme une tache d'encre avec des yeux, un corbeau.

— Tu peux accuser les loups affamés de ce qui est arrivé à ta petite fille, mais tu ne peux accuser aucun être humain.

— Il y a toujours un responsable parmi les hommes. Le monde, ça n'est que des hommes, et chacun d'entre eux est affamé à sa manière, bon Dieu.

Derrière le rempart de voitures de police, les hommes les observaient à la jumelle. L'un d'entre eux avait un téléphone satellite à la main. Sous les branches lourdes de neige d'un sapin, en tenue de camouflage blanc, un sniper était allongé par terre. Encore quelques minutes dans le silence et la fumée.

— Ces gars ont l'air de ne pas savoir s'ils doivent pisser ou chier.

— Je ne vais pas te mentir, Cheeon. La plupart d'entre eux n'ont jamais participé à une opération de ce genre, moi non plus d'ailleurs. Mais ce n'est pas bon pour toi, vraiment c'est mal barré. La peur rend stupide, tu sais. Et la stupidité et les armes, ça ne fait pas bon ménage.

— Je suis sûr qu'ils sont stupides de toute façon. Tu t'attendais à quoi ? À ce que je sorte en marchant les mains en l'air ? Une connerie de ce genre ?

— J'essaie juste d'éviter le maximum de stupidité de se déchaîner ici. Si tu acceptes de me suivre maintenant, je veillerai à ce qu'on te rende justice. Je te le garantis.

— Qu'on me rende quoi ?

— Justice.

Son rire émit un son nasal, quelque chose entre le gloussement et le reniflement. Il baissa les yeux sur sa cigarette, il était arrivé au filtre.

Enfant, il avait annoncé à son père que plus tard il serait médecin. Il se souvenait des médecins de la ville qui venaient à Keelut quand on les appelait, brillants, forts, avec leurs miroirs frontaux autour de la tête, comme des couronnes. Il se souvenait de leur autorité, de leur statut presque divin. À l'âge de quatorze ans, il fut victime de migraines à cause d'une méningite virale – une maladie du monde des Blancs. Le médecin, un homme blanc, portant la tignasse tressée des Indiens, avait enfoncé une grande seringue dans sa colonne vertébrale et aspiré le liquide laiteux. Pendant une semaine, il était revenu chaque jour pour lui injecter sa dose de médicaments, de nutriments, un liquide rouge dont la brûlure et le vertige irradiaient dans tout son corps.

— Je ne vais pas te suivre, mec, oublie ça.

— Cette journée va durer une éternité, Cheeon. Peut-être même déborder sur la nuit et le matin. Ils ne vont pas te lâcher. Au moment où l'on parle, la police est en train de faire évacuer les cabanes situées derrière la tienne, et celles qui sont en face là-bas.

— La police ne peut pas évacuer ces maisons. Ces gens ne bougeront pas d'un pouce pour vous, bande de fils de putes.

— Eh bien, nous faisons de notre mieux. Il y a des hommes dans les arbres, et derrière la maison. Je ne sais pas toi, mais moi je suis crevé, bon Dieu, j'ai pas fermé l'œil la nuit dernière. Ma femme a pas arrêté de me réveiller pour essayer de faire ce bébé qu'elle veut tellement. Je me plains pas, mais bon.

— Ouais. Ben je ferme jamais l'œil de la nuit. Et je passe la moitié de mes journées à dormir.

— Et le travail ?

— Putain, il n'y a plus de travail. Toutes les mines, à soixante kilomètres à la ronde, ferment les unes après les autres, tu le sais très bien. Et il y a quelque temps, on a fait tout le golfe au chalutier pendant deux semaines sans arriver à rapporter le moindre flétan. Tout ce qu'on a attrapé, c'est une basket.

— Ça va s'arranger.

— J'ai livré quelques stères de bois à la ville le mois dernier. Mais c'est arrivé qu'une seule fois. On meurt de faim ici. C'est le genre de famine dont j'avais jamais entendu parler.

— Je n'ai jamais compris pourquoi tu ne t'étais pas engagé avec Slone. Tout le reste, vous l'avez toujours fait ensemble depuis votre naissance.

— J'ai l'air de quelqu'un à qui on peut donner des ordres ?

— Ça donne surtout un salaire.

— J'ai l'air de quelqu'un qui peut vivre dans le désert ? Ces dix dernières années, s'engager, c'est prendre un aller simple pour le désert, mec.

— Slone, ça lui était égal.

— Vernon n'est pas comme toi ou moi. Il a un... Je ne sais pas comment appeler ça. Il est rusé. Il arrive à vous faire croire qu'il obéit à vos ordres alors qu'en réalité, il fait exactement ce qu'il a décidé de faire. Mais pour ce genre de ruse, il faut un talent que je n'ai pas.

Il prit une flasque dans la poche intérieure de sa veste et la porta à ses lèvres, puis il la passa à Marium, qui but lui aussi, malgré l'heure matinale, et la rendit à Cheeon.

— Où est ta femme, Cheeon ?

— Ça n'a pas d'importance. Plus maintenant.

Marium alluma une nouvelle cigarette et se décala un peu contre la porte.

— Une fois, j'ai participé à un raid, dans la région des glaciers, après Juneau. Avant que je ne revienne ici définitivement, quand mon premier mariage est parti en vrille. Un mec avait abattu sa femme dans leur cabane de chasseur. Il ne voulait pas sortir. Un trou du cul de la ville, plein aux as. Propriétaire d'une boîte d'antennes cellulaires, je crois. Après deux jours complets dehors, à cerner la cabane, il s'est enfin décidé à nous tirer dessus, il tirait comme un dingue.

Il a fallu qu'on foute le feu. On a répliqué pendant un moment, et puis on a juste foutu le feu. Quand on est entrés, les deux cadavres n'étaient plus que des bâtons de charbon.

— Un trou du cul de riche et sa salope de femme riche, d'une pierre deux coups. Le monde se porte mieux sans eux.

— Tu sais ce qui m'a dérangé tout le temps que ça a duré ? L'ennui mortel. Debout, dehors, pendant deux jours complets. Le sang, les blessés, je peux gérer, mais l'ennui, je peux pas supporter.

Marium jeta sa cigarette inachevée dans la neige. Il referma la fermeture Éclair de son manteau jusqu'au cou et tira ses gants sur ses mains, puis il enfonça son bonnet de laine sur ses oreilles rougies par le froid.

— Je suis désolé que ça doive se passer comme ça, Cheeon.

— Pas moi.

— Réfléchis à ce que je t'ai proposé, s'il te plaît.

— Et toi, réfléchis à ce coup de téléphone que ta femme va recevoir aujourd'hui. Imagine-la au bout du fil, écoutant la main sur le ventre. Rien ne pourra empêcher ce coup de téléphone d'arriver jusqu'à elle à présent. Réfléchis-y, mec.

Et il s'engouffra dans la chaleur de sa cabane, laissant la porte entrouverte derrière lui.

VI

Slone pénétra dans un ancien campement de mineurs devenu ville-fantôme, anonyme, une communauté punaisée au pied d'une falaise, pour ainsi dire inaccessible. Des kilomètres et des kilomètres de toundra s'étalaient au-delà de ces lieux, des États entiers d'étendue glacée à perte de vue.

Toute la journée de la veille, il avait avancé dans la nature, s'était frayé un chemin sur des sentiers sauvages, sous la canopée des bouleaux et des peupliers qui retenait les dernières neiges au-dessus de sa tête. Seulement quinze centimètres de neige, et pourtant, même sur quatre roues motrices chaînées, il peinait à avancer. Il devinait les traces des gens du village, passés par les mêmes chemins peu de temps auparavant : en pick-up, autoneiges, quatre-quatre. Plusieurs heures après le coucher du soleil, il se gara sur le côté et laissa le moteur tourner au ralenti dans la nuit pour réchauffer l'atmosphère. Il avala la nourriture qu'il avait emportée de chez lui, but de la neige fondue et regretta de ne pas avoir pris de whisky. Enroulé dans une couette sur la banquette arrière, il pressa le tee-shirt de son fils contre son visage, et, imprégné de son odeur, dormit jusqu'au lever du jour.

Lorsqu'il pénétra dans l'ancien campement de mineurs le jour suivant, il faisait déjà presque noir, il progressait derrière un rideau de neige qui tombait en biais. La falaise, grimpant à pic devant lui, bouchait la vue du soleil déclinant et avançait encore la tombée de la nuit. C'est alors qu'un souvenir l'assaillit : son père et lui, ici même, pour une raison qu'il ignorait, car il ignorait même si ce souvenir était bien réel. Il laissa son véhicule entre un bulldozer et une cuve de quatre mètres cubes perchée sur quatre pattes repliées, tel un rhinocéros blanc. Dans la nuit tombante, la lueur des flammes commençait à briller à l'intérieur des cabanes et des bâtiments en bois.

Il marcha le long de la route principale non déneigée, sur les congères gaufrées par les pneus des camions. Il croisa des autoneiges plus ou moins proches de l'état d'épave, des camions aux roues gondolées par la rouille, une montagne de pneus. Des palettes vides, empilées pour servir de petit bois. Des peaux de lynx étendues sur des râteliers, une pyramide de batteries de voitures, des traîneaux en bois de bouleau, et la cabane abritant le puits à sa droite. Des containers de deux cents litres, un abri effondré. De l'autre côté de la route, un camp Quonset[1] s'était écroulé en son centre. Garé le long de ses murs, un bus d'écolier était là, encore en un seul morceau, mais sa peinture jaune avait viré au beige et ses vitres, explosées en mille morceaux, lui dessinaient un sourire édenté.

Il dénicha un hôtel : deux niveaux, des bidons de kérosène stockés sous le porche et un auvent reposant sur des piliers en bois. À l'intérieur, une ombre d'encre se répandait de pièce en pièce. Du bout des doigts il tapa contre la vitre, puis tapa encore. La femme lui fit signe d'entrer sans prendre le temps de se retourner pour faire face à l'oiseau de mauvais augure que cette nuit d'hiver avait engendré.

Elle était penchée devant un poêle à bois.

— C'est sacrément tard dans la saison pour voyager dans le coin, dit-elle en se tournant vers Slone.

Elle portait des bottes de neige d'homme et des vêtements bizarres, un bricolage de peaux de marmottes, caribou et loup. Une tignasse de cheveux comme de la paille, jusqu'à la taille, des lunettes, auxquelles il manquait un verre. Elle s'attaquait au feu avec un tisonnier en laiton. Jusqu'à la moitié du mur, les provisions s'entassaient : du lait concentré, des paquets de cin-

1. Un camp Quonset est un camp de bûcherons destiné à entreposer du bois ; sa structure en métal ondulé est organisée autour d'un toit circulaire.

quante kilos de sucre, farine, riz, des conserves de beurre de pomme et d'épinards sous film plastique. Sur le mur d'en face, des réserves de munitions, des calibres .22 et .223, des balles, de la plus fine à la plus grosse. Et, pendu à un clou, un squelette humain, tout droit sorti d'un cours d'anatomie – coiffé d'un bonnet de Père Noël, un mégot coincé entre les lèvres.

— Je suis déjà venu ici, une fois, dit Vernon. Quand j'étais petit.

La femme se releva et alla du poêle au tableau en liège derrière le comptoir de réception, où était affiché un collage de photos, dont la plupart avaient pris une teinte sépia avec le temps, et certaines, plus récentes, sortaient du lot à cause de leurs couleurs vives.

— Eh bien, dans ce cas, il y a peut-être une photo de vous ici. Nous prenons en photo tous les voyageurs qui passent par chez nous. Quelle année, vous dites ?

— J'étais un gamin, avec mon père. Qu'est-ce qui pouvait bien nous amener ici ?

— Il avait peut-être des titres d'or ou d'argent. C'est pour ça que la majorité d'entre nous est venue, à part les universitaires scientifiques, les chasseurs ou les trappeurs. Les scientifiques aussi reviennent régulièrement depuis dix ans, ils s'arrêtent ici sur la route du Grand Nord. Chaque semaine, on entend de nouvelles découvertes sur la fonte des glaciers et le réchauffement de la planète à la radio. Je leur ai dit moi, aux scientifiques : l'année dernière il faisait moins cinquante, et l'année d'avant moins cinquante-huit, mais croyez-moi sur parole, les gars, sur les poumons ça fait exactement le même effet.

— Là, c'est mon père.

Il pointa le doigt au milieu des photos sur un homme barbu dont les traits n'indiquaient ni l'âge ni l'origine, et dont les yeux ne portaient pas la moindre trace du bleu dont Slone avait gardé le souvenir. Depuis longtemps déjà, son père avait cessé de lui apparaître en rêve. Il se surprenait à passer des semaines, des mois même, sans penser à lui. Sans en avoir envie, sans en avoir besoin.

Elle ôta la photo à moitié cachée sous les autres du tableau.

— Si c'est votre père, alors le petit là à côté de lui, ça doit être vous. Un beau brin de gamin.

Elle tendit la photo à Slone.

— Ça date de quelque chose comme vingt-cinq ans, dit-elle. Si on en croit le tirage. Ils n'en font plus des comme ça, plus depuis un bon moment, ou du moins je n'ai plus réussi à en commander sur catalogue. J'aimais bien cette qualité de tirage.

Cela faisait si longtemps qu'il n'avait plus vu le visage de son père ni le sien enfant que les deux silhouettes sur la photo lui semblaient comme des hologrammes, des jumeaux éloignés habitants de cette ville-fantôme. Son ventre se serra.

À travers son propre regard de petit garçon, il entrevoyait l'ombre de Bailey.

— Je peux la garder ?

— Elle est plus à vous qu'à moi, dit-elle. Je n'ai fait qu'appuyer sur le bouton. Votre visage vous appartient, mon vieux. Et c'est un beau visage.

— Celle-là aussi ?

Il désignait la photo la plus récente, punaisée dans le coin en bas à droite du tableau.

— Vous la connaissez ? Elle vient de partir. Vous l'avez manquée à dix jours près. Elle est restée quelques nuits. C'est bizarre, quand j'ai pris la photo elle a poussé un petit cri. Je n'avais jamais vu ça. Vous êtes proches ?

— Elle est ma famille.

— Drôle de famille, à voyager seule si loin, enfin, si je puis me permettre. Mais prenez la photo. Je fais des doubles. J'étais photographe avant de m'installer au pays. D'où venez-vous ?

— Keelut.

— Il n'y a pas de route jusqu'ici. Pas directe, en tout cas.

— Pas directe.

— Je suis là depuis trente ans, et je peux vous dire : il n'y a pas de route facile pour venir ici. Mon mari et moi sommes venus depuis le sud du 48e parallèle pour faire valoir nos titres. Et nous sommes toujours là. Les autres sont presque tous repartis, à part une vingtaine de zigotos dans notre genre. Mais on est bien ici. Les autres sont allés chercher du pétrole. À l'époque où le pétrole a remplacé l'argent et l'or. Rien ne vaut les métaux précieux, si vous voulez mon avis. C'est vrai, nous avons extrait tout ce qu'il y avait à extraire ici, mais tant que ça a duré, c'était bien, je vous assure.

— Pourquoi était-elle là ?

— Quand on vient ici, c'est qu'on n'a nulle part ailleurs où aller, voilà ce que je crois. Elle voulait voir notre chasseur indien, je ne sais pas pourquoi. C'est comme ça qu'on l'appelle, c'est pour rire, en fait, il s'appelle juste John, et il a toujours été ici. Il ne vivait pas sous le 48e comme nous tous. Il a grandi sur la rivière Yukon, dans une tribu. Il habitait ici, dans ce lieu, avant la venue du premier mineur. Et il est toujours là.

— Où est-elle allée ?

— Cette fille, là ? J'en sais foutrement rien. Si elle le savait, elle me l'a pas dit. J'aime bien parler avec les gens, vous imaginez ce que c'est quand on vit ici, mais elle, c'était pas son genre. Elle sortait pas de la chambre, la plupart du temps. Je lui préparais à manger, mais elle restait à regarder par la fenêtre là-bas, comme si elle attendait que quelque chose surgisse pour venir la chercher. Elle était jolie. Mais un peu bizarre si je puis dire, enfin, sans vouloir vous offenser. Elle avait la même couleur de cheveux que vous. Et le même nez aussi. Vraiment jolie, mais comme je vous disais, bizarre.

Cette photo, entre ses doigts – son visage, une semaine plus tôt seulement, un regard plein d'attente, plein d'autre chose aussi, d'une chose innommable, ses iris resserrés sur ses pupilles. Cette cagoule en laine verte, elle l'avait tricotée deux hivers plus tôt. Elle avait coupé ses cheveux au ras du menton – ils lui arrivaient à la taille quand Slone était parti. Lorsqu'il leva les yeux, il se trouva nez à nez avec l'objectif de la femme qui darda son flash sur lui.

— Vous êtes un très beau gars, dit-elle en essayant d'arranger ses cheveux.

Elle appliqua du baume sur sa bouche. Ses lèvres étaient si minces qu'elles se voyaient à peine, ses sourcils formaient deux rides plus épaisses, et quelques poils commençaient à lui pousser sur le menton.

— Il y a une nouvelle tempête annoncée pour ce soir, dit-elle. Demain matin au plus tard, ils l'ont dit à la radio. Vous restez avec nous ?

Slone hocha la tête, clignant des yeux, encore aveuglé par le flash.

— Faut que je vous prévienne, j'ai plus de pain. L'avion n'est pas revenu depuis deux semaines. Hank devrait arriver à tout moment, maintenant, à condition que la tempête se calme un peu. La dernière fois qu'il a essayé de faire atterrir son avion à skis par gros temps, il a loupé la piste et heurté la falaise. On appelle ça une piste, vous savez, mais en fait, c'est juste un morceau de route compressé au bulldozer.

Il reporta son attention sur la photo de Medora.

— Bien sûr il y a des routes qui viennent de la ville et qui arrivent jusqu'ici, mais pour la plupart d'entre elles nos voitures sont trop grosses, et de toute façon ça prend plus d'une journée. En plus, il vaut mieux savoir manier une autoneige avant de s'engager là-dedans, parce que si vous vous faites surprendre par une tempête sur l'une de ces petites routes, c'est pas la peine de penser que qui que ce soit va vous retrouver avant la fonte des neiges. Alors, on préfère attendre Hank et son avion. Il apporte des vivres jusqu'au-delà de nos terres, là où aucune route ne va. Hank est un sacré bon gars, c'est moi qui vous le dis.

— Je veux dormir dans la même chambre qu'elle.

— Il n'y a que deux chambres ici. Vous choisissez celle que vous voulez, mon gars. Vous n'aurez pas besoin de vous battre, il n'y a que vous. Si vous voulez tout savoir, je n'ai pas changé les draps, ça ne vous embête pas j'espère.

Slone continuait de fixer la photo sans un mot.

— Je ne sais pas quel genre de batterie vous avez dans votre véhicule, mais peut-être que vous voudrez le rentrer dans le garage là-bas. On appelle ça le garage ; en fait, c'est juste un grand hangar sous un toit en tôle ondulée posé sur une dalle de béton. Enfin, au moins il y a un chauffage au gaz à l'intérieur pour empêcher les voitures de geler et, même quand il fait moins cinquante, là-dedans, c'est chaud comme les flammes de l'enfer. C'est quoi votre voiture ?

Elle se pencha vers la fenêtre et essuya la buée de sa manche pour regarder dehors.

— C'est une Ford ? J'arrive pas à voir. Avant j'avais une Ford, je n'achetais rien qui ne soit pas américain, et puis, un jour, mon mari m'a dit : « On n'est plus des Américains, on est des Alaskains. » L'année dernière, après la fonte des neiges, il est parti avec la Ford, en ville, et une semaine plus tard, il est revenu au volant d'un modèle japonais, une de ces SUV, une Nissan. C'est vraiment spacieux, mieux que la Ford, je dois avouer, pour le peu que je la conduis.

— C'est combien pour la chambre ?

— Vous avez des magazines ?

Slone la dévisagea.

— Des magazines, dit-elle. Pas de magazines. Vous n'en avez pas emporté avec vous pour lire pendant le voyage ?

— Quels magazines ?

— Je prends tous les styles, dit-elle. Tant qu'il y a des photos. Je les aime tous. La plupart du temps, on me paie en magazines.

*

* *

À l'étage, dans la chambre – un rectangle compact de lattes en bois sentant le renfermé –, il fouilla les tiroirs, le placard, puis sous le lit. Il écarta la couverture en laine bordée façon militaire, s'agenouilla auprès du lit et pressa son visage contre le drap où Medora avait dormi. Entre les deux matelas jumeaux, il y avait une vague tache de fluide corporel – elle dormait nue quel que soit la période de l'année – et il lui sembla y déceler son odeur. Il respira ainsi, profondément, la tête enfouie dans le drap, puis il lécha la tache.

Il mit en marche le chauffage au kérosène sous la fenêtre et baissa le feu de la lanterne pour tamiser la lumière. Malgré la faim qui le tenaillait, il commença par se déshabiller et s'effondrer sur le lit grinçant comme si son corps pouvait se glisser dans le moule laissé par le sien, comme s'il pouvait pénétrer le marasme de ses rêves et découvrir où elle était allée. Il se masturba, sous la couverture, la première délivrance depuis des semaines, et il sombra dans le sommeil avant d'avoir pu s'essuyer la main.

*

* *

Une nuit impie, dans un village desséché à l'est de la capitale, trente-deux degrés, même des heures après que le voile de la nuit eut recouvert le ciel. Dix mois et deux jours dans le désert. Et cette masse d'hommes rassemblés là, épaule contre épaule, dos au mur, comme érodés par le sable et le temps. Une vingtaine de vampires à barbe, les mains liées dans le dos, les pieds nus et sales, les ongles de pieds comme des éclats de maïs. Les véhicules braquant leurs phares agressifs sur eux dessinaient sur le mur leurs ombres aussi noires que le macadam sous leurs pieds.

Trempé de sueur et luttant contre le sommeil, Vernon Slone était assis sur la première marche d'un porche pendant que d'autres continuaient à crier sur les femmes qui fuyaient, déjà loin, à mettre à sac les maisons, à tenir les hommes en joue. Un interprète de bas étage crachait un charabia à ceux qui étaient capturés, qui lui répondaient en secouant la tête, furieux, lui renvoyant ses crachats à la figure. Des armes de pacotille s'entassaient, ôtées des mains des prisonniers. Des poulets caquetaient au milieu de la route, une chèvre était attachée à un piquet par une corde. Le cri d'un nourrisson, quelque part, et derrière la claque lumineuse des phares, la grisaille incertaine du désert.

Suivait un chaos de rapports contradictoires, d'informations trop vite traitées. Par radio, un caporal qui mâchait un chewing-gum, tout en ne fournissant aucune réponse, aucune de celles qu'ils avaient envie d'entendre en tout cas. L'homme qu'il recherchait figurait peut-être parmi leurs prisonniers, coupables ou innocents. Slone ferma les yeux et s'appuya sur le mur en briques de boue derrière lui, transpirant toujours plus.

Depuis le début, cette section de vingt-deux hommes en sous-effectif était une sorte de fraternité déshumanisée errant au rythme des cadavres et des jours qui s'additionnaient. La moitié d'entre eux était des voleurs de bétail, des dealers de drogue à qui on avait accordé l'immunité en échange de leur enrôlement. Tous les jours, ils raillaient entre eux ceux qui rentraient abîmés, ces hommes dont on entendait tellement parler aux informations, qui se faisaient soigner par des médecins aux États-Unis. Ces hommes qui revenaient au pays brisés, l'ombre de ceux qu'ils étaient avant de venir ici. Dix mois déjà, et Slone n'avait jamais, ne serait-ce qu'effleuré cette fêlure, les cauchemars, les réveils tremblants. Et il savait bien que cela ne lui arriverait jamais. Qu'il y avait cette éclipse en lui depuis le début. Son sommeil à lui était celui des hommes épuisés et sains d'esprit.

Ses frères de chaînes sentaient chez Slone tout ce dont il était capable – un calme dissimulant une prédisposition au carnage – et ils le craignaient, comme ils en avaient craint peu avant lui. Sa seule présence parmi eux semblait aggraver leur démence, leur soif de destruction.

Par terre, à côté de sa botte, partiellement caché sous des rochers, il vit un objet métallique. Un harmonica, tout entaillé et cabossé. Slone souffla des morceaux de graviers coincés dans les lamelles et le porta à ses lèvres. Dans la lumière des phares, son calibre .50 à l'épaule, le tireur vida son chargeur sur la rangée d'hommes ligotés, éclaboussa de rouge le mur derrière eux tandis que le choc de l'impact les faisait rebondir en arrière et que les femmes hurlaient à genoux dans la terre, des ruisseaux de sang charriant la terre sale autour d'eux, et, en eux, des trous assez larges pour y passer la main.

Slone avait envie de jouer un air d'harmonica, mais il émit un son étouffé et râpeux. Il le laissa retomber sur la terre jaune et essaya de dormir, debout, au milieu des gémissements.

*

* *

Dans la nuit gelée, Slone s'éveilla : derrière sa fenêtre, la lueur ambrée d'une flamme, brûlant à l'autre bout du campement, le long de la falaise. Il s'habilla dans le noir, descendit les escaliers à tâtons – aucune trace, ni visible ni sonore, de la femme bavarde – et une fois dehors, s'avança vers la route centrale, où les huttes et les cabanes étaient désormais plongées dans un noir total. Certaines semblaient n'être rien d'autre que des grottes taillées dans la falaise, l'une avait même la porte d'un four pour fenêtre, d'autres des ouvertures ovales calfeutrées de fourrure d'élan.

Slone aperçut le chasseur, cinquante ans, peut-être cinquante-cinq, dont la posture raide trahissait des décennies de randonnée et de travail à la mine. Il était debout dans le grand cercle rougeoyant des flammes : palettes, cageots, boîtes, morceaux d'arbres. Vêtu de peaux de loups des pieds à la tête, avec son teint d'homme blanc et sa tignasse encore noire malgré son âge, il avait l'air de s'être déguisé en shaman. La queue du loup dépassait de son costume, sa gueule pleine de crocs enfoncée sur sa tête en guise de capuche.

Lorsqu'il vit Slone s'approcher, il se retourna vers lui, lui sourit et lui fit signe de venir se mettre au chaud. Sous les crocs encore vaillants du loup qu'il avait tué, ses dents à lui semblaient de petits galets dans le lit d'un ruisseau.

— Je me suis dit que j'allais attirer ton attention. Maud a dit que nous avions un jeune voyageur ce soir. J'étais sûr que c'était toi.

— Tu n'es pas indien.

— Officiellement non.

— Tu n'es pas prêtre.

— Je le suis à ma manière, tout comme toi et comme tout le monde.

— Je ne suis pas un prêtre.

— À ta guise.

De longues cicatrices laminées lui traversaient le front et le visage comme une estampe – l'avertissement d'un grizzly. La bête avait emporté une partie de son nez et de sa lèvre supérieure en gage.

— Pourquoi est-elle venue te voir ?

— Approche-toi, là. Ce feu ne te fera pas de mal. J'aime bien allumer un grand feu après le gel. Pour me souvenir, tu vois. Pour la fonte, il faudra attendre encore longtemps.

Brûlant dans le feu, sur une broche verticale qu'il faisait tourner avec un bâton de ski, une cuisse de lynx ou de loup était en train de cuire. Les nuages de fumée au-dessus formaient comme un faux plafond qui cachait le firmament. Une nouvelle tempête se préparait pour le lever du jour. Tout autour du feu, la nuit semblait encore plus noire. Le gras de la viande grésillait dans les flammes et les intestins creusés de Slone gémirent. Le vent fit redoubler la puissance du bûcher et jaillir des étincelles comme des lucioles dans l'air.

— Je savais que tu serais mort de faim, après la route depuis Keelut. Maud m'a dit que tu n'avais rien mangé. On n'a plus de pain ici, tu sais. Hank n'est pas revenu avec l'avion. Mais il y a de la viande tout autour de nous. Pour le moment.

Il s'interrompit pour tourner la broche.

— Il y a très peu de proies cet hiver. Je n'ai jamais vu ça. Tu as faim ?

Slone fixa la viande dans les flammes sans dire un mot.

— J'ai quelques pommes de terre aussi, je peux nous les préparer. Tu en veux une ?

L'odeur de la viande bien grasse en train de rôtir manqua faire défaillir Slone. À l'aide d'un pic à foin, le chasseur ôta la cuisse de la broche et la déposa sur une planche de contreplaqué tachée de graisse.

— Viens manger, dit-il.

Sa grotte avait été creusée dans la falaise au bulldozer. Elle demeurait illuminée par des lampes au kérosène qui projetaient des ombres démoniaques sur les parois concaves du lieu, dans l'atmosphère chargée d'odeur de fumée. Son four rudimentaire était fait à partir d'un container en acier dont l'une des extrémités avait été arrachée, trois mètres cinquante de tuyau de poêle serpentaient jusqu'à l'entrée de la grotte – Slone dut se pencher pour passer –, fixés à la roche par du fil barbelé et des clous plantés dans le fer galvanisé qui perçaient la pierre. La chaleur obtenue était digne d'un sauna et envahissait toute la grotte.

Le chasseur vivait là, parmi les os entassés et suspendus de toutes ces bêtes qui étaient nées ici, parmi leurs peaux brunes et noires empilées comme des tapis sur un étal de marché. Au pied d'un matelas grignoté par les rongeurs, il y avait une pile de magazines, des numéros de *National Geographic* et *Playboy* vieux de plusieurs décennies. Une poupée Ken pendue à un crochet par un nœud coulant. Sur un mur, les deux mâchoires profondes d'un piège à ours. À côté du tableau, des crânes de loups. Des dizaines de masques de loups taillés dans le bois flotté et séchés à l'ocre – autant de visages grimaçant sous la voûte. C'étaient les mêmes masques que celui qu'il avait trouvé sous l'oreiller de Medora.

Le chasseur quitta son costume et resta en slip et chaussettes, son corps nu musclé et couvert de cicatrices. Il avait le torse et les membres d'un nageur, et cependant son visage trahissait le temps passé, chaque jour, un à un, de ses cinq décennies. Très vite, Slone se mit à transpirer dans la chaleur du feu et il enleva sa parka. Assis en tailleur sur une peau de grizzly en face du chasseur, il avala sa pomme de terre brûlée et sa viande de lynx dans son assiette en terre cuite.

À côté du lit de peaux de bêtes, juste là, il y avait les bottes de Medora, en cuir et fourrure, du 42, commandées sur catalogue avant le gel l'année dernière. Le chasseur surprit le regard de Slone sur les bottes.

— Je lui en ai fabriqué une nouvelle paire, montante et fourrée, avec des peaux d'élan et de loup, une doublure étanche, de vraies bonnes bottes. Celles-là sont inutiles là où elle va.

Slone mâcha et acquiesça. Les deux fusils à verrou du chasseur et son fusil à canon unique dépassaient d'un cageot, des couteaux de chasse s'entassaient sur une souche qui servait de table.

— Elle sait que tu vas venir la chercher. Elle me l'a dit. Elle m'a aussi dit ce qu'elle avait fait. C'est pour ça qu'elle est venue me voir, pour répondre à ta question. Pour recevoir des conseils, en quelque sorte. Elle avait l'un de mes masques. Je ne sais pas comment ça se fait. Je les donne à tous ceux qui viennent jusqu'ici et c'est comme s'ils atterrissaient toujours entre les mains de ceux qui en ont besoin. D'une manière ou d'une autre. Tu peux en prendre un. Ils libèrent le loup qu'il y a en toi, mon garçon. Le loup qu'il y a en chacun de nous.

Ils mangèrent en silence.

— Comment peux-tu être originaire de cette région avec tous ces cheveux jaunes ? On dirait un Nordique. Comme elle. Elle a les mêmes cheveux que toi, d'un jaune plus blanc, et elle a le même visage que toi, j'ai l'impression. T'as déjà remarqué comme les gens qui vivent ensemble depuis très longtemps finissent par se ressembler ? C'est pour ça que je vis seul. Je ne veux ressembler à personne d'autre que moi.

— Vous l'avez laissée partir d'ici.

— Ce qu'elle a fait ne me regarde pas. Il n'y a pas de lois dans ce pays. Elles n'arrivent pas jusqu'ici. Je porte secours à ceux qui viennent me le demander. Ce qui les amène ici et où ils vont ensuite, ça ne signifie rien pour moi. J'ai vu des tas de mères tuer leur enfant. On en voit beaucoup ici.

Il passa un broc d'eau en bois sans anse à Slone, froid malgré la chaleur ambiante. Slone en but la moitié avant de le lui rendre.

— Je me souviens de toi, voyageur. Je me souviens de ton père aussi, quand il t'a amené ici la première fois. Tu n'étais qu'un gosse à l'époque, cinq ou six ans, pas plus. Tu ne t'en souviens pas ?

— Pourquoi étions-nous venus ?

— Pour me voir. Ton père voulait de l'huile de loup. Il n'en aurait jamais tué un lui-même. Alors il est venu m'en demander. Tu l'ignorais ? Ton père disait que tu étais contre-nature. Que tu avais un comportement contre-nature. C'est le mot qu'il employait, *contre-nature*. Une sorcière indienne, dans ton village, lui avait dit que l'huile de loup pourrait te soigner, te rendre à la nature. Est-ce que ça a marché ? Est-ce que tu es revenu à la nature désormais ? Je lui ai donné l'huile de loup.

Il découpa une nouvelle tranche de lynx et la déposa sur l'assiette de Slone.

— Que voulait-il dire, ton père ? Qu'est-ce qu'il y a de contre-nature chez toi, mon gars ? Tu me sembles parfaitement naturel, à moi.

— Mon père est mort. Je suis vivant.

— Moi aussi. Mes ancêtres sur le Yukon vénéraient le loup comme un dieu, tu sais.

— Tes ancêtres étaient blancs, comme les miens.

— Vu de l'extérieur, c'est vrai.

— Quel genre de peuple se met à dépecer son dieu ?

— Tue ton dieu et tu deviendras ton propre dieu. Pour ta survie, pas pour le plaisir bien sûr. Regarde autour de toi.

— Je vois du plaisir autour de moi.

— Je vends ces peaux à Hank. Il peut les revendre à la ville, il prend surtout des peaux de lynx et de martre. Il en obtient un bon prix, plus que pour les peaux de loup ou de carcajou. En échange, il me rapporte des provisions, tout ce dont je pourrais avoir besoin pour passer l'hiver. Ça s'appelle de la survie, pas du plaisir.

— Dis-moi où elle est.

— Ce n'est pas à moi de te le dire. Je veux bien nourrir et vêtir un voyageur, mais je ne me mêle pas de ses affaires. Ces histoires-là, ce n'est pas pour moi. Il n'y a pas d'histoires de ce genre par ici. Les animaux et le ciel ont leurs lois, c'est à ces lois-là que j'obéis.

Ils finirent leur repas sans un mot. Le chasseur bourra sa pipe de tabac et la passa à Slone. Puis il prit une bouteille et servit des verres d'un alcool de contrebande qui sentait l'essence et en avait même la couleur. Quand l'alcool descendit dans la gorge de Slone, il lui creusa le sternum, lui incendia l'estomac. Ils fumèrent en silence. Slone regardait la grande fourrure tendue au-dessus de lui, d'une forme et d'une texture qu'il n'avait jamais vues auparavant, ce n'était ni de l'ours ni du caribou. Il posa la question.

Le chasseur sourit, il avait des filaments de viande coincés entre les dents :

— Tu veux que je te raconte une histoire, voyageur ?

— Je veux que tu me racontes la vérité.

— La vérité. Toutes les histoires racontent la vérité.

Il rit en laissant échapper la fumée par ses narines.

« D'accord, je vais te la raconter. Je l'ai abattu en 1985. Au début de l'hiver, juste avant le gel. À environ un kilomètre et demi à l'ouest, au pied d'une crête, dans un ravin. La montagne était recouverte d'une fine couche de neige mais ce n'était pas encore le froid mordant de janvier. L'eau courait toujours dans le ravin. Du sommet de la crête, on aurait dit un ours brun. Pour atteindre les branches hautes d'un arbre, ils peuvent se dresser sur leurs pattes arrière, tu sais. C'est ce que j'ai cru voir, un ours debout. Ensuite, je l'ai perdu de vue, le chemin redescendait, contournait le sommet, et le temps que j'aie à nouveau une vue complète sur l'endroit, quelque chose comme huit minutes plus tard, la bête était toujours debout. Aucun ours brun ne reste debout aussi longtemps. J'ai regardé dans les jumelles et je l'ai vue, une gueule de gorille, mais ce n'en était pas un. Il avait une crête sagittale, comme on en voit dans les numéros de *National Geographic* sur l'ère de Neandertal. Et il devait faire dans les deux cent cinquante, trois cents kilos, mais avec le corps d'un humain. Regarde cette peau derrière toi, il faisait plus de deux mètres de haut.

Slone se retourna, puis repassa la pipe au chasseur.

— Mais ce sont les yeux qui m'ont sidéré. Des yeux humains. Plus grands, bien sûr, mais complètement humains par ailleurs. Son regard. Son regard était conscient, conscient de sa propre existence. C'était le *Kushtaka*. J'avais entendu parler de lui pendant toute ma jeunesse, et voilà qu'il était devant moi, clair comme le jour. C'était une femelle, je voyais ses mamelles, elle était avec un de ses petits, environ un mètre cinquante, moins poilu. Le visage de n'importe quel enfant. Un petit nez de singe. Mais déjà une musculature développée. Des muscles volumineux alors qu'il n'était qu'un enfant. Ils étaient au bord de l'eau, ils buvaient, et apparemment, elle était en train d'apprendre quelque chose au petit. À propos des poissons, ai-je alors supposé. Puis elle lui a montré des oiseaux dans les arbres mais je ne voyais pas quelle espèce. Cette putain de bête pouvait parler. Cette maudite créature.

Il tira sur la pipe, aspira la fumée profondément.

— C'était une occasion unique, tu imagines bien. Je me tenais à presque vingt-cinq mètres d'eux, allongé sur le ventre sur la fine couche de neige, en tenue de camouflage, prêt à fondre sur la proie. Tous les vents qui remontaient de ce ravin soufflaient contre moi, il était impossible pour eux de sentir mon odeur. J'avais un .308 Winchester à l'époque, tu sais, le meilleur fusil jamais fabriqué. Il lui a suffi d'une balle pour décapiter le petit. La mère l'a vu avant de l'entendre. Alors elle a hurlé. Un bruit indescriptible. Pas comme un loup, un hurlement humain. Une vraie damnation : à moitié immergée, elle tentait de remettre la tête du petit en place, de recoller les morceaux, comme si elle pouvait revenir en arrière. Bien sûr, c'était impossible. Elle hurlait, regardant autour d'elle, vers le ciel, comme si la lumière avait tranché la tête de son enfant. C'est à ce moment-là que je l'ai eue, avec son petit dans les bras, en plein cœur. Un tir parfait.

Il s'interrompit pour reprendre du tabac dans sa blague.

— J'avais un traîneau avec moi au sommet de la crête, mais je ne pouvais pas les charger tous les deux, ça ne tenait pas. Je ne pouvais pas me traîner tout ce poids, les salauds, ils étaient lourds. J'ai essayé de retourner là-bas cette nuit-là pour récupérer le petit mais les loups en avaient déjà fait leur dîner. Et j'ai mangé sur la mère pendant tout l'hiver. Un goût de porc, je dirais, rien à voir avec de l'élan ou de l'ours. Pas faisandé comme le loup. Et cette viande m'a donné une force, l'esprit du *Kushtaka* s'est mis à souffler en moi... Je ne peux pas l'expliquer. J'étais là, debout, et j'avais des orgasmes, sans même me caresser, sans rien de ce genre. Juste debout. J'ai gardé les yeux aussi, ces yeux incroyables. Ils sont quelque part par là.

Slone reprit une gorgée d'eau dans le broc en bois et ils terminèrent ce qu'il restait de tabac. Ensuite, il se leva et se dirigea lentement vers les bottes de Medora. Il s'accroupit et en porta une à son visage, en huma l'odeur épaisse et forte de fourrure.

— Tu peux prendre les bottes de la femme. Elles sont à toi, en fait. Je ne veux pas d'histoires.

Slone reposa la botte et se redressa. Sur une table basse, au milieu des balles et des outils, il y avait la clé du véhicule de Medora accrochée à un porte-clés que Bailey avait fabriqué à l'école : un cœur qui souriait découpé dans de l'argile cuite et peint en rouge brillant. Slone prit la clé et l'agita dans la lumière du feu pour attirer l'attention du chasseur.

— Oui, j'ai pris sa voiture. Elle a ma Ford. J'y ai gagné, je l'admets, une Chevy. Mais la Ford est une très bonne voiture aussi. Je suppose qu'elle ne voulait pas qu'on puisse repérer sa voiture sur les routes. Je ne me mêle pas des affaires des autres. Je lui ai dit de prendre la mienne, je lui ai échangé, c'est tout. Et je lui ai fabriqué des bottes.

Slone défit la clé de son anneau, sentit le poids plat du cœur en terre polie dans sa paume, le caressa du pouce, puis le glissa dans une de ses poches. Sans dire un mot.

Pas à pas, il étudia les masques de loups accrochés aux murs voûtés de la grotte comme dans un musée, chacun était plus féroce et plus diabolique que le précédent.

— Tu peux prendre celui que tu veux. Choisis. Ça ne me regarde pas, mais je vois bien que tu aurais besoin de libérer un peu le loup qu'il y a en toi. C'était quand la dernière fois que tu as laissé sortir ton monstre intérieur, mon garçon ?

Slone choisit un masque noir au museau allongé et aux crocs gigantesques. Il le fixa sur son visage avec les liens en cuir qu'il noua dans ses cheveux jaunes.

Le chasseur était penché au-dessus du poêle, il ajoutait une bûche dans le feu, il se retourna, sur le point de dire quelque chose. Mais Slone, derrière son masque, avait à la main un couteau qu'il tenait par la lame, le manche dirigé droit vers le chasseur.

Ils restèrent un moment ainsi à se dévisager, leurs silhouettes agrandies par les ombres projetées par le feu sur les murs de la grotte. Quelques secondes plus tard, la lame transperça la poitrine du chasseur jusqu'au manche, juste au-dessus de l'aorte. À mi-chemin entre eux deux, la lame avait brièvement renvoyé les reflets du feu. Haletant, le chasseur regarda le manche du couteau planté dans sa poitrine, puis il regarda l'animal debout devant lui de l'autre côté de la grotte. On aurait cru qu'il avait encore une dernière question à poser mais qu'il avait déjà perdu la faculté de parler.

Il eut besoin de ses deux mains pour extraire la lame. La blessure, une fente pour pièces de monnaie, noire, retenait le sang à l'intérieur. Il resta debout, fasciné par le couteau dont il admirait presque la forme effilée, tandis que le sang commençait à suinter par la fente. Haletant encore, il jeta un regard au monstre derrière le masque. Il fit un pas vers la peau de grizzly puis s'effondra sur le dos, attendant la suite.

L'instant d'après, l'haleine moite derrière sa figure de loup, Slone se tenait au-dessus de lui, fusil à la main, visant la naissance de ses cheveux. À travers les yeux du masque, il voyait le chasseur cligner des yeux, respirer, d'un souffle asthmatique, ses lèvres articulant une prière destinée au dieu qu'il reconnaissait comme sien. Slone logea la balle dans le front du chasseur et regarda la boue noire de son sang s'échapper du trou.

Il repartit dans la nuit polaire, les bottes de Medora sous le bras, le masque encore fixé sur le visage.

VII

Cheeon commença à tirer dès que Marium eut franchi la rangée de véhicules postés devant sa cabane. Quel genre de fusil pouvait bien permettre un tel mitraillage ? Cheeon tirait en continu, criblant les carrosseries de trous gros comme des tasses à café. Quel homme se procurait ce genre d'arme ? Comment cela pouvait-il venir à l'esprit de quiconque de posséder une arme pareille ? Marium n'en revenait pas. Il regarda autour de lui, fit signe à un flic de se baisser, plus bas, et l'instant d'après, vit une partie de son visage et de son crâne s'arracher à son casque comme une cuillerée de glace prélevée sur un cornet. Cette fois, le flic se baissa pour de bon et tomba raide.

Marium n'avait jamais vu ou entendu des armes se recharger aussi vite. De la fenêtre du premier étage, il voyait dépasser le canon du fusil, perpétuellement en feu. Sur son trépied, le fusil pivotait avec aisance, de haut en bas, de droite à gauche. Cheeon ne s'interrompait pas pour recharger. Il n'en avait pas besoin. Les pare-brise et les fenêtres des voitures explosaient sous les balles, éclaboussant Marium, les hommes, le sol. L'air sifflait en s'échappant des pneus crevés. Les balles cliquetaient sur les blocs-moteurs, un fracas sourd et sonore à la fois, comme des coups de marteau.

Quand Cheeon tourna son arme sur les sapins alentour, les balles taillèrent à travers les branches, éraflant l'écorce jusqu'aux troncs. La neige tombait dru sous un brouillard épais. Les hommes qui étaient planqués dans ces arbres dégringolèrent, morts, emportant branches et neige dans leur chute. Il n'entendait pas une seule balle qui ne provienne de Cheeon. Tous étaient écrasés au sol, les mains sur la tête malgré leurs casques. Ceux qui n'avaient pas encore été abattus avaient l'air complètement abasourdis par ce qui était en train de leur arriver. Ahuris qu'une chose pareille puisse arriver ici.

Il rampa jusqu'à l'arrière du véhicule le plus proche, sous le pare-chocs. Là, il attendit, guetta une pause, le moment où Cheeon cesserait de tirer pour recharger. Mais cela faisait déjà plus d'une minute et le feu ne faiblissait même pas. L'un des véhicules va finir par prendre feu et exploser, se dit-il, et tout le monde va brûler avec, ou pire. De derrière le pare-chocs, il avait un axe de tir vers la fenêtre du premier étage. Il tira, causa quelques éclats au bois de la cabane. Réussit à mettre, peut-être, une ou deux balles à l'intérieur. Impossible de dire.

Les tirs de Cheeon cessèrent pendant quelques secondes, puis reprirent de plus belle, en direction du véhicule sous lequel Marium se trouvait. De nouveau, ces tirs trouant la carrosserie comme des coups de marteau-piqueur. Avaient-ils atteint les réservoirs ? Il apercevait les balles qui rebondissaient sur le châssis et atterrissaient dans la neige. Une fois de plus, il se demanda comment cet homme, dans cette cabane, pouvait posséder une telle arme. Pour quelle raison s'en être procuré une, sinon en prévision de ce qui était en train de se passer ?

Il rampa en arrière, s'accroupit derrière une roue, vit un homme essayer de courir jusqu'à un sapin où un autre s'agitait en criant. L'homme fut touché à mi-chemin, son sang jaillit tel un geyser rouge écarlate sur le blanc, puis il s'effondra sur le côté. Il se vida, ses entrailles dessinèrent un nuage rose dans la neige.

Une autre minute de tirs, puis Cheeon cessa le feu. Pour recharger, ou peut-être juste pour contempler son ouvrage, impossible de le dire. Sur le flanc gauche de la cabane, un homme en embuscade dans les sapins se mit à tirer vers la fenêtre. Certainement son arme de service – le son des tirs espacés était pitoyable comparé au feu roulant encore dans l'air. Marium lui beugla de cesser le feu. Il savait trop bien qu'à l'instant où Cheeon aurait réussi à localiser ces tirs, il faucherait ces arbres et cet homme avec.

La tôle en aluminium des voitures était perforée. Une nouvelle fois, il cria à tous de se baisser. À côté de lui, il y avait un homme, visage au sol sous le pot d'échappement, baignant dans la flaque ovale de son sang. Marium le mit sur le dos et vit que les tirs avaient traversé son gilet pare-balles et transpercé sa gorge. Cet homme n'avait même pas eu une seule seconde pour un dernier mot. Marium s'entendit brailler à nouveau – que quelqu'un trouve une radio, un téléphone satellite, n'importe quoi pour appeler du renfort. Mais personne ne lui répondit.

Pour rien au monde ils n'auraient bougé, voilà tout. Une voix surgit, qu'il ne reconnaissait pas et dont il ne voyait pas le propriétaire, appela un médecin. Drôle d'idée, se dit-il, sûr qu'il n'y avait pas de médecin parmi eux, et qu'il n'en surgirait pas non plus un de nulle part. En tout cas, pas un qui puisse changer quoi que ce soit à ce qui était en train de se passer ici. Juste après, les tirs de Cheeon suivirent la direction des cris et la voix se tut d'un coup.

Il vit Arnie, au sol, avec sa carabine. Il rampa jusqu'à lui et prononça son nom. Arnie le regarda, comme s'il essayait de se rappeler qui il était. Ou ce qu'il avait à voir avec cette créature inconnue qui s'acharnait sur eux. Une nouvelle fois, Marium prononça son nom, et perçut l'état de choc dans ses yeux. L'état de choc a toujours le même visage – un mélange de surprise et d'engourdissement.

Arnie ne lui répondait pas. Marium lui décocha une gifle, violente, en pleine figure, et fut immédiatement mortifié d'y avoir mis tant de force. La morve gicla des narines d'Arnie, qui eut l'air embarrassé. Il s'essuya le nez du dos de la main, et la morve givra sur son gant en une traînée blanchâtre. Il cligna des yeux, avala sa salive, Marium comprit qu'il était revenu à lui.

— Est-ce que tu m'entends maintenant, Arnie ? Arnie, bon sang, s'il te plaît, regarde-moi.

— Je t'entends.

— Tu vois ces rochers là-bas ?

Il désigna une rangée de rochers inégaux derrière eux, le long d'une parcelle de sapins enneigés. Arnie porta le regard vers les rochers et acquiesça.

— Tu vas aller jusqu'à eux, te cacher derrière eux. Pendant ce temps-là, je te couvrirai. Tu m'entends ?

— Oui. Je t'entends, Don.

— Tu ne cours pas tant que je n'ai pas commencé à tirer, mais dès que j'y vais, tu te précipites, s'il te plaît. Quand tu seras là-bas, reste baissé derrière cette faille, là, entre les deux gros, tu la vois ? Tu vois l'endroit dont je parle, Arnie ? S'il te plaît, regarde bien, bon sang.

— Je regarde. Je le vois.

— Ensuite, je cesserai le feu, dès que tu m'entends arrêter de tirer, je veux que tu diriges ton arme vers la fenêtre et que tu ne la baisses plus jusqu'à ce que j'aie atteint la cabane, par la droite là-bas. La droite. C'est clair ?

— C'est clair, chef.

— Ton chargeur est plein ?

— Il est plein.

— Vérifie, s'il te plaît. Vérifie maintenant.

— Il est plein.

— Tu as d'autres cartouches dans ta veste ?

Arnie tâta sa veste comme si c'était un portefeuille et qu'il s'assurait qu'elle était bien là.

— J'en ai, dit-il. Juste là.

Marium remarqua que la jambe de son pantalon était trempée d'urine. Sur le capot de la voiture, il y avait un gobelet de café, épargné, encore fumant sans son couvercle, attendant d'être bu.

— Tu es prêt, Arnie ? Tu es prêt maintenant ?

— Oui. Oui, je suis prêt.

— Tu te tailles le cul vers ces rochers dès que je me mets à tirer, et quand tu seras là-bas, tu vides ton chargeur sur ce fils de pute, et, s'il te plaît, tu ne t'arrêtes pas tant que je ne suis pas arrivé à la cabane. Tu ne quittes pas des yeux cette saleté de fenêtre, et tu continues de me surveiller en même temps, OK, assure-toi que je suis arrivé avant d'arrêter de tirer. Dis que tu as compris.

— J'ai compris. Je vais le faire, chef.

— Tu vas le faire, Arnie. Son arme ne peut pas transpercer un rocher, tu comprends ? Reste derrière les rochers.

— Je vais le faire.

Marium fit signe aux autres, ceux qui restaient, ceux qui le regardaient. Il leur fit signe de cesser le feu. Il rampa sous le pare-chocs arrière du deuxième véhicule de la rangée. Et il commença à mitrailler la fenêtre du premier étage. En espérant qu'il aurait assez de munitions pour tenir jusqu'à ce qu'Arnie arrive aux rochers. Arnie ne pouvait pas se permettre la poignée de secondes dont Marium aurait besoin pour recharger. Les balles faisaient tomber la neige du toit en un rideau de poudreuse devant la cabane.

Au bout d'une minute, son barillet était vide, Cheeon l'avait prévu et fit alors feu sur lui. La roue du véhicule se remplit de balles, le vacarme vibrait à la figure de Marium. Tandis qu'il rampait pour s'éloigner, les tirs heurtèrent l'essieu arrière. Une fois à l'abri, il chercha des traces de sang sur lui.

De derrière les rochers, Arnie se mit à tirer à feu roulant sur la fenêtre. Alors Marium se lança à toutes jambes vers la cabane, hors de vue. Il glissa, dégringola sur la glace et la neige. S'effondra de tout son poids sur ses deux coudes, l'estomac en plein sur la crosse de la carabine, projeté au sol par le vent. Respirant à grand-peine. Dans un trou entre deux véhicules, il vit Arnie cesser de tirer. Marium leva les pouces dans sa direction mais sans arriver à voir s'il l'avait repéré ou non. Puis Cheeon commença à lui tirer dessus, ses balles faisaient des étincelles sur les rochers, ébréchant la pierre dans un nuage fin de neige et de poussière.

De ce côté-là de la cabane de Cheeon, il apercevait la route centrale du village. Partout, depuis leurs abris, les chiens de traîneaux hurlaient à la mort. Les gens se tenaient devant les portes de leurs maisons et de leurs voitures. Il leur fit signe de rentrer se mettre à l'abri. Aucune réaction. Il lui vint à l'esprit que l'un d'entre eux pourrait aussi bien le prendre pour cible au fusil de chasse.

La porte de derrière de Cheeon était verrouillée. Marium attendit qu'il se remette à tirer pour donner un coup de coude dans un carreau. Il fit un pas à l'intérieur, ses bottes humides couinant sur le parquet en pin. Il se figea, et recula sur le paillasson pour ôter ses pieds des bottes en faisant levier. Et c'est à ce moment-là, dans la lumière timide et grise, qu'il distingua ce qui ressemblait à une ligne de pêche tendue en travers de la pièce, à environ cinq centimètres du sol, glissée dans un pas de vis de la plinthe, grimpant ensuite le long du mur et repassant dans un pas de vis du coffrage du plafond. Jusqu'à la crosse d'un pistolet auquel elle était attachée dans le coin au-dessus de la porte, dans son dos, le canon incliné vers le bas, juste derrière sa tête. L'extrémité de la ligne était nouée autour de la détente.

La vue de ce pistolet, la conscience d'avoir failli y passer lui procurèrent moins de soulagement que d'angoisse. Alors qu'il coupait la ligne avec des ciseaux tirés d'un couteau suisse militaire, il éprouva la certitude qu'il ne ressortirait de cette cabane que les pieds devant.

Il s'accroupit sur place et tenta de reprendre sa respiration, mais il n'avait pas d'air. Il entendait, il sentait le feu qui faisait rage en haut dans la chambre. Les murs et les sols vibraient – le bourdonnement irradiait jusque dans ses os. Y avait-il encore de nouvelles victimes dehors ? Il songea au coup de téléphone à Susan que Cheeon avait prédit quand ils parlaient sur le pas de sa porte quelques instants plus tôt. Durant de longues secondes, il envisagea de s'enfuir. D'attendre du renfort. Ou bien de réduire en cendres cette maudite cabane.

C'était tout ce qui lui passait par la tête. Il avait déjà évoqué ce genre de moments avec d'autres. Ses anciens collègues de l'unité spéciale, au Sud, à Juneau. Des habitués. Tous disaient la même chose : on se targue d'avoir une certaine capacité de réflexion, mais quand on croise le chemin du diable, il n'y a plus de réflexion, il n'y a que des sensations, et les sensations engendrent l'action.

Tombé à quatre pattes sur le sol, il essayait d'empêcher ses membres de trembler. Puis il avança à tâtons, en silence, en chaussettes, cherchant l'escalier. Son manteau émit un crissement de nylon à l'aisselle. Il le laissa tomber, sans bruit. Et là, sur un crochet, il vit un blouson de petite fille, à capuche rose, avec une tête de personnage de dessin animé qui lui faisait un grand sourire.

Par la fenêtre de devant, il distinguait à présent la neige qui volait là où les balles heurtaient le sol, percevait le fracas du plomb sur le métal des capots. Dix marches grimpaient jusqu'à la chambre. Pour chacune d'entre elles, il lui fallut plus de temps que nécessaire, plus de temps que ce qu'il aurait voulu. C'était bizarre d'être en chaussettes, comme si un homme se devait de porter des bottes pour faire une chose pareille. Il savait qu'il n'avait pas le droit à l'erreur, un craquement de parquet et c'était fini. Cheeon avait cessé de tirer, il n'y avait pas le moindre bruit, ni dans la cabane, ni dehors.

À trois marches du haut, il aperçut Cheeon entre les barreaux de la rambarde. Il était là, fumant une cigarette à la fenêtre de ce grenier fortement mansardé. Le plafond à portée de main. L'arme attachée à un trépied boulonné au sol – une mitrailleuse M60, jugea Marium, d'ordinaire utilisée dans les hélicoptères ou sur les tanks. Juste à côté, une pile de munitions d'environ un mètre cinquante de haut, de quoi tirer non-stop toute la journée et même une bonne partie de la nuit si nécessaire. Flottant dans l'air, saturant la pièce, l'odeur puissante du plomb. Une odeur semblable à celle de l'huile de moteur, presque agréable. Des centaines de douilles disséminées au sol, dont bon nombre avaient roulé jusqu'aux escaliers. Une nouvelle fois, il se demanda d'où venait cette arme et comment elle était arrivée là, c'était incompréhensible.

Marium était parvenu au niveau de Cheeon à présent, il avait franchi la dernière marche, la carabine dans son dos. Il prononça le nom de Cheeon. Cheeon n'eut pas un sursaut de surprise, ne se retourna même pas. Il resta là, debout, à fumer, hochant la tête en veillant sur son ouvrage. Il prenait son temps.

— Ils ne se sont pas si bien débrouillés que ça en bas, mec.

— Retourne-toi, Cheeon. Je veux voir tes mains. Tes mains, maintenant.

— Mes mains ? T'as une drôle de voix, mec. Tout va bien ?

— Retourne-toi, Cheeon. Mains en l'air.

En lui-même, Marium pensait : *Je pourrais te tirer une balle dans le dos, espèce de fils de pute.* L'honneur et autres codes de conduite – plus rien de tout cela ne tenait à présent.

Cheeon se retourna alors sans lever les mains en l'air ni même jeter sa cigarette. Dans une main, il tenait sa cigarette, l'autre était dans la poche arrière de son jean. Marium s'attendait à un visage furieux, en sueur. Mais Cheeon avait exactement le même air que la dernière fois, lorsqu'ils avaient discuté devant sa porte. Il avait l'air d'un homme résolu. D'un homme qui vient de mettre fin à une dizaine de vies ou plus et assume la position dans laquelle ses actes le placent désormais aux yeux de son Dieu sans salut.

Marium savait que Cheeon ne ressortirait plus de cette cabane. Ses jambes cessèrent de trembler parce qu'il comprit en même temps que ce ne serait pas son heure à lui.

— Tu as réussi à arrêter ce coup de fil aujourd'hui, dit Cheeon. Ce coup de fil à ta femme. Mais ce n'est que partie remise, hein ? Ce coup de fil est toujours en chemin.

— Tes mains, Cheeon. En l'air. Maintenant.

Tandis que Cheeon sortait lentement sa main de sa poche arrière, Marium vit l'éclat du nickel du pistolet. Cheeon ne le pointa pas sur lui. Il se contenta de laisser Marium le voir. Il le laissa pendre au bout de son bras, le long de sa jambe, battant le rythme avec comme s'il se fredonnait un air de musique rien qu'à lui. Son autre main allait et venait à sa bouche avec la cigarette. Ses yeux louchaient sur Marium à travers la fumée.

Marium lui tira dessus à bout portant. L'impact le projeta vers la fenêtre ouverte. Abandonnant à ses pieds la cigarette et le pistolet. Marium continua de tirer jusqu'à ce qu'il tombe à la renverse et atterrisse dans la neige devant sa porte. Debout derrière la fenêtre, il regarda Cheeon allongé sur le dos. Les yeux toujours ouverts, comme si son regard était encore vivant. Fixant un ciel pâle qui ne l'accueillerait pas.

*

* *

Les hommes affluèrent – des hommes qu'il connaissait, d'autres qu'il n'avait jamais vus. Ils fouillèrent le village de fond en comble, pas la moindre trace de Slone, et pas un mot des villageois. Ils trouvèrent une vieille femme dans sa hutte, dans un fauteuil à bascule, morte, la fente nette et précise d'une lame dans la gorge. Personne à Keelut ne leur dit quoi que ce soit à propos de cette femme. Il n'y avait ni papiers, ni aucun moyen de vérifier son nom ou son âge, qui elle était, qui elle avait été.

De maison en maison, rien. Quand ils retournèrent à la hutte de la vieille pour retirer son corps, il avait été volé, enlevé et caché. Qu'avaient-ils l'intention d'en faire si ce n'était l'inhumer ? Ils contrôlèrent tout le village, une nouvelle fois, sans succès, elle était introuvable, tout comme ceux qui l'avaient dérobée. Marium se souvint de ce que Cheeon lui avait dit à peine quelques heures plus tôt, qu'ils étaient différents, eux deux, mais aussi la ville et ce village. Marium sut alors qu'il avait raison et se demanda sur quoi d'autre encore il avait eu raison.

Quelques heures plus tard, après la tombée de la nuit, dans le petit hôpital de la ville : une confusion totale, personne n'avait jamais vu une chose pareille auparavant. Des blessures insensées. Mieux valait, se dit Marium, qu'il n'y ait plus rien à faire à ce stade, car le personnel n'aurait pas été capable d'agir de toute façon. Ceux qui périrent là périrent dans le chaos. Ceux qui avaient été épargnés repartirent sans la moindre blessure apparente. Les cadavres avaient gelé, collés au sol par leurs entrailles et leur sang. Il fallut les arracher à la terre à la pelle, ou encore les décoller de force à la pioche. Marium et les autres chargèrent les corps sous housse à l'arrière de deux pick-up. L'un des deux prit la direction de l'hôpital, l'autre de la morgue. Il était justement en train d'essayer de démêler ce cafouillage.

Ils n'étaient pas encore tous revenus de Keelut. Les familles des policiers arpentaient les couloirs de l'hôpital, ne sachant plus qui était vivant et qui était mort. À l'annonce des nouvelles, certaines épouses gémissaient, des cris de louve. Des proches virent Marium passer la porte des urgences dans ses bottes humides. Ils l'assaillirent de questions.

— Bon Dieu, Don, dit l'un d'eux, on nous avait dit que tu avais été tué.

Qui était ce « on » ? Impossible de le savoir, mais il se tint là devant eux, debout, pointant le doigt sur sa propre poitrine pour leur prouver qu'il était bien vivant.

La femme d'Arnie était là, elle aussi. Marium la rassura et elle le remercia, serra sa main fort comme si c'était lui qui avait protégé la vie de son mari. Il dut dire à certaines de ces familles de se rendre à la morgue, c'était là désormais que se trouvaient leurs maris et leurs frères. À d'autres, il dit de se rendre à la gare, où leurs hommes viendraient les retrouver très bientôt, vivants.

Dans les toilettes des hommes de l'hôpital, il s'agenouilla devant l'évier, et sanglota, se cramponnant à la faïence pour ne pas tomber. Courbé au-dessus d'une fontaine d'eau, il but tant qu'il put durant plus d'une minute entière, l'eau trop froide lui coulait dans la gorge. Il voyait la neige qui fondait, rose sous ses semelles, des cristaux de sang collés à ses pieds.

Il distingua ses cheveux auburn sur un banc au travers d'un essaim d'infirmières et de docteurs. Lorsque l'essaim se dispersa, il la vit assise, les yeux rivés sur le mur d'en face, le visage ravagé de chagrin, des traînées de mascara coulant sur ses joues. Au bout de ce couloir, il n'y avait plus qu'eux deux. Elle dut sentir sa présence, debout là, car elle tourna la tête. Elle laissa alors échapper un bref reniflement, un sourire, presque un rire, un hochement de tête, puis elle se détourna à nouveau et se mit à sangloter.

Il s'assit à côté d'elle et la serra dans ses bras. Elle ne dit pas un mot. Il enfouit sa tête dans ses cheveux tandis qu'elle le rouait de coups de poing, le torse, les épaules. Longtemps.

— J'ai essayé de t'appeler. Je n'arrivais pas à te joindre.

— Bon Dieu, Don, on a besoin de toi.

Il comprit alors qui était ce « on » dont elle parlait, et il la serra encore plus fort en disant :

— Je suis là.

*

* *

Plus tard dans la soirée, pendant qu'elle dormait, il s'assit sur une chaise et fuma une cigarette près de la fenêtre entrouverte, observant Susan à la lueur du quartier de lune. Impossible de savoir si elle était en train de rêver, ce qu'elle éprouvait à porter cette vie en elle. En même temps, cela lui semblait la seule manière possible de réparer ce qui était arrivé ce jour-là. On lui avait parlé de l'effet engourdissant de ce genre d'événements, lui ne ressentait aucun engourdissement. Il ressentait une fatigue intense, jusqu'à la moelle, un voile sur le crâne comme si la fièvre menaçait. Mais pas d'engourdissement. L'engourdissement ne l'aurait pas empêché de dormir, le sommeil cependant semblait à présent un état de paix qu'il n'était pas près de retrouver. Être si fatigué et ne pas pouvoir dormir constituait une forme de torture rare. Il fuma, une heure durant, guettant des bâillements qui ne vinrent jamais.

Cette vieille femme dans le village, raide dans son fauteuil à bascule : Slone lui avait entaillé la gorge jusqu'à la colonne vertébrale, d'un trait. Telle était la terreur qu'éprouvait Marium tandis qu'il observait sa femme endormie et l'enfant qu'elle portait. La terreur de ces forces dans le monde, impossibles à contenir, impossibles à déceler.

Une voix murmurait dans sa tête, au milieu du silence de leur chambre, l'empêchait de dormir. Il songea que ce devait être la voix de Cheeon. Il n'avait pas voulu faire à Cheeon ce qu'il lui avait fait. Tuer un homme est un acte plus marquant pour celui qui tue que pour celui qui est tué. Cheeon avait laissé son pistolet pendre au bout de son bras, dans sa main, la main même qui avait construit la cabane où il s'apprêtait à mourir. Il avait laissé Marium voir son arme, sans même avoir besoin de lever le bras – il savait. Il s'était préparé, il attendait, là, avec sa mitrailleuse sur son trépied fixé au sol. Et tout s'était déroulé exactement comme il l'avait voulu. Marium lui avait donné ce qu'il voulait. Et il en avait honte.

VIII

Une violente averse de fin d'été tomba, comme pour les avertir que la matinée était terminée. Vernon et Bailey Slone, pieds et bras nus sous la pluie fraîche, marchaient en file indienne sur les chemins étroits, côte à côte sur les plus larges. Ils escaladaient, dégringolaient, couraient, s'arrêtaient sur des rochers ombragés le long du ruisseau rugissant sous l'orage. Le courant dévalait dans les rapides, la surface bouillonnait. Les moustiques avaient fui, chassés par l'orage. Assis sur un rocher suspendu au-dessus de l'eau, ils balançaient leurs jambes immergées jusqu'au genou. Au bout de quelques minutes, le déluge se calma. Au sommet des arbres, les liasses de feuilles s'égouttèrent et le monde retrouva son silence coutumier.

— Maman dit que tu t'en vas, dit le petit.

— Dans quelques mois, pas tout de suite.

— Maman dit que tu t'en vas longtemps.

— Un an, peut-être moins, le temps de déployer les troupes. Tu te souviens, je t'ai expliqué ce que ça veut dire ?

— Non.
— C'est du travail. Des sous pour nous.
— On a besoin de sous ?
— Oui.
— Maman a dit que les sous c'était pas important.
— On n'en a pas besoin de beaucoup. Mais on en a besoin quand même.
— Elle a dit que tu pouvais en gagner ici.
— Ces derniers temps, ce n'est plus possible. Pour personne. C'est mon devoir d'aller là-bas.
— C'est quoi le devoir ?
— Quand tu sais faire quelque chose et qu'il faut faire ce quelque chose, alors tu dois aller le faire.
— Pour mon anniversaire, j'aurai sept ans.
— Je sais, ça paraît loin. Mais ce n'est pas si long. Je rentrerai quand tu auras sept ans et demi.

Habituellement transparente, laissant voir ses fonds sableux, l'eau avait épaissi, viré au noir, elle tourbillonnait en cascade. Tout près d'eux, une branche d'arbre passa, flottant à la surface comme un bras cherchant du secours. Bailey tendit son propre bras en avant pour la toucher, Slone le retint par la taille.
— Je sais nager.
— Je sais que tu sais nager. Il y a du courant aujourd'hui.
— Maman dit que les hommes tuent des gens à la guerre.
— Il le faut, oui.

— Tu as déjà tué quelqu'un. Quand j'étais dans le ventre de maman.

— Qui t'a dit ça ?

— Quelqu'un.

— D'accord, quelqu'un. Qui ?

— Quelqu'un.

Le tonnerre gronda au-dessus de leurs têtes, puis l'orage s'éloigna derrière eux, un bruit si étouffé qu'il aurait aussi bien pu se trouver déjà au-dessus du Yukon ou bien encore loin dans les terres, au Canada.

— C'est mal de tuer les gens. Mais ce n'est pas mal de tuer les caribous.

— C'est vrai. Les caribous nous permettent de rester en vie. Parfois aussi, on est obligé de tuer quelqu'un pour rester en vie.

— C'est quoi obligé ?

— Quand on n'a pas le choix.

— Tu n'avais pas le choix ?

— Non.

— Tu l'as fait pour qu'on reste en vie ?

— Pour qu'on soit en sécurité, oui.

— Qui tu as tué ?

— Un homme qui voulait vous faire du mal, à Maman et toi.

— Mais il ne nous a pas fait de mal ?

— Non, parce que je lui ai fait du mal en premier.

— Et personne n'a été triste pour lui ?

— Je n'en sais rien. Ce n'était pas mes affaires. Mes affaires c'était de vous protéger, maman et toi.

— Personne ne t'a dénoncé ?

— Personne ne m'a dénoncé. Personne ne ferait une chose pareille. Le village est notre famille. Tu comprends ce que ça veut dire ?

— Oui.

— Tu es sûr ?

— Oui.

— Ça veut dire que tu peux compter sur eux. Si tu as un problème, ou si tu as un secret à cacher, tu peux compter sur eux pour t'aider. Voilà ce que ça veut dire.

— À qui ?

— Quoi à qui ?

— À qui tu as fait du mal ?

— À un homme qui est venu dans notre village. C'était un vagabond.

— C'est quoi un vagabond ?

— C'est comme du bois flottant. Tu vois là-bas ? Le bois qui flotte ? C'est un voyageur sans maison.

La force fraîche du courant leur massait les mollets. Le ciel laiteux accentuait encore le vert de la forêt.

— Comment ?

— Comment je lui ai fait du mal, tu veux dire ?

— Oui.

— Avec un couteau.

— Tu l'aimes ton couteau, dit-il en se tournant vers son père avec un grand sourire. Puis il se mit à taper dans l'eau avec un bâton pendant que Slone le tenait serré à la taille.

— Maman a dit que Cheeon t'avait aidé.

— Cheeon m'a aidé.
— Il est de ma famille ?
— Oui.
— Il est mon ami ?
— Il l'a toujours été. Tu en poses des questions, aujourd'hui.

De l'autre côté du ruisseau, un cerf et sa biche trottaient à travers la forêt d'aulnes encore détrempés d'orage. Slone les montra du doigt au petit, et, sans un mot, ils les regardèrent jusqu'à ce que le cerf disparaisse.

— C'était chouette de tuer mon premier cerf, dit le petit.
— Tu tires bien avec le Remington.
— C'était chouette et en même temps, c'était mal.
— Tu ne dois pas te sentir mal. Tu as nourri deux familles ce soir-là.
— Ma maîtresse dit que les hommes ne sont pas des cerfs car ils sont égaux. Elle dit que tuer des gens, c'est toujours mal.
— Beaucoup de gens disent ça.
— Ma maîtresse l'a dit.
— Je sais. Comme beaucoup d'autres. Mais c'est un mensonge.
— C'est pas un mensonge.
— Il y a des gens bons qui ne te feront jamais de mal, mais il y a des gens méchants qui t'en feront. Demande à ta maîtresse si ceux-là sont égaux, si bons et méchants, c'est pareil.
— C'est bien de tuer les gens méchants ?

— S'il le faut.

— Comme cet homme qui voulait faire du mal à Maman ?

— Comme lui, oui. Le ruisseau est glacé, aujourd'hui.

— J'ai froid aux pieds.

Ce rocher au-dessus de l'eau deviendrait l'endroit où le petit irait pour penser à son père.

— Je serai avec toi, même parti. Tu comprends ce que ça veut dire ?

— Oui.

— Vraiment ?

— Non.

— Ça veut dire que même quand on n'est pas ensemble, je serai toujours avec toi. Je serai là, juste là, avec toi.

Il posa sa main sur la poitrine d'oiseau du petit, pâle, sa peau fine comme une enveloppe transparente.

— Quand tu seras parti, tu seras encore avec moi ?

— Oui.

— C'est pas vrai, dit le petit. Ne mens pas.

Peu de temps après, l'averse reprit de plus belle.

*

* *

Le vaurien, un vagabond parmi d'autres, fit son apparition à Keelut un après-midi d'hiver, il arrivait de nulle part et personne ne l'avait vu venir. Échappé d'un quelconque chantier de gazoduc, d'une mine bouchée, ou d'un chantier d'autoroute avorté. Un vaurien rêvant encore de trouver de l'or dans quelque ravin oublié de ce pays. Sac au dos, une couverture accrochée aux sangles et la couleur de la terre, partout, des cheveux jusqu'aux pieds, jusqu'à la terre elle-même. La peau tannée par le vent, la crinière nouée sur la nuque, les mains rudes, à l'épreuve des intempéries de la vie sauvage. Des chaussures taillées dans une fourrure méconnaissable attachée aux pieds par une ficelle.

Son visage terreux était plissé par la fatigue de l'hiver, mais ses yeux, sous des sourcils broussailleux, brûlaient encore de la flamme de la jeunesse, luisaient d'une ombre liquide, inconnue, à mi-chemin entre bleu et vert. Impossible de deviner l'âge d'un visage si disparate. Il promenait avec lui une arme à levier, une relique pourvue d'une poignée fixée avec du ruban adhésif et d'un viseur en périscope. Certains des morceaux de vieux tissus qu'il portait semblaient comme cousus sur lui au fil dentaire.

À la lisière du village, avant la première averse de neige, debout devant les sapins, il se fondait complètement dans le paysage, seule son haleine trahissait sa présence. Le soir, son feu de camp rougeoyait entre les troncs, et, dès les premières lueurs, il errait dans le village, comme s'il attendait que quelqu'un vienne l'interroger ou bien lui donner de la viande.

La deuxième après-midi, le nomade s'assit contre un rocher à une petite vingtaine de mètres en face de la cabane des Slone, les yeux rivés sur leur porte. Vernon et Medora l'observèrent de derrière la fenêtre, Medora était enceinte de huit mois et s'impatientait de ne pas accoucher. Chaque matin, au réveil, elle découvrait de nouveaux territoires sur son corps encore élargi. Et mesurait ce qui l'attendait sans savoir si elle en serait capable ou non. Avec la terreur des effets que cela aurait sur elle.

— Encore un vagabond, dit-elle. En route vers l'ouest, sans doute.

— Il n'est pas arrivé.

— Il a l'air affamé.

— À ce stade, c'est plus que de la faim.

— Apporte-lui quelque chose, Vernon. Tu ne risques rien à lui apporter un peu de pain et peut-être du fromage.

— Tu as vu son fusil ? Il a l'air tout à fait capable de chasser pour se nourrir.

Debout à la fenêtre, ils restèrent un long moment à l'observer, tandis que l'enfant donnait des coups de pieds, tentant de repousser les murs du ventre de Medora.

— Apporte-lui quelque chose pour qu'il s'en aille.

Slone s'approcha du nomade, un sac à la main rempli de tranches de pain et de fromage. De si près, il remarqua la peau dépigmentée autour de son nez et de ses doigts, les cicatrices laissées par les engelures trop fréquentes – à mi-chemin entre des plaies et des brûlures. Les mains légèrement enflées d'être sans cesse exposées au gel et dégel. L'odeur âcre du feu se dégageait de lui, une odeur de charbon. Il portait un pantalon en peau de phoque, vestige d'un séjour sur la côte, arborant l'usure des lieux innombrables où il s'était promené. Un long collier de fourrure de loup dépassait de sa parka loqueteuse et dévoilait à son cou un autre collier, une rune de cheval en pierre blanche.

— Cette maison t'intéresse, mon gars ?

Slone s'accroupit devant lui pour lui faire face tout en lui passant le sac de nourriture. L'homme le posa sur ses genoux sans même se soucier de son contenu.

— Un garçon, dans un mois, dit-il.

Ses dents avaient l'air d'éclats de porcelaine, un chaos de dents, comme si chacune avait surgi d'une mâchoire différente.

— Quelqu'un t'a dit que c'était un garçon ? Personne ne nous l'a dit.

— Moi, j'ai l'impression que c'est un garçon.

— Toi et tes impressions, vous allez devoir y aller maintenant. On t'a mis du pain et du fromage là-dedans. Il va faire froid ce soir et les premières neiges arrivent.

— Pas ce soir. On a encore une ou deux nuits avant ça.

— Tu prédis la météo aussi ?

— Je sais deux ou trois choses sur le temps et sur l'avenir, oui. Est-ce que tu as un nom ?

— Mon nom ne te regarde pas.

— Pas le tien. Est-ce que tu as un nom pour le petit ?

— Ça ne te regarde pas non plus. Il se pencha sur l'homme : Tu avales ce pain et ce fromage, ensuite toi et ton fusil vous disparaissez d'ici. Je me fiche de l'endroit où tu vas mais tu y vas. Si tu as besoin qu'on te conduise à la ville, ou plus loin vers les grandes villes, tu attends au bord de la route. Quelqu'un s'arrêtera, tu n'auras pas à attendre longtemps. Tends ton pouce, quelqu'un te prendra.

— Il a l'air de faire bon à l'intérieur, dit-il, sans regarder Slone.

— Alors, tu devrais envisager d'avoir ta propre maison.

— Je parle de ta femme. Il a l'air de faire bon en elle. Le ventre de ma mère me manque.

Slone se tourna et aperçut Medora à moitié cachée par le voile du rideau, son ventre dépassant, puis il se retourna vers le nomade.

— Maintenant, tu vas me regarder dans les yeux. Regarde-moi bien. Crois-moi : je pourrais te tuer. Tu me crois ? Tu me crois quand je te dis que je pourrais te tuer ?

Au-dessus d'eux, une volée de corbeaux jaillit de la cime des arbres comme une nuée d'idées noires soudain libérées, leurs ailes battant à tout rompre.

— Je crois que ce garçon a une courte vie.

— Parle de mon enfant encore une fois et tu verras comme la tienne va raccourcir.

— Mon grand-père a fait partie d'une marche vers Skagway[1], dit l'homme. Là-haut, vers le White Pass[2], en 1897. Il avait quatorze ans, il essayait de rallier le fleuve Klondike. Il fallait traverser le Yukon avant le gel.

— Ils cherchaient de l'or, dit Slone.

— Pour sûr. Le merveilleux or. Ils n'en avaient jamais assez, tous, affamés qu'ils étaient. Il y avait des milliers d'hommes sur ce même sentier, un chemin étroit, petit, et des milliers de chevaux et de mules aussi. Plus de quatre-vingts kilomètres de lacets sinueux, de rivières à traverser, de pics périlleux, dans un bourbier perdu au milieu de nulle part. Tout à coup, le sentier fut bouché. Plus personne ne pouvait avancer, tous ces chevaux, tous ces gens. Ils restèrent assis là pendant des jours et des jours, sans pouvoir bouger, certains moururent de froid, d'autres de faim. De maladies aussi.

Il se boucha une narine en appuyant dessus du bout du doigt et fit sortir un jet de morve de l'autre. Le paquet atterrit sur son genou, il le ramassa et le racla avec ses dents pour l'avaler.

1. Skagway est une ville portuaire du sud-est de l'Alaska. Son nom signifie « ville du vent » dans la langue autochtone locale.
2. Le White Pass est une ligne de chemin de fer étroite, à flanc de montagne par endroits, qui relie le port de Skagway à la ville de Whitehorse.

— Il y a un endroit là-bas qui s'appelle la Vallée du Diable, dit-il. Le sentier à flanc de montagne ne mesure que quelques centimètres de large. On ne peut y faire passer qu'un homme à la fois. Ces salauds ont quand même essayé d'y faire passer les chevaux, alors ils ont dégringolé droit dans le précipice, à toute allure, lestés par leurs cargaisons. Des centaines de mètres plus bas, écrasés sur les rochers. Par quinzaines, par vingtaines. Qu'est-ce que tu en dis ?

Slone ne dit rien.

— Tu sais combien de ces milliers de chevaux survécurent à la marche vers Skagway cette année-là ? demanda le vaurien. Zéro. Mon grand-père me racontait que les chevaux morts s'entassaient, des charniers fumant de chevaux aux orbites creusées par les corbeaux. Tombés dans les crevasses, morts sur le coup. Pattes cassées, noyés dans les rivières. Pourrissant là, au milieu des hommes. Pourrissant juste sous leurs yeux. Une puanteur épouvantable.

Du bout d'un ongle noir, il alla chercher de la morve oubliée au fond de sa narine.

— Tu sais ce que mon grand-père m'a dit ? Que la plupart de ces chevaux se sont suicidés. Imagine un peu. Ces chevaux qui se jetaient du haut de falaises de soixante mètres, se lançant dans le vide pour en finir de ce chemin de torture. Il l'avait lue dans leurs yeux, leur envie de mourir, de disparaître. Tu peux croire à un truc pareil, toi ?

Slone examina son visage une dernière fois et dit :

— Tu as jusqu'à la tombée de la nuit pour avoir quitté les lieux. Souviens-toi de ce que je t'ai dit.

— Souviens-toi de ce que je t'ai dit, toi aussi, dit le vaurien.

Libéré de l'étau du froid, Vernon verrouilla la porte en rentrant chez lui. Il rejoignit Medora à la fenêtre.

— Il ne va pas tarder à s'en aller.

— Il m'a dévisagée. Qu'est-ce qu'il veut ?

— De la nourriture, c'est tout. Il va manger et s'en aller.

— Il ne mange pas, dit-elle. Il observe.

*

* *

Au crépuscule, ils aperçurent la lueur du feu de camp du vagabond à travers les arbres. Medora ne quittait plus la fenêtre, comme si elle était sous hypnose, sous l'emprise d'un sort, tandis que l'enfant descendait en elle, continuait à tambouriner pour sortir.

Plusieurs heures plus tard, au lit, Slone attendit qu'elle ait sombré dans le sommeil. Sans un bruit, il sortit par la porte de derrière et se fraya un chemin à travers les bois jusqu'au campement du vagabond. Dans la clairière, une tente militaire de la Seconde Guerre mondiale était fermement plantée dans le sol. Une peau de lièvre tendue sur des bâtons séchait devant les flammes crépitantes. Dissimulé par le noir de la forêt, il guetta un mouvement, ralentit sa respiration, observa. Il rampa jusqu'à la tente et resta de longues minutes à écouter, l'oreille contre le sol. Pas un son, pas une ombre qui trahissent la présence de cet homme.

À l'écart des flammes, à la pointe de son couteau de chasse, il ménagea une fente dans la toile de tente sur l'arrière. La tente était vide, le sac de couchage pestilentiel éventré. Avançant sur les genoux, il entra. Le fusil du vagabond était posé sur une couverture. À l'intérieur, à même la toile de tente, d'un trait rudimentaire qui évoquait les peintures rupestres des hommes des cavernes, il avait dessiné des chevaux démembrés, leurs yeux crevés. Il passa les doigts sur les images et, regardant de plus près, constata qu'elles avaient été peintes avec le sang d'une proie.

Il buta dans le sac à dos du vagabond. Chaussettes immondes et pull. Couteau suisse, sardines, café. Munitions, allumettes, bougies. De la graisse pour les armes, des compas, des hameçons. La tête momifiée d'une marmotte. Un porte-clés Mickey Mouse, sans aucune clé. Ni papiers, ni cartes révélant le nom de cet homme, d'où il tenait ce qu'il savait sur Medora et l'enfant qu'ils attendaient. Par terre, à côté du sac de couchage, il trouva une figurine taillée très finement dans du bois flotté – une femme enceinte, les seins lourds, et des crocs pointus. Quelque prédatrice animale symbole de fertilité censée évoquer, il le savait, Medora. C'est alors qu'une nausée de terreur monta de son ventre à sa gorge.

Il se précipita vers la cabane, trébuchant sur les arbres effondrés sous une nuit sans lune.

*

* *

Allongée, à moitié endormie, elle dérivait à travers un rêve largement inspiré de ses souvenirs. Les femmes du village disaient qu'elle avait de la chance d'être enceinte de huit mois à l'orée de l'hiver plutôt qu'en plein été, dans la canicule qu'ils avaient vécue l'année précédente, la touffeur inédite à Keelut d'un mois d'août à trente-six degrés – la source de cette chaleur semblait vouloir leur couper les jambes à tous. Des nuages de moustiques firent leur apparition et les villageois s'enduisirent d'huiles animales, extraites d'organes de loups ou de castors, pour maintenir les hordes bourdonnantes à distance. Debout à l'ombre des peupliers, ils se dévisageaient les uns les autres, sidérés, transpirant comme si quelque fléau avait été lâché sur eux. Ils se retirèrent dans les collines, s'immergèrent dans le canal, sous la canopée des peupliers noirs, assis dans le lit frais du courant, à l'abri de la chaleur et des piqûres. Ils n'avaient aucun souvenir d'une telle chaleur, ni paroles ni mythes, pas la moindre explication. Les anciens évoquaient une malédiction en murmurant, un châtiment pour les péchés du village.

Elle rouvrit les yeux et vit la silhouette de Slone debout dans l'encadrement de la porte de la chambre. Il sentait le feu de camp, et quelque chose d'autre aussi, une odeur crue qu'elle ne parvenait pas à identifier. Elle se demanda pourquoi il était sorti dans le froid au beau milieu de la nuit. Elle prononça son nom, mais il ne répondit pas. Alors la peur se répandit dans sa poitrine. Elle se pencha vers la lampe, et aussi brutale et soudaine qu'un coup de feu, la lumière fit apparaître le vagabond, sa présence solide et calme dans la chambre.

Ce qui déferla en elle à ce moment-là n'était pas juste une vague de terreur, mais la découverte d'une énigme, d'une causalité mystérieuse – combien l'aurore ignore tout des intrigues de la nuit à venir. D'instinct, elle posa une main sur son ventre, comme si le fait d'attirer son attention sur leurs deux vies pouvait l'inciter à les préserver toutes les deux. Comment procédait-on dans ce genre de situation, qui était censé parler en premier, les mots étaient-ils même encore à l'ordre du jour ?

— Nous avons de la nourriture, dit-elle. De l'argent. Dans un bocal. Près du poêle. Il y a cinquante dollars dans le bocal.

— Ce petit ne peut pas vivre. On m'a envoyé pour vous prévenir.

Elle s'entendit parler, des mots étrangers – comme des craquements dans le parquet –, demander qui il était, ce qu'il voulait.

— La sorcière m'a envoyé pour te prévenir, dit-il avec une voix de femme, presque apaisante. Ce petit ne peut pas vivre. Mets fin à sa vie et retourne d'où tu viens.

Elle voulait lui poser des questions, mais aucun son ne sortait de sa gorge. Qui l'avait envoyé ? Qui lui avait parlé d'eux et de l'enfant qu'ils attendaient ? Elle regarda par la fenêtre, tout en réfléchissant à la vitesse à laquelle il lui faudrait agir, tirer les rideaux. Lever le carreau et sauter à l'extérieur. Il ne faisait pas encore assez froid pour calfeutrer les fenêtres mais on n'en était plus très loin.

Sa peau rougeoyait à la lumière orange de la lampe. Il avait des airs inuit : l'arête droite de son nez, les yeux bridés sur les côtés, les cheveux noirs et soyeux. Et comme il n'avançait pas dans la pièce, comme il n'était pas armé, elle songea que peut-être il n'était pas venu pour lui faire du mal.

— Que savez-vous de nous ?

— Je sais ce que j'ai besoin de savoir pour vous mettre en garde, dit-il.

De l'intérieur de sa parka, il sortit un objet peint à la main et taillé dans du bois flotté. Il le plaça dans la lumière de la lampe pour qu'elle le voie – un masque shaman, à l'effigie d'un loup, de couleur ocre. Il fit quelques pas mesurés et lui tendit le masque, mais elle ne le prit pas, ne décolla pas les mains de son ventre. Alors, il posa le masque sur le lit à côté d'elle et rejoignit le seuil de la porte, puis il se retourna encore et la dévisagea dans l'éclat de la lampe.

— Ce masque est à toi, dit-il. Quelqu'un l'a fabriqué pour toi.

Elle regarda le masque bordé de véritable fourrure de loup. Quand elle était enfant, son père lui avait dit que tuer un loup était comme tuer un messager des dieux qui les protégeaient.

— Mets le masque, dit le vaurien, et tu sauras ce que tu dois faire. Voilà le message qu'on m'a envoyé te porter.

Elle caressa le bois du masque, parcourut les crocs du bout des doigts. Lorsqu'elle releva la tête vers le vagabond, elle vit la lame passer comme un éclair derrière lui. Lui transpercer la peau sous le menton, à la verticale et s'enfoncer profondément dans sa tête. Ses yeux se figèrent, fixés droit sur elle, s'entêtant à vivre. Slone tourna la lame et une larme de sang noir s'échappa de la bouche et de la gorge du vagabond. Elle vint s'écraser sur le tapis en dessinant une fleur humide. Il reposait de tout son poids mort sur la garde du couteau. Alors, Slone tira la lame sur le côté et lui trancha la gorge jusqu'à la colonne vertébrale.

Puis Slone le laissa tomber. Medora sentit le corps du vagabond s'affaler lourdement contre le sol. Elle regarda Slone, aspergé de sang, tout essoufflé d'avoir couru. Elle sut alors qu'il serait impossible d'empêcher les choses de s'aggraver.

Vernon et Cheeon épongèrent le sol. Elle les observait, assise sur le lit. Avant de partir pour emporter le vaurien dans la vallée, Slone lui donna un pistolet - l'arme avec laquelle il lui avait appris à tirer quand ils n'avaient que dix ans et qu'ils s'entraînaient sur des citrouilles posées sur un tronc. Il lui ordonna de tirer sur quiconque passerait leur porte.

— Sauf si c'est moi, ajouta-t-il.

Pendant tout le temps qu'il lui parlait, elle demeurait assise au lit, le masque de loup entre les mains, sur son ventre, avec la sensation des crocs pointus contre sa peau.

Quand les hommes furent partis, elle leva le masque devant son visage et l'attacha.

*

* *

Le petit vint au monde à midi dans leur cabane, la mère de Medora et les sages-femmes du village l'assistaient, l'une d'entre elles était yup'ik. Le nom qu'elle avait reçu, long et guttural, avait été ramené à Lu. Elle mit Vernon, Cheeon et les autres hommes dehors, où ils firent les cent pas en fumant, muets et impuissants, à des heures de se réjouir, lourds de fatigue, et de froid, et d'attente.

Il faisait moins cinq dehors, mais Lu ordonna à la mère de Medora d'ouvrir les fenêtres et les portes pour libérer les noirs esprits pris au piège de ces murs, et ouvrir la voie aux ancêtres, les inviter à entrer, bénir et aider cette nouvelle arrivée. Dans un coin, la sorcière se balançait sur une chaise en mangeant des biscuits, les mailles de son châle constellées de miettes blanches ; de sa main libre, elle tenait une amulette taillée dans l'os.

Devant le feu, sur un tapis en laine rond recouvert de draps, les six femmes, à genoux, se penchaient sur Medora avec des serviettes blanches et des bassines d'eau, une lame de rasoir stérilisée et une paire de ciseaux. Elles s'agrippaient à ses membres. Lu, à genoux, les mains nues, au milieu du flot qui s'échappait d'elle, chantait dans sa langue qu'aucune d'entre elles ne parlait mais que toutes semblaient comprendre. Tout au long de cette tourmente, la sorcière demeura coite, se contentant de croquer dans ses biscuits, de caresser son amulette et de se balancer.

La mère de Medora avait préparé une pâte blanche comme de la craie à base d'aloé et d'huiles extraites des organes d'un loup. Lu en étalait à présent une couche épaisse sur la vulve de Medora, tandis que les autres lui parlaient, la faisaient souffler, respirer, pour évacuer la pression d'un besoin fantôme dans son anus.

La chaleur de l'âtre et l'odeur puissante des fluides stagnaient dans l'air malgré les fenêtres et portes ouvertes. Les femmes en nage poussaient le bébé vers l'extérieur. Medora pleurait, criait, sans quitter sa mère des yeux tandis que la pression dans ses fesses se renforçait, refusait de se calmer. Elle secoua la tête, battit leurs cuisses avec ses cheveux, elle n'y arrivait pas, pleurait-elle – cela faisait des heures, et elle n'y arrivait pas.

Lu fit signe à deux des femmes de se lever, chacune d'entre elles attrapa une jambe de Medora sous le genou et la replia sur elle. La pression en Medora se fit déchirante, les doigts nus de Lu l'ouvrirent en grand, Lu criait, ce même mot que seule la sorcière comprenait. Lorsque la tête de l'enfant parut enfin, le hurlement de Medora transperça le village et les hommes dehors surent que l'issue était proche.

La tête oblongue du petit était à découvert à présent, comme une tête de tortue, gluante, émettant un cri silencieux. Le cordon ombilical était enroulé autour du cou, son corps à mi-chemin, coincé, couvert de sang et seulement à moitié libéré malgré les efforts de Medora. Fredonnant toujours, Lu réclama la lame d'un geste pendant que Medora se tapait la tête contre les cuisses de sa mère, les yeux clos, plissés de douleur. Une autre femme prépara la seringue de morphine et la plongea d'un coup sec dans sa hanche.

Lu souleva et tira la tête de l'enfant. À l'aide de la lame, elle ouvrit Medora d'encore deux gros centimètres. Le sang gicla, écarlate, puis Medora plongea dans le noir tandis que Lu glissait un doigt sous le cordon emmêlé et le tirait vers elle pour pouvoir le découper.

L'enfant était libre à présent. Du petit doigt, Lu se fraya un chemin dans sa bouche, tentant d'ouvrir une voie à l'air dans sa gorge. Puis elle le rinça dans la bassine – son premier cri fut un sanglot saisi – pendant que les autres étanchaient le sang de Medora avec des éponges pour laver les voitures, et lui coupaient le cordon. Lorsqu'elle délivra le placenta, Lu demanda à l'une des femmes de le placer dans l'âtre pour le brûler en offrande aux ancêtres. Les autres recousaient Medora.

— L'enfant est déjà maudit, dit sa mère.

Puis elle et Lu tournèrent la tête vers la sorcière dans le coin, mais elle était déjà partie.

Lu essaya de poser l'enfant sur Medora, mais alors ses cris redoublèrent, réclamant du lait à toute force. Sur le canapé, Lu s'assit et mit l'enfant à son sein rempli – nourrice allaitante et mère de huit enfants, elle ne manquait jamais de lait. Le petit but, faiblement d'abord, mais très vite, il dévora.

Sur le seuil de la porte, les visages des hommes formaient une constellation, l'expression de Vernon oscillant entre la joie et la peur. Lu lui fit signe d'entrer, à lui seulement, et il se retrouva debout devant son fils, sidéré par l'abondance de ses cheveux – il avait toujours cru que les bébés étaient chauves. Il s'approcha de Medora, inconsciente sur le tapis. Les femmes qui la recousaient levèrent la tête et le chassèrent d'un geste qui signifiait que tout allait ou irait bien. La mère de Medora ne lui adressa pas un regard.

Quand elles eurent fini, Slone souleva délicatement Medora et la porta jusqu'à leur chambre, où deux femmes l'enveloppèrent dans des serviettes, sous des couvertures, puis s'installèrent auprès d'elle pour la veiller. Sa mère restait debout à la fenêtre, comme si elle attendait, comme si elle souhaitait qu'un signe, qu'une force s'engouffre à l'intérieur et mette fin au malheur de sa fille. Dans la grande pièce, Slone tenait son fils ensommeillé entre ses bras, cet elfe tout fripé qu'il avait engendré ; il se laissait enivrer par le parfum immaculé de la peau de son crâne, le rythme de sa respiration, emmailloté dans des langes, semblable à un petit chiot.

— Elle a failli en mourir, dit sa mère à Slone. Ils ont failli en mourir tous les deux.

— Elle est vivante, dit-il. Nous sommes tous vivants.

Un immense feu s'éleva d'un monticule de pierres au centre du village, les villageois dansaient autour du cercle irrégulier. Les suppliants yup'ik entonnèrent une mélopée au son des tambours qui célébraient l'arrivée de l'enfant, implorant les dieux et les ancêtres de le protéger. Ils jetaient des sachets de tabac au feu en guise de sacrifices, buvaient le gin à la cruche, laissaient éclater leur joie dans le froid givrant. Les chiens de traîneaux joignaient leurs aboiements au bruit. Les nuages bas annonçaient de nouvelles neiges mais les villageois dansaient, imperturbables. Les femmes apportèrent du poisson glacé et des steaks de caribou prélevés sur un quartier de viande. Ils les préparèrent sur des grilles, et, très vite, tout le monde se trouva assis devant sa nourriture, prononçant bénédictions et remerciements.

*
* *

Slone gardait son bébé dans les bras tant qu'il pouvait, tout le jour, à la tombée de la nuit, après douze heures à la mine, pendant que Medora récupérait, indifférente à l'enfant qui refusait son sein. Lu passait ses journées dans leur cabane ; la mère de Medora et une femme yup'ik faisaient la nuit. Slone tentait d'échanger des paroles murmurées avec sa femme, mais elle ne lui répondait pas. Une force obscure semblait s'être emparée d'elle, une tristesse qui se nourrissait de peur – il ne connaissait aucun baume qui put apaiser ce genre de douleur. Elle avait perdu l'appétit et, de sa voix qui sonnait faux, la nuit, elle se mettait à marmonner, à moitié possédée, tandis que l'enfant criait dans sa chambre à côté en attendant que la nourrice vienne lui donner le sein.

Lors de sa tournée mensuelle, un jeune médecin blanc vint de la ville pour visiter Medora et son fils, inspecter sa cicatrice et prendre des notes dans un calepin. Avec sa coupe de cheveux et ses dents impeccables, ses vêtements et ses bottes achetés en ville, il ne passait pas inaperçu. Il laissa des comprimés bleus contre la douleur, des seringues, un stock de doses de morphine. Il dit à Slone de lui donner encore une semaine pour retrouver l'envie de communiquer – certaines femmes, dit-il, s'enfermaient en elles-mêmes dans la phase post-partum.

— Ça va passer, l'entendit-elle rassurer Slone.

Elle n'avait pas de voix et ne put dire à ce médecin que certaines afflictions ne passent pas.

Il n'existait pas de remède pour le mal qui l'avait infectée, désormais le monde était comme perverti pour elle. Allongée dans son lit durant toutes ces semaines, les yeux perdus dans la lumière de cendre de l'hiver derrière la fenêtre, elle ne décela jamais ce qui s'était défait en elle, pourquoi son lien avec le monde s'était rompu. Sa mère, Slone et les autres surgissaient dans son champ de vision comme des taches noires, des zébrures flottant d'une pièce à l'autre.

Ce qu'elle discernait, elle le voyait derrière un brouillard – ses yeux embués déformaient, distendaient tout ce qu'elle avait toujours connu. Elle voyait le jour et la nuit s'enchaîner en tourbillons étranges. S'asseoir sur les toilettes était une vraie torture, se brosser les dents et s'habiller, tout bonnement impossible, derrière les murs de cette prison sans règles ni fin, elle était à des lieues des larmes de son bébé.

La morphine étouffait la déchirure en elle, bloquait les visions qu'elle avait du vagabond venu la prévenir. Slone refusait de lui donner de la morphine pendant la nuit, mais Lu lui en donnait deux fois par jour pendant que le bébé dormait. C'étaient les seuls moments où le face-à-face de Medora avec sa douleur pouvait enfin cesser. Son passé tout entier semblait tendu vers cette faille.

Le vagabond ne la quitta jamais vraiment. Elle se fabriqua de faux souvenirs de lui dans son enfance, elle sentait sa présence chaque fois qu'elle glissait la main dans les poches de son passé. Désormais, tous les voyageurs ayant un jour traversé Keelut avaient son regard, sa démarche, ses relents de feu de bois. Chacun d'entre eux devenant un présage de ce jour. Dans ses rêves opiacés, elle se voyait – à cinq ans avec des couettes, à huit ans avec une queue de cheval, à dix ans, les cheveux lâchés au niveau du menton – debout dans les collines qui surplombaient le village. Courant à travers les reliefs blancs et verts, sans savoir si elle fuyait ou poursuivait quelque chose.

Ce qu'elle savait, c'est qu'elle ne voulait pas que le sommeil se termine. Elle redoutait le réveil, où tout était terne, étouffé. Les cris du bébé, la voix de Vernon, tout semblait lui parvenir d'une autre maison, d'une autre saison de son esprit.

Puis, les instincts de minuit commencèrent : elle se mettait debout nue devant la fenêtre, immobile face à la nuit d'hiver épaisse, crevée par la lune. Sa main appuyait sur la vitre comme si elle voulait la traverser.

Des mois s'écoulèrent ainsi, immuables, avant qu'elle n'entrevoie la fin de ce lieu, de cet îlot suspendu entre la vie et autre chose. Le premier jour qu'elle passa seule avec son enfant, elle le passa à lutter contre une envie irrépressible de le jeter au feu. Elle était convaincue que sa naissance à lui signifiait sa mort à elle.

IX

Dans le hangar chauffé du campement, Slone chargeait son équipement à bord du quatre-quatre de la propriétaire de l'hôtel. Il vérifia que les chaînes étaient bien fixées, remplit le réservoir avec de l'essence en jerrycan, puis embarqua le jerrycan dans le coffre.

La veste rouge de Medora rangée là aussi, gisait, mitée et délavée sous une ampoule solitaire pendant au bout d'une chaîne. Slone fouilla la voiture de Medora, sous les sièges, sous les tapis, dans le cendrier et la boîte à gants. Les deux sièges arrière étaient rabattus, il comprit qu'elle avait dormi là à l'aller, sur la route du campement, avant de laisser sa voiture ; il passa le nez au-dessus des tapis, dans l'espoir de sentir encore son odeur.

Appuyé contre la carrosserie, il fumait en regardant les bouffées de brume monter et se figer dans le cercle d'ombre métallique dessiné par l'ampoule. Un peu de sang du chasseur était resté collé au bout de sa botte. Il fit coulisser la porte du hangar et se dressa devant ces lieux, regardant au loin comme le survivant d'un naufrage debout sur l'épave, puis il monta dans la voiture et s'en alla.

En sortant du hangar, il vit, prise dans ses phares, la propriétaire de l'hôtel, lunettes juste chaussées, bottes délacées, en chemise de nuit sous un manteau en laine sans capuche. Les cheveux en bataille et le fusil pointé sur son pare-brise – lançant dans le viseur le regard d'un prisonnier affamé. Le premier tir troua la vitre à gauche de sa tête. Il fit une embardée pour l'éviter, se baissa d'instinct sur le levier de vitesse, fonçant dans la masse noire de la nuit qui s'étendait autour des faisceaux lumineux des phares.

Les balles pleuvaient désormais sur la voiture, criblaient les fenêtres et les portes. Il s'étira pour attraper la crosse du fusil aux pieds du siège passager, mais n'arriva pas à l'atteindre. L'essieu avant râpa contre un bloc de neige dure et la calandre érafla un amas de blocs de béton enfermés sous une bâche serrée par une corde.

Quand il réussit à redresser sa trajectoire, la femme n'était plus là, mais il ne ralentit pas. Le tir vint du noir, sur sa gauche, juste derrière lui, traversa la fenêtre et le siège, puis son omoplate. Un spasme lui parcourut le cou. La brûlure du plomb, le vide, soudain, dans son abdomen, l'envie d'uriner.

Les lumières se rallumaient peu à peu dans ces vieilles baraques, un projecteur était braqué sur lui à présent depuis le haut de l'hôtel. Découpant les silhouettes d'hommes armés braillant dans sa direction. Les tirs continuaient à cribler l'arrière de la voiture. Il accéléra, glissant sur la route jonchée d'ornières jusqu'à la bretelle à l'autre bout du campement, et retrouva le chemin de Keelut dans le noir.

*
*   *

Des heures plus tard, il s'arrêta à un embranchement en pleine nature. Sur sa droite, un chemin s'ouvrait sous une voûte de neige comme un portail, au bout duquel, dans quelques kilomètres, il déboucherait sur la route qui longeait la ville par le nord. Il savait où il était à présent. À l'âge de treize ans, Cheeon et lui avaient volé la voiture de son père, l'avaient mise en mode quatre-quatre, et avaient descendu ce sentier caché, noyé sous la boue après le dégel du printemps. La terre giclait en volutes des pneus, éclaboussant toute la voiture, du coffre au pare-chocs, les essuie-glaces à plein régime, avec, à l'avant, deux gamins aux anges.

Il fit une pause, leva ses vêtements dans la lumière et vit l'auréole de sang qui partait de sa taille et s'étalait sur son maillot de corps et son pantalon. Sa chemise était collée à sa peau dans le dos. Debout dans la neige, enfoncé jusqu'aux tibias, il se soulagea enfin, la tête basculée en arrière vers un ciel invisible disparaissant derrière les pétales de neige, la bouche ouverte, aspirant l'air glacé. Le vent sifflait entre les branches et les troncs squelettiques. À la cime des arbres, la neige givrée se déposait comme un glaçage. Puis le vent tourna à l'ouest et le silence tomba, lourd.

Il ramassa de la neige vierge dans un gobelet en plastique et le posa sur le chauffage du tableau de bord pour la faire fondre. Il but, puis reconstitua sa réserve et but encore, chaque gorgée étanchant une soif de marcheur du désert. Il écoutait le silence. Un monde entier d'oreilles tendues. Plus ou moins sauvages. Son père lui avait raconté que les loups réussissaient à s'entendre entre eux à plus de cinq kilomètres de distance.

Ils s'entendent hurler de si loin ? avait-il demandé.

Et son père lui avait répondu : *Non, ils s'entendent respirer.*

*

* *

Sur la route du sud, à un peu plus de trente kilomètres de la ville, on arrivait chez Shan Martin : il y avait une station essence, un garage, un motel et c'est tout. Au sud, la route rejoignait la ville et les autoroutes, au nord, elle faisait s'enfoncer bûcherons, chasseurs et pêcheurs dans la brousse. Shan et son père avaient quitté Keelut onze ans plus tôt pour reprendre cette affaire, le dernier endroit à cinq cents kilomètres à la ronde où l'on pouvait encore bénéficier d'un vrai lit et d'une ligne téléphonique en état de marche.

Slone arriva vers dix heures du soir, il vit les deux baies du garage éclairées et entendit une chanson qui passait à la radio. Derrière les rideaux tirés, les chambres du motel dansaient dans la lumière des télévisions allumées. Sur le parking, il y avait un camion énorme, des pick-up blanchis par le sel des autoroutes déneigées, des carcasses inutilisables disparaissant sous la neige, un quatre-quatre camouflage avec un cerf gelé accroché au coffre à l'aide d'une corde, la langue pendante, le regard encore vif.

Derrière la vitre embuée d'une des deux baies, il vit Shan qui fumait sous l'auvent d'une Jeep aux pneus crantés. Slone rentra par la porte de côté, franchit un mur de chaleur, et prononça son nom. Lorsque Shan se retourna vers lui, il lui fallut plusieurs secondes pour réussir à articuler quoi que ce soit. « Bon Dieu » fut tout ce qu'il arriva à dire.

L'odeur de graisse et d'huile, de caoutchouc frais des pneus neufs montait aux narines de Slone. La radio gargouillait un magma sonore épouvantable, un hymne pour cow-boys. Camions éventrés, morceaux de moteurs abandonnés un peu partout. Des bouteilles de gaz fixées à une autoneige Polaris flambant neuve, elle-même fixée à une remorque. Un radiateur suspendu au plafond dégageant une chaleur orange au-dessus de leur tête. Accroché de travers, devant l'établi, un calendrier de l'année précédente avec une fille à moitié nue chevauchant une moto.

Depuis la dernière fois que Slone l'avait vu, des années plus tôt, Shan s'était arrondi et tassé. Il s'était rasé la tête et fait tatouer quelque chose derrière l'oreille – une araignée. Il avait des anneaux en argent à tous les doigts.

— Bon Dieu, dit Shan en tournant le bouton de la radio. Vernon Slone.

— C'est moi. Slone, pas le bon dieu. J'ai besoin de ton aide.

— Bon sang, Vern, tu es blessé ?

— J'ai besoin que tu appelles Cheeon pour moi.

— Cheeon ? Bon sang, Vern, tu étais où ?

Il jeta son mégot dans un gobelet qui en débordait, puis ramassa un journal taché sur l'établi.

— Un camionneur m'a laissé ce journal ce matin.

Il montra le gros titre à Slone, avec la photo de Cheeon juste en dessous. Slone se souvenait très bien de l'après-midi où la femme de Cheeon avait pris cette photo. C'était le jour où ils étaient revenus de leur première grande chasse au caribou, en août, trois ans plus tôt. Cheeon portait la barbe longue à l'époque, les cheveux courts, en brosse, il avait le fusil en bandoulière, en travers de son torse. Sa chemise à carreaux était trempée de sang de caribou, son couteau rengainé à la ceinture. Sur la photo originale, Slone était debout juste à côté de lui mais le journal l'avait coupé, rayé de la carte.

— Ce bon vieux Cheeon a fait un massacre là-bas, chez nous, lui dit Shan. Je suis désolé, mec, je sais que vous étiez proches tous les deux.

Slone n'entendait que la moitié de ses phrases. Il n'arrivait pas à se concentrer, mais il comprenait ce qui était en train de se dire.

— Les flics sont venus le chercher, apparemment il avait décidé que ça se passerait pas comme ça, dit Shan. Faut dire que Cheeon, il les a jamais aimés, les flics.

Slone avait besoin de s'asseoir, mais où ? Il s'accroupit, les coudes sur les genoux, et scruta une flaque d'huile qui dessinait entre ses bottes une silhouette sur le sol en béton – la foulée d'un loup. Il se releva et prit la cigarette et le café que Shan lui tendait. Durant de longues minutes, ni l'un ni l'autre ne dirent un mot, Shan se balançait d'un pied sur l'autre, soudainement passionné par la crasse logée sous ses ongles.

— On t'a tiré dessus ? dit Shan.

Slone acquiesça de sa tasse de café.

— Bon sang, Vern. C'est dans le haut de ton dos, là ?

La brûlure commençait à disparaître dans son omoplate. Il savait que ce n'était que le début, après ce serait son bras qu'il ne sentirait plus. Une balle dans le corps commence par rendre le corps beaucoup plus présent, avant de le faire disparaître.

— Qui t'a tiré dessus ?

— Une femme.

— M'en parle pas, qui ne s'est jamais retrouvé dans le colimateur d'une femme ?

Ils finirent leurs cigarettes en silence.

— Ils te cherchent, Vern. Toi et Medora. Il y a une récompense. Les flics sont venus il y a une semaine, dix jours peut-être, ils m'ont demandé si elle était venue, chercher de l'essence ou autre chose. Nom de Dieu, qu'est-ce qui a bien pu arriver à ce village ?

— Rien qui puisse invoquer le nom de Dieu. Des choses qui invoquent d'autres dieux. J'ai besoin de ton aide.

Shan sentit la peau de son crâne rasé griffée derrière les oreilles. Le tatouage qu'il avait sur l'avant-bras n'était plus qu'un vilain mélanome violet.

— Quel genre d'aide ? dit-il. Parce que, putain, mec, t'es dedans jusqu'au cou, d'après moi.

— Il faut m'enlever cette balle de là.

— Ouais, je pensais bien que c'était ce que t'allais dire.

Slone ne le quittait pas des yeux.

— Eh ben, merde, Vern, on a grandi ensemble, je l'ai pas oublié. Je suis désolé, putain, je suis vraiment désolé pour ton gamin. Mais j'ai assez de problèmes comme ça avec les flics. Et avec mon ex-femme. Tu te souviens de Darcy ?

— Tu vas m'aider, Shan. C'est ce qui va se passer. Tu vas m'aider maintenant.

— Bon Dieu, Vernon.

Slone fit glisser son arme de derrière son dos au devant de son pantalon, juste derrière la boucle de sa ceinture.

— Je déteste avoir à te le rappeler, dit-il. Mais c'est Cheeon et moi qui avons creusé la tombe de ta mère cet été-là. Quand ton père et toi, vous étiez trop mal pour le faire.

— Putain, mec, j'ai pas oublié. Mon père est mort aujourd'hui, tu sais. Il est mort l'an dernier.

— Des tas de gens sont morts aujourd'hui. Et des tas d'autres vont les rejoindre. Tu comprends ce que je te dis, Shan ?

Ils sortirent alors du garage et transportèrent les sacs de Slone de son coffre à une chambre libre. Shan tourna le chauffage au maximum, puis il découpa la chemise de Slone dans son dos avec des ciseaux.

— Bon sang, Vernon. Quel genre de balle fait un trou pareil, un calibre .223, une mitraillette ? Quel genre de bonne femme se retrouve avec un fusil pareil ?

— Elle n'était pas franchement bonne.

— J'imagine qu'elle a eu du mal à te toucher, sinon elle l'aurait mise direct dans les poumons ou le cœur.

— La balle a traversé la fenêtre et le siège.

— T'as eu de la chance. Apparemment elle n'a rien touché de vital. Et ce n'est pas très profond, d'après ce que je vois.

— C'est dans l'os. Il faut que tu la sortes.

— Il faut nettoyer d'abord. Il va nous falloir de la vodka. Attends ici.

— J'ai pas besoin de vodka.

— Moi si, mec. Merde.

Slone vérifia que le fusil était bien chargé puis le glissa sous un oreiller, en mit un autre dans la salle de bains, et encore un autre derrière la porte. Il remplit le barillet du revolver et surveilla Shan de derrière le rideau en tweed. Shan fut vite de retour avec à la main un paquet de vêtements propres et une boîte d'antidouleurs, qu'il secoua pour attirer l'attention de Slone.

— C'est à cause de ces trucs-là que j'ai des emmerdes avec les flics, mec, regarde-les bien. C'est impossible de trouver ce genre de trucs maintenant. Si c'était des comprimés d'héroïne, ce serait pareil. Allez, prends-en un tout de suite, ça va pas être une partie de plaisir ce que t'as là.

Il avala un comprimé avec une gorgée de vodka pendant que Shan, debout devant l'évier, se frottait les mains au Scotch-Brite et à la térébenthine pour enlever l'huile de moteur et la saleté. Slone vida ses sacs sur le lit : eau oxygénée, pinces à branches fines, rasoir, kit de suture, bandages, fil de pêche. Recroquevillé sur le rebord du lit, il tint les branches de la pince au-dessus d'une flamme d'allume-gaz. Shan ôta l'abat-jour de la lampe pour avoir plus de lumière, puis commença à laver le haut du dos de Slone, l'eau oxygénée faisait grésiller la peau comme une braise posée sur la blessure.

— Bon Dieu, Vernon, y en a combien des fils de pute qui t'ont tiré dessus ? C'est quoi ces deux autres cicatrices dans ton cou et ton épaule ? C'est là-bas que tu t'es fait ça ?

Slone ne répondit pas. Ils reprirent chacun une gorgée au goulot et Slone grimaça sous la brûlure de l'alcool. Derrière le mur épais comme du papier à cigarette, il entendait la télévision dans la chambre d'à côté – des rires enregistrés, un homme qui racontait l'histoire d'une femme qui ne satisfaisait plus son mari, d'autres rires.

— Avant, je te cherchais aux infos, dit Shan. Chaque fois qu'il y avait un reportage de là-bas, sur les soldats ou autre chose. Mais je ne t'ai jamais vu, une fois, j'ai cru que c'était toi, mais non.

— Nous aussi, on te cherchait, avec Cheeon. Chaque fois qu'on était en ville. Mais on ne t'a jamais vu non plus. Après ton départ, on ne t'a jamais revu.

— Je n'ai jamais aimé aller en ville, dit Shan. Je n'y vais toujours pas très souvent.

— Et tu ne rentres pas souvent à Keelut non plus.

Slone laissa les branches de la pince sur la flamme jusqu'à ce qu'elles changent de couleur et que la chaleur remonte jusqu'au bout caoutchouté de la pince.

— Les branches vont être assez longues, tu crois ? J'en ai de plus grandes dans le garage, des bonnes pinces.

— Plus tu attends, plus tu as de chances que ça s'infecte. Retire-moi ça de là, dit-il en lui passant la pince par-dessus son épaule.

— Tu sens l'effet du comprimé, ça y est ?

— Ce que je sens, c'est la balle.

— Ouais, j'imagine. Tu veux quelque chose à mordre ? Une ceinture peut-être ? C'est ce qu'on fait dans ces cas-là, non ? Une ceinture ou bien une balle ? Enfin, une balle c'est sûrement la dernière chose que t'as envie de voir en ce moment, je suppose.

— Retire-la.

La sueur lui dégoulinait des aisselles et du front tandis que la lame de la douleur lui tailladait le cou, lui crevait les yeux, et, s'amplifiant, s'agrippait à ses boyaux en lui lacérant l'aine. Ses larmes dégouttaient sur le jean de ses genoux. Shan grognait dans l'effort qu'il produisait pour extraire la balle.

— La salope, elle est bien enfoncée, éructa-t-il.

Et Slone sentait à présent le filet de sang qui giclait le long de son dos, percevait le crissement des branches de la pince sur la balle et l'os. La salive s'amoncela dans sa bouche puis coula à son tour, déborda de ses lèvres sur son menton. Par deux fois, il réussit à lutter contre les bourdonnements migraineux qui lui bouchaient la vue et menaçaient de le faire tourner de l'œil.

— Bon sang, Vern, arrête de saigner, tu veux bien ? Je n'y vois rien dans cette merde, moi !

Il versa de la vodka pour rincer le sang, avant de porter la bouteille à sa bouche. Les sous-vêtements de Slone étaient rosis de sang par endroits, rouge écarlate à d'autres. Shan lui passa la bouteille, puis recommença à tirer sur la balle. En l'écoutant marmonner, Slone avait l'impression d'entendre un comique réciter une fausse prière.

— Il faut que tu te rapproches de la lumière, Vernon. Je peux juste rien voir dans ce merdier, mec.

Shan tira une énorme bouffée sur une cigarette tandis qu'il s'appuyait de tout son poids sur le mur et essuyait la transpiration de son visage avec une serviette éponge. Slone descendit du matelas, se recroquevilla au sol, les genoux collés à la poitrine, afin de dégager le haut de son dos, ce qui eut pour effet d'ouvrir encore la blessure qui saigna de plus belle. Shan lui mit sa cigarette entre les lèvres et épongea la plaie avec de l'eau oxygénée cette fois. Il laissa une minute à Slone, le temps de fumer et de reprendre sa respiration. De se préparer mentalement à ce qui allait venir. Slone se concentra sur les traces de bottes sur la moquette, il sentit le liquide lui inonder l'épaule et la nuque.

— Retire-la, dit-il.

Il n'était plus qu'à moitié conscient lorsque, quelques minutes après, Shan réussit à ôter la balle et la lui montra, coincée entre les branches de la pince, exhibant fièrement sa prise comme s'il venait d'attraper un beau saumon. Le comprimé, l'alcool, la douleur, les trois ensemble le firent vaciller sur le côté dans une semi-obscurité tandis que Shan se dépêchait de drainer la blessure une dernière fois, puis de la refermer avec une aiguille à coudre et du fil de pêche. Slone revint alors à lui et demanda si la balle avait explosé.

— Négatif, dit Shan. Je l'ai en entier.

— Il faut que tu recouses les sept couches de peau.

— T'inquiète pas, ça fait un moment que j'ai dépassé ce stade, Vernon. Reste allongé. Bon sang, tu crois que c'est la première balle que je sors d'un homme ou quoi ? Et la fois où j'ai dû sortir une balle de calibre .22 du mollet de Cheeon ? On avait quoi ? Neuf ou dix ans. T'avais tiré sur ton super pote en visant un lapin. T'étais pas très bon en tir à tes débuts, Vern. Mais il paraît que tu t'es amélioré. Reste allongé.

La télévision dans la chambre d'à côté était éteinte. Ils entendirent le couple qui était là, la tête de lit qui grinçait, des cris saccadés, presque animaux.

— Eh ben v'là autre chose, dit Shan. Ce bon vieux Roger se paie du bon temps avec une escort girl ramenée de la ville. Désolé pour les murs. Papa a monté des cloisons là où il a pu. Une plaque de plâtre de chaque côté, pas plus, zéro isolation. Quelques clous, juste ce qu'il faut pour que ça tienne ensemble. Tu veux un autre comprimé, Vern ?

Il avait plongé à nouveau dans cette obscurité affleurante. Juste sous la surface, encore conscient de la douleur en lui et de la chambre autour de lui. Mais, comme à la dérive, son radeau écumant au large, loin de tout son, de tout rivage humain, rasant la surface de quelque ruisseau sous ses pieds.

Shan pansa la zone, fit un bandage de compression, puis lui retira ses bottes, l'aida à s'habiller de propre et l'enveloppa sous des édredons qui sentaient le froid et le renfermé à la fois. Il quitta la pièce, les bras chargés des vêtements de Slone qu'il fit brûler dans sa chaudière. Toujours à moitié plongé dans le noir, Slone chercha des mains le fusil sous l'oreiller, et s'assura du bout des doigts que le tee-shirt qui portait l'odeur de son fils était encore dans la poche de son manteau.

Quelques minutes plus tard, Shan revint, une cuillère et une tasse fumante à la main. Il s'assit sur le lit à côté de Slone.

— Assieds-toi, mec. Il te faut de la soupe, Vernon. Je vais t'aider.

— De la soupe.

— De la putain de soupe, ouais. Tu connais une maladie que la soupe ne peut pas soigner, toi ? Il faut que t'en manges un peu.

— C'est quoi ta soupe ?

— Vernon Slone. Je viens d'enlever une balle de ton dos, tous les flics du coin te cherchent, et toi, tu veux savoir ce que c'est ma soupe ? C'est de la soupe de poulet Campbell's. Y a pas mieux, crois-moi.

— Je préfère celle à la tomate.

— *Je préfère celle à la tomate,* nom de Dieu, t'es un sacré numéro. Mange cette soupe, mec.

*

* *

Dans son sommeil, le nez plongé dans le tee-shirt de son petit, Slone se souvint. Le froid est arrivé tard cet automne-là, les matins ont fini par tomber en dessous de zéro à la fin du mois d'octobre seulement. Slone et Medora ont seize ans, ils sortent de la cabane à six heures du matin, main dans la main, et vont par les collines autour de Keelut. Le long de sentiers qu'ils connaissent depuis leur tendre enfance, ils avalent les kilomètres en descendant dans la vallée, jusqu'à l'endroit où les éboulis et les rochers remontent à pic de la plaine. Traçant des avenues au cœur de cités de pierres, de sapins épars et de jeunes pousses d'épicéa que seuls une poignée d'yeux avant eux ont vus.

Sur leurs dos, des sacs garnis de sandwichs et d'eau, de serviettes et de bougies. Toutes les vingt minutes, ils font une halte et contemplent l'horizon qui s'étale devant eux. Là, appuyés contre les falaises, ils s'embrassent. Leurs doigts effleurent l'écorce des conifères comme de la peau d'ananas, sèche après la pluie. Au bout de deux heures dans la vallée, la température a suffisamment grimpé pour qu'ils puissent ôter leurs manteaux, et continuer leur marche en pull et chapeau. Au bout du chemin, ils se glissent dans des crevasses creusées à l'intérieur de la falaise plongée dans une ombre caressante, puis ils contournent la roche jusqu'à l'entrée d'une grotte, dont la bouche souffle un nuage de vapeur vers l'extérieur.

— C'est celle-là ? demande-t-il.

— Oui, c'est là. Dépêche-toi, dit-elle en souriant et en l'attrapant par le bras, l'entraînant dans sa course sur le sentier rocailleux qui mène à la grotte.

Debout à l'entrée sur un plan incliné en schiste, le soleil cognant dans leurs dos à présent, ils contemplent la source chaude qui s'écoule à leurs pieds. La vapeur plane à la surface de l'eau translucide. Medora saute doucement de rocher en rocher dans la chaleur de la grotte, jusqu'au bord du plan d'eau. Il la suit. Ils coincent des bougies dans les failles de la pierre autour de la source, une dizaine de flammes captent la vapeur qui rayonne sur les parois rocheuses.

Ils sont trempés de sueur, leurs vêtements leur collent à la peau. Ils se déshabillent en se souriant, Slone se raidit à la simple vue de ses seins ronds, du triangle de ses poils blonds. Sa langue de velours a un goût légèrement sucré. Il frémit d'excitation, de désir, le contact de sa peau l'emporte comme une gifle.

Sa main va et vient lentement sur lui dans la vapeur, ils sont assis tous les deux au bord de l'eau, les jambes immergées jusqu'aux tibias. Ses doigts à lui s'enfoncent doucement dans sa moiteur, sa bouche autour de ses seins, dont la peau si douce lui semble presque liquide.

Ils pénètrent dans la source, la chaleur les fouette tout d'abord, tandis qu'elle s'enroule dans ses bras en riant, en plongeant sous l'eau, retenant leur respiration, tenant, tenant, l'un à l'autre. Quand la chaleur enfle, ils remontent vers l'entrée de la grotte sentir l'air frais d'octobre. Sous le soleil, la lumière semble émaner de sa blondeur, l'espace d'un instant, il y a comme un halo doré autour de ses cheveux emmêlés.

Il mourra avec cette vision. Chaque soubresaut, chaque spasme est ancré profondément en lui, ses bras autour de son corps dans la fraîcheur de ce matin-là, ses seins en coupe dans ses mains. Et juste après, la chaleur de la source.

Sur un plateau rocheux, au-dessus de la source, ils déroulent deux serviettes. Ils s'enlacent, étendus, moites. Il est en elle, profondément, elle serre une poignée de ses cheveux entre ses doigts et attire son visage face au sien pour respirer dans sa bouche, soupirer son amour dans sa gorge. De sa main gauche, il serre sa main droite, doigts entrelacés, inséparables. Sa peau blanche a rosi sous l'assaut de cette double chaleur, une rougeur irradie dans ses seins et son cou. Il attend que son corps se raidisse, s'arc-boute, et lorsqu'il se décharge en elle, ils s'alanguissent à l'unisson.

Ainsi Slone se réveilla-t-il chez Shan Martin en sachant où se trouvait Medora.

X

De la fenêtre de sa chambre de motel, Core entrevoyait un soleil blême, qui tentait une percée dans son champ de vision mais ne parvenait pas à réchauffer le givre qui recouvrait la vitre. Le virus avait finalement rendu les armes après dix-huit heures de sommeil médicamenteux. À présent, il n'avait qu'une envie : des cigarettes et du chocolat. Il alla chercher une tasse de café dans le hall du motel et fuma à la fenêtre tandis que le soleil grimpait péniblement dans le ciel, traînant à sa suite un brouillard pailleté de particules de glace flottant dans l'air, comme si le froid était une créature – une chose douée de volonté, pourvue d'un cerveau et de poumons. Il crachait d'épaisses mottes de flegme dans les buissons neigeux sous sa fenêtre. Un engin avançait dans les airs, un monomoteur Cessna sur skis, qui allait vers le nord-est avec à son bord une poignée d'hommes en route pour la chasse. Core avait prévu de prendre une douche et de quitter les lieux pour rejoindre la grande ville et retrouver sa fille.

Mais il tomba sur une chaîne d'informations locales à la télévision : une femme reporter se trouvait à Keelut, son micro caché par le nuage de sa respiration. Core n'arrivait pas à mettre la main sur la télécommande pour mettre le son mais il lut les bandeaux qui défilaient en bas de l'écran et rapportaient le carnage que Cheeon avait fait là-bas. Les photos des hommes qu'il avait abattus se succédaient, puis une image panoramique de Keelut – le château d'eau, le générateur, les chiens de traîneaux, les rangées de cabanes, ces collines qui cernaient le village. Un nouveau reporter, en ville cette fois-ci, à la morgue et des images du parking à l'arrière, une interview de Donald Marium qui avait l'air agacé par le micro collé trop près de sa bouche. D'autres photos encore, les deux flics que Core se souvenait avoir rencontrés à la morgue, le légiste, les mots « Vernon Slone », puis Core sentit quelque chose se détacher en lui, dans sa poitrine.

Dans la douche, il s'appuya contre le mur carrelé, laissa l'eau trop chaude lui couler sur le crâne, sur ses cheveux qui lui descendaient dans la bouche. Après des jours au fond de son lit, malade, il se sentait sale, plus sale encore d'avoir vu ce que Cheeon et Slone avaient fait. Il boucha la fente sous la porte avec une serviette de toilette et la salle de bains se remplit de vapeur. Il coupa l'eau et s'installa dans la baignoire en se tenant aux parois, l'esprit embrouillé par une peur qu'il cherchait à comprendre en vain, tout à coup dégoûté par sa propre pilosité. Il revoyait Medora Slone se frottant la peau à vif dans sa baignoire, il se revoyait l'épiant la nuit de son arrivée à Keelut. Il tendit la main pour attraper son rasoir dans sa trousse de toilette, tourna le robinet et, s'enduisant avec le pain de savon du motel, passa l'heure suivante à se raser le corps tout entier, sans prêter la moindre attention à toutes les petites coupures qui rosissaient l'eau de son bain.

Lorsqu'il finit par se relever, il essuya la buée du miroir du plat de la main, et se coupa la barbe et les cheveux avec une paire de ciseaux, tout en continuant de transpirer. Le lavabo fut bientôt rempli de touffes blanches. Il se rasa le visage, la gorge. La peau ainsi découverte semblait éclore, respirer enfin après des décennies d'apnée. Il resta debout à se scruter pendant un long moment et, l'espace d'un instant, il entrevit le jeune père qu'il était à vingt-cinq ans.

Une lueur rouge clignotait sur le téléphone, mais il hésitait à écouter les nouvelles que contenait ce message. Sa fille, sa femme peut-être, quelqu'un qui lui demandait de rentrer. Mais personne ne savait qu'il était là. Il s'assit sur le lit défait et fixa cette pulsation lumineuse. C'était la voix de Marium, il disait qu'il avait besoin de le voir, il laissait son numéro de téléphone au bureau, son portable. Quand Core s'habilla, son corps imberbe, neuf et nu lui procura une sensation de fraîcheur sous ses vêtements, de nouvelles sensations étrangement vivantes sous la flanelle et le jean. Des sensations secrètes.

Lorsqu'il ouvrit la porte pour aller chercher une autre tasse de café, un flic en combinaison de neige se tenait devant lui.

— Don Marium m'a envoyé vous chercher, monsieur Core.

— Oui, je viens d'écouter son message.

— Il est à Keelut en ce moment. Il nous y attend.

— OK, dit Core. Je vais aller au village.

— Je peux vous y conduire.

— Je connais le chemin, dit Core. J'y suis déjà allé.

— Laissez-moi vous y conduire, dit le flic. Don a besoin de parler avec vous.

Core n'aima pas la façon dont il prononça ces mots.

*

* *

Quatre-vingts minutes à se frayer un chemin jusqu'à Keelut, dont la moitié derrière une saleuse, aveuglés par les rafales de neige et de sel sablonneux qu'elle balayait sur le capot, avec un flic pas bavard et Core pas fâché de profiter du silence. Il lut le journal, des articles sur les Slone, sur Cheeon, ce village. Une couche de cinq centimètres de neige fraîche recouvrait la terre, ondulant sur les collines et les rochers de granit.

Marium se trouvait juste à l'entrée de Keelut, sa voiture garée en face de la cabane des Slone.

Derrière son pare-brise, il fit signe à Core de venir le voir, le flic s'engagea dans le village, et Core rejoignit Marium et l'atmosphère chargée de fumée et de café de la cabine de son pick-up.

— Il m'a fallu un petit moment pour vous reconnaître sans la barbe, dit Marium.

Core tapa la neige de ses bottes contre la portière et la referma derrière lui.

— Vous avez eu mon message ?

— Oui, dit Core.

— En passant ce matin, j'ai été étonné de voir que votre voiture était toujours garée sur le parking du motel. Je pensais que vous auriez déjà pris vos jambes à votre cou. Cela fait plus de deux semaines. Vous avez pas encore eu votre dose, c'est ça ?

— Je suppose. J'étais malade. J'ai plusieurs trains de retard, désolé.

Marium prit une Thermos métallique en forme de balle de revolver et servit du café à Core dans un gobelet en carton. Il sortit une flasque de whisky de sous son siège et en ajouta une lampée à son café. Core tendit son gobelet à son tour. Il mordit dans une tablette de chocolat et alluma une cigarette avec le briquet de Marium.

— De quoi vouliez-vous me parler ? demanda Core.

— J'essaie juste d'éclaircir tout ça, monsieur Core. Ce bordel que j'ai sur les bras.

— Je viens d'apprendre ce qui s'est passé. Je vous ai vu aux infos. Vous avez tué cet homme ? Cheeon ?

Marium ne desserra pas les lèvres. Son visage se figea.

— Comment peut-on faire une chose pareille ? demanda Core. Ce que Cheeon a fait ici, comment peut-on ?

— J'espérais que vous me l'expliqueriez.

— Moi ? Comment je le saurais ?

Marium lui jeta un regard de derrière la fumée de son café.

— Si vous prenez un animal au piège, il sort les griffes pour s'en sortir, dit Core. Mais ce n'est pas ce qui s'est passé ici.

Aucun animal, Core le savait, n'aurait fait ce que Cheeon avait fait ici. Ce que Slone avait fait à la morgue.

— J'ai commencé votre livre hier soir, dit Marium. Celui sur les loups que Medora Slone avait lu. J'ai oublié le titre. C'est un bon bouquin, enfin pour ce que j'en ai lu.

— Qu'est-ce qui vous a donné envie de le lire ?

— J'espérais y trouver quelque chose sur Medora Slone.

Il s'interrompit.

— J'espérais y trouver quelque chose sur vous aussi, monsieur Core.

— Y trouver quoi ?

— La raison pour laquelle elle vous a demandé de venir ici.

— Et vous l'avez trouvée ?

— Non. Je n'ai rien trouvé. *Nada*. À part que les loups me font penser à deux ou trois salopards auxquels j'ai eu affaire.

— Ce n'est pas juste pour les loups, dit Core. Ils possèdent un sens de la logique dont beaucoup d'entre nous auraient grand besoin.

Marium lui jeta un nouveau regard par-dessus son gobelet.

— Bon, il va falloir que je vous rafraîchisse la mémoire, monsieur Core.

— Comment ça ?

— Vous êtes le dernier à avoir vu Medora Slone. Le dernier à lui avoir parlé. C'est vous qui avez trouvé le petit. Et en ce moment même, je me demande bien ce que vous faites encore là.

Core détourna son regard et considéra les collines en songeant qu'il n'avait aucune réponse crédible à cela. Pourquoi n'avait-il pas quitté cet endroit ? Parce qu'il avait rêvé de Medora Slone. Parce que la découverte du petit avait brisé quelque chose en lui. Parce qu'il n'avait pas vraiment de raison de rentrer chez lui. Parce qu'il commençait à avoir peur de ce qu'il découvrait : que l'homme n'est chez lui ni dans la civilisation ni dans la nature – parce que nous sommes des aberrations coincées entre deux états.

— Je vous ai dit tout ce que je savais, dit Core.

— Qu'est-ce que vous faites encore là ?

— Vous me soupçonnez ?

— Je pose des questions, c'est tout. C'est mon boulot de poser des questions.

— Je vous ai dit tout ce que je savais.

— J'espère que vous serez en mesure de m'en dire un peu plus. Cette femme vous a contacté parce qu'elle pensait que vous pourriez la comprendre.

— Cette femme m'a contacté parce qu'elle voulait que je trouve le petit, dit Core.

— C'est exactement l'objet de ma question, monsieur Core. Pourquoi vous ? Pourquoi un parfait inconnu ?

— Je ne sais pas pourquoi moi. Elle a trouvé mon livre sur les loups. Mais qu'est-ce que vous voulez dire par là ?

— Rien du tout. Je ne fais qu'exposer les faits. Une femme tue son petit garçon et écrit à un parfait inconnu pour lui demander de se lancer à la poursuite d'un loup en pleine nature et lui faire ensuite découvrir le corps de son fils dans une cave. Expliquez-moi ça si vous pouvez.

— Vous m'avez déjà posé ces questions, il y a deux semaines.

— Oui, et je vous les repose, quatorze cadavres plus tard.

Core était content qu'il y ait cette fumée entre eux, suspendue comme un rideau dans le vide. Il revoyait le corps de Medora à côté du sien sur le canapé, sa silhouette dans la baignoire.

— Rien de ce qui se passe ici n'a le moindre sens, dit Core. C'est vous-même qui me l'avez dit.

— Ce n'est pas exactement ce que j'ai dit. Ce que je dis maintenant, monsieur Core, c'est que Medora Slone vous a forcément parlé de quelque chose, quelque chose qui pourrait m'indiquer où elle se trouve en ce moment. Parce que si nous voulons éclaircir tout ça, il vaudrait mieux qu'on la retrouve avant que son mari ne le fasse.

— C'est pour ça que Slone a tué ces hommes à la morgue ?

Marium écrasa sa cigarette dans le cendrier, puis il regarda vers la cabane des Slone.

— Il ne pouvait pas se permettre de nous laisser la retrouver avant lui. C'est comme ça que je vois les choses. Il les a tués pour qu'ils ne puissent pas l'emmener là où il ne pourrait plus l'atteindre.

— Et le légiste alors, pourquoi ?

— Pour récupérer le corps du petit, dit-il en leur resservant du café. Ou bien il est le mal incarné. Et ce ne serait pas si extraordinaire que vous le croyez.

Le Mal est une distorsion de l'amour – impossible de se souvenir où il avait entendu cette phrase, ni quand ou en quoi elle expliquait ce qu'ils étaient en train de vivre.

— Slone vous a laissé repartir de la morgue, ce soir-là, dit Marium en s'allumant une nouvelle cigarette. Il vous laisse partir. Pourquoi ? La femme vous fait venir ici, le mari vous laisse la vie sauve. Pourquoi ?

Deux petits villageois, des garçons de onze ans, emmitouflés sous plusieurs couches de fourrure et cachés sous des cagoules, passèrent à côté d'eux en autoneige dans un vacarme de tronçonneuse. Les villageois pelletaient la neige autour de leurs cabanes. Leurs visages invisibles, enfouis sous leurs capuches, leurs petits se tenant presque immobiles dans leurs épaisses combinaisons en peau d'élan. De temps à autre, quelqu'un s'arrêtait et regardait les deux hommes dans le pick-up, mais jamais personne ne les saluait. Le soleil avait déserté le ciel. Core descendit la vitre de quelques centimètres et sentit le froid entrer en lui jusqu'au ventre.

— Voulez-vous bien répondre à ma question, s'il vous plaît ? Pourquoi Slone vous a-t-il laissé partir ce soir-là ?

— Il veut un témoin, dit Core.

— Un témoin de quoi ?

— De l'histoire qu'il est en train de raconter.

— L'histoire qu'il est en train de raconter, mettons. Et Medora, elle veut un témoin elle aussi ? Dans ce cas, c'est vous qu'ils ont choisi pour raconter leur histoire, monsieur Core. Vous pouvez m'expliquer ça ?

— Comment je pourrais expliquer ça ?

— Vernon Slone est un homme, tous les hommes peuvent s'expliquer.

— Quel genre d'homme fait ça ?

D'un mouvement de la tête, il désigna alors le village derrière la fenêtre, comme si Keelut en entier était l'abominable œuvre d'un seul homme.

— Le genre humain, dit Marium. Vous devriez vous pencher là-dessus, vous ne passeriez pas votre temps à être surpris.

Le genre humain, pensa Core, soudain perdu, ses certitudes vacillant dans ce lieu où les frontières habituelles entre humain et animal étaient bouleversées, ce lieu où les deux mots fusionnaient, indiscernables. Ils sirotaient leurs cafés en silence, le vent soulevait la neige ; de derrière la vitre, on aurait dit un brouillard. Pour la première fois de la journée, Core eut faim tout à coup. Marium alluma la radio, tourna le bouton, cherchant les stations. Il voulait écouter le bulletin météo sans doute, se dit Core, une information claire, compréhensible. Lassé de ne rien trouver, il éteignit la radio.

— Vous n'avez pas répondu à ma question, monsieur Core.

— Laquelle ?

— Qu'est-ce que vous faites encore là ?

— J'essaie de comprendre, tout comme vous, dit Core. Je vous dis tout ce que je sais. J'essaie de vous aider. Vous devriez interroger les gens de ce village, pas moi.

— Ces gens ne nous diront rien, dit Marium. Ils ont leurs propres lois. Du moins c'est ce qu'ils pensent. Ils prennent le monde entier pour leur ennemi.

— Vous venez d'ici vous aussi, non ?

— S'il y a une chose qui est sûre, c'est qu'ils pensent que non. Et ils ont probablement raison. Le fait d'être de la même région ne fait pas de vous un frère de sang de ce village. Et de toute façon, tant que je fais ce boulot, je suis leur ennemi.

— Slone a tué la vieille femme qui habitait là ? demanda Core.

— Je crois, oui. Ce n'était pas Cheeon, ça ne lui ressemblait pas. Et ces gens, là, ils sont allés chercher son corps, ils l'ont enlevé. Vous voyez ce que je veux dire. Ils ont leurs propres lois.

— Est-ce que vous avez retrouvé le corps du petit ?

— Non plus. Impossible de chercher où que ce soit, maintenant. Ce qu'on pourrait peut-être retrouver est recouvert par une nouvelle couche de neige toutes les huit heures.

— Et les parents de Slone ? Ou de Medora ? Quelqu'un leur a parlé ? Ils peuvent sûrement vous aider plus que moi.

— Le père de Slone est mort depuis un bon moment, dit Marium. Je ne sais pas bien de quoi. Et je ne sais absolument rien de sa mère, je ne l'ai jamais rencontrée. Il me semble que j'ai croisé la mère de Medora en ville, il y a des années. Les cheveux très blonds, presque blancs, la peau diaphane. Une drôle de femme, sa mère. Son père a disparu pendant une partie de pêche.

C'est ce qu'on raconte. Il a pris la mer et il n'est jamais revenu. Mais je n'ai aucune certitude.

— Il faut que vous en appreniez davantage sur eux.

— Bon sang, monsieur Core, c'est quasiment impossible d'apprendre quoi que ce soit sur ces gens. C'est fait exprès. C'est pour ça qu'ils vivent là. C'est pour ça qu'ils y restent. Tout ce que vous arrivez à apprendre, vous le tenez toujours de quelqu'un qui le tient de quelqu'un d'autre, voire d'encore quelqu'un d'autre qui le lui a rapporté, et vous ne pouvez jamais être sûr du degré de véracité de ce qu'on vous dit. Ces gens ne viennent pas en ville si souvent que ça. Et quand ils viennent, ils restent dans leur coin.

— Quand même, il faudrait essayer de parler à leurs parents.

— On a essayé. Les fédéraux ont essayé. J'ai essayé il y a tout juste une demi-heure. Et je viens d'envoyer l'un de mes hommes pour essayer encore. Personne ici ne lâche rien. Ces maisons que vous voyez – il les désigna de sa cigarette –, elles ne figurent dans aucun annuaire. Ces gens ne laissent pas de traces écrites de leur existence comme vous et moi.

— Il y a forcément des registres quelque part, dit Core.

— Vous n'avez toujours pas compris où vous étiez, n'est-ce pas ?

Tout à coup, Core fut frappé d'une chose : son incapacité à appréhender ce lieu et ces gens – leur refus de se laisser approcher – était une des raisons qui l'avaient poussé à rester. Il jeta son mégot par la fenêtre, alluma une autre cigarette puis dirigea les deux ventilateurs du tableau de bord devant lui vers son corps. Il réprima un frisson et s'inclina avec son gobelet à la main.

— Vous voyez, je ne peux compter que sur moi-même ici, monsieur Core. Je suis allé dans leur cabane, une fois de plus, cherchant ce qui avait pu m'échapper les deux premières fois.

— Regardez dans les collines, dit Core.

— Il y a des avions qui quadrillent le terrain d'ici à la frontière et ils n'ont absolument rien vu. J'ai même pris mon propre avion hier avant la tombée de la nuit, et il n'y a rien à voir, rien que du foutu blanc. Est, ouest, nord, sud – rien que du blanc.

— Vous volez ?

— Quand vous vivez ici, vous avez intérêt à voler ou à connaître quelqu'un qui sait voler, sinon vous vous retrouvez coincé le jour où vous voulez aller quelque part. Partout ailleurs, il y a toujours des routes, pas ici.

— Ils ne sont pas partis vers l'ouest, dit Core.

— Et comment vous savez ça ?

— À l'ouest, il y a la ville, et ensuite la mer, n'est-ce pas ?

— Si on continue à l'ouest, oui, on tombe sur la mer. Et alors ?

— Alors, si vous observez les loups suffisamment longtemps, vous comprendrez ce que le mot territoire signifie pour eux. Les Slone parcourent ces collines depuis qu'ils sont en âge de marcher. Ils ne s'enfuiront pas vers un endroit qu'ils ne connaissent pas.

— Poursuivez.

— J'ai vu ce qu'il y a au-delà de ces collines, dit Core. Je sais que vous aussi. J'ai vu cette toundra. C'est son domaine. Elle pourrait s'y cacher toute une vie durant que vous ne la trouveriez jamais.

— Slone, si. À moins qu'il soit persuadé qu'elle ne s'enfuirait jamais à l'endroit le plus évident qui soit. Et c'est précisément ce que j'ai besoin de savoir, monsieur Core, j'ai besoin de savoir si je suis en train de perdre mon temps, si ces gens ont filé depuis longtemps à l'autre bout du Canada, ou s'ils sont en train de bronzer sur une plage je ne sais où.

— Non, ils sont toujours là.

Il y avait une carte topographique de la région sur le siège entre eux. Core la déplia et tenta d'en étudier les innombrables lignes et courbes, mais la surface de l'étendue ne laissait aucune chance à son appréhension.

— Si les gens de ce village croisaient Medora dans le coin, cachée, comme vous dites, ils ne la livreraient pas, dit Marium. Même telle qu'elle est devenue, elle est toujours des leurs. Les liens du sang ici sont indéfectibles.

— Et qu'est-elle devenue ? demanda Core.

— C'est moi qui devrais vous poser la question.

Core détourna les yeux et reprit la tablette de chocolat dans la poche de son manteau.

— Qu'est devenue cette femme, monsieur Core ?

Nous sommes les plus contre-nature de toutes les créatures, pensa-t-il.

— Un enfant appartient à sa mère, dit-il. Pas à son père, ni à personne d'autre. Toujours, il appartient à sa mère, d'une manière que nous ne comprendrons jamais vraiment. C'est pareil partout dans la nature, où qu'on regarde. Elle essayait de réparer quelque chose. Quelque chose était brisé et elle pensait le réparer en faisant ce qu'elle a fait. Ou bien elle voulait le sauver de quelque chose. Du moins, elle essayait. Je ne sais pas.

— Qui détruit quelque chose pour le réparer ? Qui fait une chose pareille, dites-le-moi.

— Les médecins, dans certains cas, dit Core. La chimiothérapie, ce n'est pas autre chose.

— De quoi on parle là ? De médecins ou d'hommes ?

— Ce que Medora a fait, c'est la même chose que la chimiothérapie. Elle a tué le petit pour le sauver.

— Le sauver de quoi ?

— Ça, je ne sais pas, lui dit Core. Vous imaginez bien que si je le savais, je vous le dirais. J'essaie de savoir.

Il alluma une autre cigarette, examina le briquet de Marium, un Zippo en simili peau de serpent.

— Le sauver de Slone, peut-être. L'empêcher de devenir comme son père. Je ne sais pas.

— Eh bien, je suis d'accord avec vous sur un point, monsieur Core. Ce qui s'est passé ici est une sorte de cancer. Et croyez-moi, quand tout ça sera fini, je partirai en vacances, j'emmènerai ma femme aux Caraïbes ou ailleurs, n'importe où tant que l'eau y est turquoise et le sable chaud.

— Les Caraïbes ?

— Bon Dieu, oui, les Caraïbes. Mais, enfin, pour le moment, on est dans cette neige, monsieur Core. Alors j'ai besoin que vous rejouiez pour moi toute votre conversation avec Medora Slone. Commencez du début et racontez-moi tout ce qu'elle vous a dit.

Une jeune fille passa devant eux, progressant péniblement, les jambes enfoncées dans la neige jusqu'au-dessus des genoux, avec un .22 long rifle en bandoulière par-dessus son manteau en peau de caribou, ses yeux et ses cheveux disparaissant sous une capuche à col fourré, tandis qu'un husky sans laisse dégageait le passage trois pas devant elle en semant des nuages de poussière neigeuse dans son sillage. À sa démarche, Core devina que c'était une fille. Quel effet cela pouvait-il bien faire d'être né ici, de n'être composé que de molécules forgées sur ces rythmes, ces saisons ? Medora Slone lui avait dit que

Keelut était hors du monde, depuis, il butait sur ces mots.

Aucun endroit ne se fond dans le reste du monde – chaque lieu s'appartient, ne connaît que lui-même. Les Caraïbes ? Un enfant de là-bas est aussi typique, aussi particulier que cette enfant devant lui enjambant la neige. Medora Slone, se souvenait-il à présent, lui avait parlé de ces photos dans les magazines d'eau turquoise et d'îles de sable, de ces endroits dont elle ignorait tout, qui lui semblaient irréels – leur existence étant pour elle un mystère. Elle lui avait raconté cela juste là, sur la route devant eux, entre les deux rangées de cabanes, tandis qu'elle lui montrait l'endroit où les loups avaient pénétré dans le village. Elle lui avait dit que la seule chaleur et la seule eau qu'elle connaissait étaient la source chaude cachée dans les failles de la roche, après la vallée. Son endroit à elle, avait-elle ajouté. Et de nouveau, lui revint en mémoire l'image de cette femme plongée dans sa baignoire, frottant sa peau à la brosse, tentant de se laver en vain. En même temps, son propre corps, lavé et rasé sous ses vêtements, se rappela à lui.

— Elle m'a parlé de quelque chose, dit Core à Marium. La nuit où je suis arrivé ici. Elle a parlé d'une source chaude. Et je crois que j'ai aperçu l'endroit dont elle parlait ce matin-là, quand je suis parti à la recherche des loups. J'ai vu une source là-bas.

— Pourquoi une source chaude ? Je ne vous suis pas.

— Si elle est là, dehors, dit Core, elle va avoir besoin d'eau. Elle va avoir besoin de se réchauffer. Peut-être qu'elle ne prend pas le risque de faire du feu, de se faire repérer du ciel, je ne sais pas.

— OK, bon, mais il y a des tas de sources cachées dans le coin, monsieur Core. Elle est où celle que vous avez vue ?

— À environ trois heures de marche au nord-est.

— Quoi d'autre ?

— Elle a dit que c'était son endroit à elle, dit Core. C'est tout, il n'y a rien d'autre.

— Son endroit à elle. Une source chaude.

Il étala la carte topographique sur le siège entre eux.

— Montrez-moi, dit-il. On est ici, indiqua-t-il en traçant une croix sur Keelut.

— Ce devrait être à peu près là, dit Core en pointant le doigt sur la carte. Mais je n'arrive pas à m'y retrouver sur cette carte. Elle date de quand ?

— Ce n'est pas grave, dit Marium en la remballant. Si vous ne vous y retrouvez pas sur cette carte, vous pourrez toujours me montrer au lever du soleil.

— Pardon ?

— Vous allez me montrer où se trouve cette source, monsieur Core. On va voler jusque là-bas au lever du soleil. On ne peut plus décoller dans l'immédiat. Dans deux heures il fera nuit, et on est à une heure de route de la ville.

— C'est juste quelque chose dont elle a parlé. Je ne dis pas qu'elle est là-bas. Comment je le saurais ?

— Si j'avais de meilleures pistes que la vôtre, je les suivrais, croyez-moi. Mais je n'en ai pas. Alors vous allez me montrer.

— Vous ne devriez pas emmener des hommes avec vous ? demanda Core. D'autres flics, je veux dire ? Je ne pourrai pas vous aider une fois qu'on y sera.

— On met combien d'hommes dans un biplace à votre avis ? On va y aller tous les deux, vous allez me montrer cette source et si on trouve quoi que ce soit, on y retournera avec du renfort. Vous pouvez dormir chez nous ce soir.

— J'ai une chambre au motel, dit Core.

— Venez chez nous, j'insiste, dit-il en souriant. On a une chambre d'ami. Et vous allez adorer ma femme. Elle vous préparera un bon dîner.

— Dites plutôt que vous préférez m'avoir à l'œil.

— Vous êtes libre de partir, monsieur Core, vous vous en doutez bien sûr. Mais vous n'êtes pas encore parti, et vous êtes ici, à discuter avec moi. Vous êtes juste un témoin, ou ce que vous voulez, mais vous allez me montrer cette source.

À travers le pare-brise et les bourrasques de neige, ils regardèrent cette jeune fille et son husky se faire avaler par les cônes géants des sapins enneigés. Marium prit une autre lampée de whisky et passa la bouteille à Core.

*

* *

Le soleil refusait encore sa lumière au jour, il était six heures du matin dans le garage à double baie quand Shan Martin composa le numéro du bureau de Marium – il était enregistré dans le répertoire –, et demanda à ce qu'on le lui passe.

— Dites à Marium de m'appeler, dites-lui que j'ai des informations concernant Vernon Slone. Je sais dans quelle direction le chercher et je crois que cette récompense me revient. Dites à Marium de m'appeler.

Il passa le bras par-dessus l'établi et reposa le combiné sur un socle noirci par des années de graisse et d'huile de moteur. À la radio, le bulletin météo signalait de nouvelles tempêtes, de la neige arrivant du nord. Il aplatit un mégot de cigarette dans un pot et déplaça un carburateur de camion sur le côté. Sur un carré d'aluminium, il écrasa un comprimé d'antidouleur au marteau, puis avec un petit couteau il racla la poudre laissée sur le marteau et dessina une ligne du bout de la lame. À l'aide d'un billet d'un dollar roulé en tube, il en aspira une moitié dans une narine, la seconde moitié dans l'autre narine.

Lorsque Shan se retourna, il le vit, sur le seuil, derrière un masque de loup, tenant le fusil le long de sa jambe comme une canne, le doigt sur la détente. À la vue de Slone dans son garage, il trouva soudain l'atmosphère étouffante.

— Bon sang, Vernon ? Qu'est-ce que t'es en train de faire ? Qu'est-ce que c'est que ce truc sur ton visage, mec ? Je croyais que t'étais parti.

Cette voix bizarre n'était pas la sienne, c'était une sorte de chevrotement heurté.

Slone s'avança vers lui doucement. Shan recula de quelques centimètres contre l'établi.

— C'est Halloween ou quoi, mec ? C'est quoi ce truc, putain ?

Les bottes de Slone se déplaçaient sur le béton sans un bruit.

— Je croyais que t'étais parti. T'es revenu pour que je te donne d'autres comprimés, c'est ça ? La blessure doit te faire un mal de chien. Je peux t'en avoir plus.

Rien que le bruit de son souffle derrière le masque.

— T'es sûr que ça va, mec ? J'étais en train de parler avec Darcy, je viens de raccrocher, elle me demande plus de fric, les femmes, c'est toujours comme ça que ça se termine avec elles.

Slone continuait à avancer, Shan ne quittait pas l'arme des yeux.

— Putain, tu fais quoi là, Vernon ?

Slone leva le fusil et glissa la première balle dans le chargeur – un son métallique, définitif, qui résonna dans le cube froid du garage.

Coincé entre l'établi et le mur en parpaing, le visage réduit à un fatras d'angoisse, Shan se mit à lancer des clés à molette et des tournevis, qui rebondirent sur le rembourrage du manteau de Slone et tombèrent au sol dans un fracas de métal. Il se ratatina encore dans le coin, le visage froissé, écrasé dans un sanglot muet. Quand il l'eut rejoint, Slone appuya le canon du fusil de toutes ses forces sous le sternum de Shan. Sous le museau du masque, son souffle était rauque et humide, ces yeux si familiers creusés au-dessus d'un nez de loup.

Shan supplia, pleurnicha, en appela à leur passé commun. S'excusa – le divorce lui avait fait oublier l'essentiel, il lui devait tellement. Demanda pardon de l'avoir trahi, pria en pleurant. Derrière eux, la radio continuait son monologue, le bulletin météo prédisait un hiver impitoyable.

La rafale lui déchira la poitrine, remonta dans sa gorge et ressortit sous son visage en une torche vermillon, l'envoya dos au mur en parpaing derrière lui, puis Shan Martin s'effondra raide mort aux pieds de Slone. Dents et lambeaux de chair sortaient de la béance qui avait remplacé sa bouche. Slone souleva une des portes coulissantes du garage, recula sa voiture jusqu'à l'autoneige toute neuve attachée sur une remorque, puis plaça la remorque devant sa voiture et les réunit... Derrière lui, à la radio, le présentateur météo tentait d'expliquer ce qu'était l'air arctique, ronronnant paisiblement en attendant la suite.

XI

Huit heures du matin : un chasse-neige raclait l'asphalte quand il buta contre le trottoir, la maison trembla. Core fut réveillé par la lumière de ses phares et le vacarme qu'il produisait – il ouvrit les yeux sur la chambre d'amis de la maison de Marium, la chambre qui serait celle de l'enfant de Marium dans huit mois. Pour le moment, il n'y avait rien d'autre dans cette pièce qu'un lit une place et une planche à repasser, ainsi qu'un fer à repasser débranché posé au sol, sur un tapis vert. Pas de placard, pas même une chaise. Les murs nus, d'un blanc cassé. Avant de s'endormir, il avait retrouvé ce sentiment déjà éprouvé dans un lit étranger, une distance, cette intrusion volontaire entre des draps chargés d'une odeur de lessive inconnue. Pelotonné dans le noir, il s'efforçait d'identifier les bruits de la maison et de n'en faire lui-même aucun.

La veille, dans une cuisine à l'électroménager bien plus vieux qu'elle, la femme de Marium, Susan, leur avait préparé un dîner à base de lotte et de riz. Pendant toute la soirée, à table, elle avait jeté à Core des regards appuyés chargés d'une suspicion à peine dissimulée. Il avait tenté de dissiper le malaise en lançant la conversation sur le sujet des enfants.

— C'est comment d'avoir une fille ? demanda Susan.

— C'est bien, mais je ne suis pas le mieux placé pour vous renseigner. Je n'ai pas été le père que j'aurais voulu.

— D'après ce que je sais, c'est le cas de beaucoup de gens, dit-elle.

— J'étais souvent loin d'elle, plus que je ne l'aurais souhaité. *Et je suis toujours loin d'elle aujourd'hui*, pensa-t-il.

— Vous étiez loin à cause du travail, j'imagine, dit Marium. Pour gagner de l'argent, pour elle.

— Il y a des manières de gagner de l'argent qui n'impliquent pas d'être séparé de sa famille. J'étais un peu plus jeune que vous. Vous avez quel âge ? Quarante-trois ? Vous voulez un garçon, je me trompe ?

— Bien sûr. Il regarda Susan : Mais une fille, c'est bien aussi. Et j'ai quarante-huit ans. Un vieux grincheux comme moi, avec un premier enfant à quarante-huit ans.

— Un vieux grincheux ? dit Core. On échange si vous voulez.

Dans l'obscurité du lendemain matin, Marium frappa deux fois à la porte de la chambre d'amis. Core, déjà habillé, était en train de fourrager dans son balluchon pour retrouver sa brosse à dents.

— Le jour se lève à dix heures quatorze aujourd'hui, dit Marium. Il faut qu'on aille chercher l'avion. Vous avez raison, Slone est toujours là. Il y a eu un appel hier soir provenant d'un campement de mineurs un peu plus au nord. Slone était là-bas hier encore, et il y a un homme mort pour en témoigner. Et un autre appel ce matin même, d'un vieux copain de Slone. Il faut qu'on aille chercher l'avion.

— Vous ne devriez pas plutôt aller interroger ces gens ? Je peux vous attendre ici.

— Il n'y a aucune route dégagée pour rejoindre ce campement de mineurs à cette saison, mais j'ai envoyé un de mes hommes interroger le copain de Slone. Nous, on va trouver cette source chaude derrière Keelut, monsieur Core.

Tandis que la voiture traversait la ville, Core contempla les néons phosphorescents des magasins, leurs vitrines épaissies par le givre, des silhouettes ondulant en arrière-plan tels des poissons sous un lac gelé. Des sacs de sable et de sel empilés sur une palette devant une quincaillerie. Un carillon à vent, oublié devant l'épicerie, flottait dans l'air comme une volière gelée. Des passants erraient sur les trottoirs sablés, des sacs de provisions jetés sur leurs épaules. Les aiguilles de l'horloge de l'église s'étaient figées, l'heure qu'elles indiquaient était fausse. Il faisait moins vingt. Marium courut jusqu'à une cafétéria et en ressortit avec des sandwichs aux œufs et du café.

— Une fois que le soleil sera levé, on n'aura pas plus de deux heures, dit-il. À cette saison, on risquerait d'être pris dans le blizzard et de perdre toute visibilité. On se prendrait une montagne ou le sol sans même avoir compris comment. Vous savez quel jour on est ?

— Vendredi, répondit Core.

— C'est le solstice d'hiver, la nuit la plus longue de l'année.

— En ce qui me concerne, les nuits sont toutes plutôt longues ici.

— Ce soir, on sera dans le noir pour dix-huit heures et trente-trois minutes.

— Qu'est-ce que ça veut dire ?

— Ça veut dire qu'il faut qu'on rentre avant que la nuit ne commence à tomber. Le copain de Slone a laissé un message au poste à six heures ce matin, et si ce qu'il dit est vrai, et que Slone venait de partir, ça veut dire qu'il a quatre heures d'avance sur nous.

— Vous croyez que cet homme a réellement vu Slone ? J'ai du mal à imaginer que Slone se laisse apercevoir par qui que ce soit.

— Shan Martin est un voleur, et je n'ai jamais rencontré un voleur qui ne soit pas aussi un menteur, alors non je ne suis pas sûr. Mais si Slone est sorti de sa planque, c'est qu'il avait besoin d'aide. De nourriture, de munitions, ou peut-être qu'il est blessé. La femme, au campement de mineurs, nous a dit qu'elle avait troué sa bagnole de balles avant qu'il ne parte.

— Eh bien appelez-le, ce Shan Martin, dit Core.

— J'ai essayé, il ne décroche pas. J'ai envoyé un de mes gars là-bas.

Le soleil parut alors, rose orangé, glacé, au-dessus de la ligne d'horizon.

— Que dit la météo ? demanda Core.

— Pour le moment, ciel dégagé. Mais ici on ne se fie pas à la météo. Le ciel du Denali[1] n'obéit pas à la météo.

— Vous voulez dire, du mont McKinley ?

— Le Denali, je vous en prie, monsieur Core. Vous autres sous le quarante-huitième, vous devriez arrêter de l'appeler le McKinley. C'est le Denali qui décide ici. J'ai vu deux mètres de neige tomber d'un ciel qui deux heures auparavant était un ciel de dessin d'enfant, bleu pur avec un soleil souriant. Il y a plus d'avions perdus dans cet État que de chatons perdus en ville.

Quand ils approchèrent du lac, l'horizon se tachetait d'ombres brunes et bleues, une lumière d'ambre faiblissait en traversant les arbres, sur la piste de décollage. L'avion à skis se détachait dans le paysage, son moteur, son gouvernail et ses ailes étaient enveloppés sous des couvertures isolantes ; dans cette étendue blanche, l'engin

1. Le Denali est un parc national situé dans le centre de l'Alaska. Rebaptisé mont McKinley, du nom d'un candidat à la présidence américaine, son nom autochtone, qui signifie « le haut », reste Denali.

couleur de lave semblait une tache incongrue. Core aida Marium à défaire les couvertures, puis ils ôtèrent la neige collée aux flancs de l'avion à l'aide de balais. Le froid était si piquant qu'il se demanda comment cette carlingue pourrait se mettre à bouger sans que le métal se fissure.

Core sortit la combinaison en caribou de son balluchon et commença à s'équiper à la porte de l'avion.

— Sacrée tenue, dit Marium qui n'avait pas terminé de balayer la neige de l'aile. Où est-ce que vous avez trouvé un truc pareil ?

— C'est à Vernon Slone, répliqua Core. Les bottes aussi.

Marium cessa de balayer. Il fixa Core qui boutonnait la combinaison. Il affichait une expression entre horreur et angoisse, mais il ne prononça pas un mot.

Le moteur crachota un peu avant de démarrer, avant que l'hélice ne consente à s'animer en toussotant. Core s'était préparé à l'odeur de cuir et de métal de n'importe quel véhicule, mais tout ce qu'il sentait, c'était le froid, une odeur qui n'en était pas une. Un froid qui l'obligeait à respirer par le nez. Lorsqu'il essaya de respirer par la bouche, sa gorge se serra en une quinte de toux.

— Comment un moteur peut-il démarrer par ce froid ?

— Il n'est pas censé faire aussi froid à cette époque de l'année. Et je me demande d'où vient toute cette neige. Pour qu'il y ait de la neige, il faut de l'humidité et il n'y a aucune humidité dans l'air. Quelque chose ne va pas avec le temps, je ne sais pas ce qui se passe. Mais ce qui est sûr, c'est qu'il ne fait pas si froid que ça, monsieur Core, attendez le mois de février et vous verrez. Là, il fera vraiment froid.

— Tant que cet avion arrive à rester en l'air.

— Cet avion peut descendre jusqu'à moins quarante sans lâcher. Les gars qui travaillent dans l'Arctique, eux, ils sont obligés de laisser leurs moteurs tourner jour et nuit, ils ne les éteignent jamais, sans quoi ils risqueraient de ne plus jamais les voir redémarrer. Mais pour nous, ici, moins vingt, c'est de la rigolade.

— De la rigolade.

— Moins trente, il faut faire un petit peu plus attention. Moins quarante, on fait en sorte d'être toujours à moins de cinq minutes d'une source de chaleur. Moins cinquante, on ne sort même pas de chez nous. Chez les gens qui vivent aux abords de la ville, dans les cabanes qui ne sont pas raccordées au réseau, il y en a parfois qui sortent par moins cinquante, pour aller jusqu'au lit d'une rivière glacée chercher de l'eau. Pensant n'en avoir que pour une vingtaine de minutes, ils ne s'habillent pas correctement, et ils ne reviennent jamais. Pris dans la glace, comme des statues.

Ils attendirent que le moteur chauffe. Le soleil se découpait en couronne derrière les arbres lointains, et tout autour du lac, les bois exhalaient leur souffle dans la neige. À travers une trouée dans les arbres, Core aperçut une grande maison aux fenêtres bien trop nombreuses pour le froid qu'il faisait ; sa cheminée fumait. C'était une forme de folie de vivre ici, sur ces terres où le climat vous pénétrait les chairs, ne vous laissait jamais de répit.

Il se souvenait d'avoir lu des récits d'hommes saisis par le gel dans l'Arctique : d'abord venait la fatigue, puis les idées troubles, la mémoire embrouillée, et enfin, juste avant de mourir, on ne sentait plus le froid, une vague de chaleur affluait dans le sang, et tout s'éteignait. Tant qu'on sent le froid, on ne risque pas de mourir. Core ne se souvenait pas avoir jamais eu aussi froid.

La dernière fois qu'il avait mis les pieds dans un avion aussi petit, il avait vingt ans, l'avion à bord duquel il se trouvait l'emmenait à l'extrême nord du Minnesota. Le paysage d'hiver était très semblable, chaulé de neige et de glace, les rayons du soleil comme des éclats de verre. Il faisait ce même temps – doué de son propre langage, de sa propre grammaire, énergisante et douloureuse à la fois, mais il était jeune à l'époque, il avait apprécié.

Un avion flotte sur l'air de la même manière qu'un bateau flotte sur l'eau. Un ami du lycée qui était devenu pilote dans la Marine lui avait expliqué ce phénomène, mais il n'en comprenait pas le sens, les règles physiques qui le régissaient. Plusieurs tonnes de métal flottant dans les airs lui avaient toujours semblé une chose surnaturelle.

Le cockpit se réchauffa rapidement. Dans le casque, la voix de Marium semblait moins sévère. L'imminence de l'envol lui conférait une légèreté dont elle manquait partout ailleurs. Quand il se mit à accélérer sur la piste de décollage, des nuages de neige se formèrent sous les skis de l'avion – les gerbes blanches décrivaient des cercles brumeux aux abords du lac –, lorsqu'ils quittèrent le sol, il ne ressentit pas la poussée qu'il avait anticipée, mais une fluidité totale. Les skis glissaient si légèrement sur la neige du lac qu'il lui fallut un certain temps pour comprendre qu'ils avaient décollé, jusqu'à ce qu'il se retourne et voie derrière lui les sapins et les bouleaux se dérober, et le lac chuter sous leurs pieds.

À l'est du lac, il vit le soleil colorer de rose tout le blanc qu'ils survolaient. Le Denali surgissait sur leur gauche, tout droit sorti d'un autre monde. Aux abords de la ville, quelques maisons éparpillées et des champs spacieux, dont la terre s'érodait sous les traces des autoneiges, aussitôt recouvertes par de nouvelles chutes de neige. Au-delà de ces champs, des nuages gris ardoise montaient dans le ciel en champignons, renfermant des orages dans leurs renflements. Quelques minutes plus tard, une blancheur dévastatrice, des congères volantes, déferlant telles des vagues de neige à cette altitude, ondulaient le long de l'avion qui émergea de la houle au-dessus des collines. La beauté de ces terres étouffait sous la neige. C'était un miracle, se disait Core, que ce pays ait même été découvert un jour, que cette terre ait un jour permis aux hommes de la fouler.

Après vingt minutes de vol, Marium montra Keelut du doigt à Core.

— Dites-moi ce qu'on cherche maintenant.

— Nord-est, lui dit Core. Cette vallée, là bas, après le village, derrière ces collines. Pour repérer la source, il faut chercher le seul endroit sur la falaise qui n'est pas entièrement recouvert de neige. Dirigez-vous vers la partie de la falaise qui tombe à pic dans la plaine.

— Vous voyez ces traces d'autoneige, là en dessous de nous ? Ces traces dans la plaine, là où la forêt s'arrête ? Ce sont des traces fraîches.

— Ça peut être n'importe qui, dit Core.

— En tout cas, c'est quelqu'un, ça c'est sûr.

Bientôt, ils gagnèrent une carrière ovale de collines, cernée de pics inégaux surplombant une cuvette ; au cœur d'une forteresse de roches, on distinguait une faille. Rasant sommets et arêtes en corniche, ils scrutaient la neige en quête de traces laissées dans la pente. Core pointa du doigt la vapeur qui s'échappait en un filet de fumée d'une crevasse à découvert, tout en haut d'un rocher escarpé. De la roche dorée jaillit de la neige.

— C'est ici, là, dit Core. Vous voyez ? Je ne vois ni traces de pneus ni traces de pas. C'est impossible de descendre là-bas sans laisser de traces derrière soi.

— Il a neigé hier soir. Pas beaucoup, mais assez pour couvrir les traces qu'on aurait pu laisser ici.

— Je ne vois rien du tout, dit Core.

— Regardons cela de plus près. Je peux me poser là-bas, au milieu de ces collines, on a encore un peu de temps devant nous avant de se faire piéger par les nuages.

— Vous allez atterrir ici ?

— Je sais atterrir en douceur, monsieur Core, ne vous inquiétez pas.

Ils perdirent de l'altitude tout en souplesse, formant un cercle large, avant de revenir vers les falaises.

Marium enfila le fusil Remington par-dessus sa veste et passa les jumelles à Core. Appuyés sur la carlingue, ils fumaient et mangeaient du chocolat. Ils observèrent les rochers un par un, en silence, cette falaise d'une autre ère. Le souffle du vent grinçait, les rafales de neige fouettaient leurs visages et la pierre alternativement. Le jour faiblissait, décharné, presque mort déjà, et, à l'est, ils n'arrivaient plus à distinguer la terre du ciel.

Marium donna deux galettes de charbon chaudes à Core.

— Glissez ces deux-là dans vos bottes de lapin, dit-il. Et gardez-en deux autres pour vos mains. Les doigts et les orteils sont en première ligne ici. Il doit faire pas loin de vingt degrés de moins par rapport à la dernière fois que vous êtes venu. Si c'est pas plus. Vous reconnaissez les lieux ?

— Je suis arrivé par là, par ce creux dans les collines, là-bas. Mais je me trouvais de l'autre côté de ces rochers. Je peux essayer de nous y conduire.

Butant dans la couche de neige fraîchement tombée sur le talus, traversant les glissements de terrain et autres éboulis, ils avancèrent, guettant une ouverture dans la paroi. Quand le vent montait de la plaine et les frappait à toute volée, il leur fallait se pencher pour respirer sur le côté. Sur les parois rocheuses, Core effleurait des stalagtites et autres tumeurs de glace, translucides façon gomme-laque ou bien opaque comme de l'os, l'une d'entre elles semblait une chute d'eau restée figée en pleine cascade. Durant quinze minutes, ils peinèrent le long de la courbe qui longeait la falaise. Core s'arrêta lorsqu'il tomba sur des traces de loups incrustées dans la couche superficielle de neige. Ces traces disparaissaient à l'angle de la falaise.

— Elles datent de quand ? demanda Marium.

— Une heure ou deux, je dirais. Ils sont quatre. De taille adulte. Quarante-cinq kilos chacun, à la louche.

— Quatre ? Où est passé le reste de la meute ?

Marium défit le fusil et engagea la première balle dans le chargeur, des flocons et des glaçons pendaient dans sa barbe aux nuances brunes.

— Pas loin, je suppose. Leur tanière doit être dans le coin. On fait demi-tour ?

— On va continuer encore un peu, dit Marium.

— On n'a pas intérêt à croiser ces loups.

— On continue encore un peu. Si on voit d'autres signes de quoi que ce soit, on fait demi-tour.

La marche était de plus en plus dure, il fallait contourner l'éboulis, et résister aux rafales de vent qui tournaient à la tempête, des bourrasques chargées de neige déferlant à toute allure depuis la plaine. Marium pointa du doigt une cavité dans un aiguillon au sommet, ils s'y réfugièrent. Assis sur des rochers, ils soufflèrent un peu, à l'abri du vent. Ils fumèrent, regardant les murs de neige qui se dessinaient dans leurs expirations.

— On va pouvoir décoller là-dedans ? demanda Core.

— Pas là-dedans, non, mais ça va passer bientôt. Ce n'est pas un voile blanc. On reconnaît un voile blanc quand on en voit un, faites-moi confiance, si vous en voyiez un, vous n'arriveriez même pas à y croire.

Il s'interrompit puis poursuivit :

— Quand j'étais enfant, ma mère m'a raconté l'histoire d'une femme esquimau partie pour un périple d'une demi-journée entre deux villages. À mi-chemin, elle avait été surprise par le blizzard. Un voile blanc, lourd, aveuglant. Elle transportait une peau d'ours qu'elle devait apporter dans l'autre village, alors elle creusa un trou dans la neige, d'un mètre, un mètre cinquante de profondeur, se recroquevilla dans la peau d'ours et s'endormit. Le blizzard souffla pendant deux longues journées sans faiblir, et quand il cessa, elle se réveilla, creusa dans l'autre sens pour sortir de son trou et reprit sa route.

— Comment est-ce possible ?

— Elle avait réussi à rester sèche. Si vous vous mouillez là dehors, vous êtes mort. Vous avez déjà lu *L'Envol de l'aigle*[1] de Louis L'Amour ?

— Non, mais mon père l'a adoré. C'est un des derniers souvenirs que j'ai de lui. Ce livre, en édition de poche – je me souviens d'un pavé, avec une couverture bleue.

— Oui, dessus il y a une photo de Joe Mack courant dans la neige. Ne le prenez pas pour votre père, mais ce bouquin, c'est que des conneries. Il y a une scène où Joe Mack traverse une rivière gelée à la nage en Sibérie, il sort de l'eau et continue son chemin comme si de rien n'était, comme s'il était à Honolulu ou je ne sais où. Si vous vous retrouvez mouillé comme ça, par ce genre de température, et que vous n'avez pas un feu devant lequel vous sécher dans les cinq ou six minutes, vous êtes mort. Cette femme esquimau, elle a survécu parce qu'elle est restée sèche.

1. *Last of the Breed*, traduit de l'anglais par Fabienne Duvigneau, J'ai Lu, 1990.

— Et parce que les femmes sont plus fortes que les hommes, ajouta Core. Vous verrez. D'ici huit mois, vous verrez.

— Il faut qu'on bouge pour ne pas se refroidir. Ces galettes de charbon dans vos bottes, ça fait du bien ?

— Ça fait du bien.

Le vent se calma et ils poursuivirent leur marche quelques minutes à flanc de falaise, jusqu'à une faille de la largeur d'un homme, qui débouchait sur un chemin. Là, de nouveau, ils furent à l'abri du vent, n'entendant que leurs propres souffles. La crevasse était en bas, au centre de la carrière, cernée par les sommets. En se penchant au-dessus de la cuvette, ils virent la source qui exhalait sa vapeur sur la roche.

— Comment vous avez fait pour repérer cet endroit si bien caché ? demanda Marium.

— J'étais tout là-haut sur l'arête, de là où on voit toute la vallée. C'est facile à escalader de ce côté-là. J'aurais dû nous faire grimper par là, je suis désolé.

Ils longèrent le mur de pierre et Core se figea pour observer la ligne de crête.

— Ça bouge là-haut.

— Comment ça, ça bouge ?

— Je ne suis pas sûr, dit Core. Peut-être des loups.

— Qu'est-ce que des loups iraient faire sur la ligne de crête ?

— Chercher un meilleur point de vue.

— Un meilleur point de vue sur quoi ?

— Sur nous, répliqua Core.

— Ils seraient montés sur la ligne de crête pour mieux nous voir. Vous vous moquez de moi ?

Il passa les jumelles à Marium.

— Il n'existe pas un seul chasseur qui soit plus malin qu'un loup. Nulle part. Vous voyez bouger ?

— Non, je ne vois rien, dit-il en rendant les jumelles à Core.

— On n'a qu'à s'asseoir ici en attendant qu'ils s'en aillent.

— On ne peut pas rester assis longtemps. Il faut qu'on avance.

Assis sur des rochers, ils scrutèrent la vapeur qui montait de la source jusque dans la cuvette et la ligne de crête qui la surplombait. Core essaya d'allumer une autre cigarette mais le briquet refusa de fonctionner.

— Il fait trop froid pour ce briquet, dit Marium. L'essence est complètement gelée. Prenez ça, dit-il en cherchant un paquet d'allumettes dans sa poche. On ne peut pas rester assis trop longtemps.

Core leva les jumelles et jeta un dernier coup d'œil à la ligne de crête. C'est alors qu'une silhouette apparut, grossissant lentement à l'horizon derrière la crête, à plus de trente-cinq mètres d'eux, de l'autre côté de la cuvette. Un loup, à n'en pas douter, pensa-t-il, puis il appela

Marium. Les deux hommes se levèrent. Core dirigea les jumelles vers la ligne de crête, et vit la silhouette se dresser de toute sa hauteur, debout sur ses deux jambes découpées devant le ciel gris métallique.

D'instinct, Core saisit le bras de Marium, puis se reconcentra sur l'image dans les jumelles. Ce qu'il vit n'avait pas de sens : un homme à tête de loup – des oreilles en pointe et une figure noire allongée, surmontée d'une crinière blonde. Le temps que Core fasse la mise au point, l'homme avait déployé son arc, la flèche droite, la main sûre.

Le fusil lui tomba des mains et atterrit dans la neige à ses pieds. Lorsqu'il se retourna, Marium était plaqué contre le mur de pierre, la flèche fichée dans le cou, la pointe ressortant derrière la nuque. Il tenait le manche de la flèche entre ses mains, comme s'il pouvait encore l'empêcher de lui faire du mal. Un gargouillis essoufflé s'échappait de sa gorge, ses dents, rouges, dégouttaient de sang. Core plongea sur Marium, lui attrapa les jambes et le porta à l'abri d'un talus de cailloux juste au moment où une autre flèche fendait l'air à toute vitesse et ricochait sur la pierre en faisant des étincelles.

Le sang afflua en bouillons épais et presque noirs autour de la flèche. Une tache écarlate sur le blanc de la neige. Core s'arracha un gant avec les dents et s'en servit pour extraire la flèche du cou de Marium, mais il était déjà immobile, déjà silencieux, la poitrine et la gorge éteintes, les paupières closes et le devant de sa veste maculé de sang. Pour l'empêcher de refroidir, Core s'allongea sur lui, et respira de toute sa poitrine contre lui. Comment le râle du vent parvenait-il à s'infiltrer dans cette carrière de roche ? Il tendit l'oreille. Le râle venait de lui.

XII

Core ramassa le fusil dans la neige tachée de sang aux pieds de Donald Marium. De derrière le talus, il visa dans le vide l'endroit où Slone se tenait sur la ligne de crête avec son arc – il savait que c'était Slone –, mais il n'était plus là. Il se rallongea, à ras de terre derrière le talus, à moitié asphyxié, les yeux tournés vers Marium gelant à toute vitesse, les joues et les lèvres couleur de cendre, un filet de sang ruisselant de la bouche, des perles rouges figées dans la barbe.

Noël était dans quatre jours, et c'était là le cadeau qu'il offrirait à Susan, l'épouse enceinte qui avait passé tout le dîner de la veille à dévisager cet homme sous son toit, avec méfiance. Il était l'intrus, il le savait. Le messager venu d'un autre monde, l'homme qui lui avait pris son mari. Quel était ce lieu, cette terre ensemencée d'angoisse, ces hectares étouffés de neige et comptables de rien ?

Il battit en retraite, le fusil sur son dos, retraversa la roche par la fissure, à l'abri, et ressortit dans des tourbillons de neige et de vent. Le vent le poussait, le malmenait, le heurtait, les flocons lui lapidaient le visage comme des pierres.

Sous sa capuche, il déroula sa cagoule, dissimula son visage et masqua ses yeux. C'est à ce moment-là qu'il entendit le chœur des loups derrière les rochers, leur plainte hurlante portée par les vents violents. Il courut le long du talus jusqu'à la plate-forme où était garé l'avion rouge cerise derrière les rideaux mouvants de neige. Le blizzard était revenu très vite, et il avançait à grand-peine, plié en deux pour éviter que les bourrasques ne lui coupent la respiration. À tout moment, il se retournait vers la ligne de crête, s'attendant d'une seconde à l'autre à découvrir Slone là-haut, l'arc bandé dans sa direction.

Le vent faisait claquer la portière de l'avion. En s'approchant, il vit le carénage du moteur gauche béant, à l'intérieur, les courroies et les fils électriques avaient été coupés, les bougies volées. Il monta dans le cockpit, tira sur la portière de toutes ses forces et tenta de reprendre sa respiration. Le tableau de bord et la radio avaient été lacérés de coups de couteau. Le vent poussait l'avion, hurlant le long des hublots et des ailes. Il avait froid à en gémir. La morve avait gelé dans ses narines. Son œil gauche refusait de s'ouvrir, les paupières scellées par la glace. Il se frotta les yeux frénétiquement, terrorisé à l'idée d'être aveugle, puis il gratta une allumette dans sa main et approcha la flamme assez près pour que son visage aspire la chaleur.

Le grand poème de l'hiver, c'est l'esprit. Il se souvenait de ces mots, mais était incapable de se rappeler de qui ils étaient, ce n'était que maintenant qu'il en saisissait le sens – ce paysage à l'image de l'esprit, ces moments que l'esprit seul connaît. Réminiscences du passé, prédisant l'avenir. Sous la surface, craignait-il, les plaques tectoniques de son esprit n'étaient-elles pas en train de glisser, de créer des failles irréversibles, un séisme qu'il ne pourrait plus arrêter. Les montagnes de l'esprit, ces vertiges de l'être. À un certain stade, ce lieu entravait toute imagination. Comme le soleil, il refusait qu'on s'impose à lui.

Regardant par la fenêtre du cockpit, il essaya d'imaginer la toundra au-delà de ces rochers, étendue si aride à présent que même les loups cherchaient à s'en échapper. L'homme primitif avait dû considérer cette terre de dangers avec horreur. Par quelle croyance spirituelle auraient-ils pu être sauvés ? Ils mouraient sans âme. Dans la terre, sous ce voile de neige et de glace, il pouvait sentir la présence des bourgeons éclos, gorgés de vie, balayés jusqu'ici, loin du vide de l'espace. À quelle profondeur la lave bouillonnait-elle sous la croûte terrestre, comme du sang sous ses pieds ? *Et pourtant nous ne sommes pas nés pour survivre. Nous sommes nés pour vivre.* C'étaient là les pensées d'un homme au seuil de la mort, il le savait.

Sur sa veste et ses gants, le sang de Marium était disséminé comme des tessons de verre, des gouttes maculaient son pantalon et les lacets de ses chaussures. Il imagina qu'on le retrouvait en plein été, momifié dans cet avion, mort depuis deux saisons, son cadavre rabougri en guise d'avertissement pour tous ceux qui oseraient s'aventurer sur ce territoire. Il songea au coup de téléphone que recevrait sa fille, la nouvelle annoncée par quelque représentant officiel peu concerné, mais lorsqu'il se représenta son visage, il lui apparut à l'âge de trois ans, sous les traits de la petite fille que le temps lui avait enlevée.

Dans la soute, derrière le siège arrière, il trouva un balluchon en toile, à l'intérieur un kit de premiers secours, une carte aérienne, un couteau de chasse, des balles pour le Remington, un livre de poche corné, *Se préparer à être père*, et, dans une poche latérale fermée par un bouton, une flasque pleine de whisky. Il prononça le nom de Marium à voix haute, s'assit sur le sol de l'avion, entre les sièges, et but. La neige s'accumulait sur les fenêtres. Le whisky le réchauffait de l'intérieur, s'insinuait en lui jusqu'au bout des orteils. Il sortit le chocolat de sa combinaison et alluma sa dernière cigarette, la fumée remplissait l'espace exigu de l'avion et colorait de bleu l'atmosphère glacée autour de lui.

Solstice d'hiver, se rappela-t-il, les mots de Marium ce matin même, dix-huit heures de nuit. Il pouvait rester là, c'était possible. Il pouvait se laisser dériver vers le sommeil en buvant et rester là. Il pouvait s'allonger avec cette bouteille et attendre – attendre que le froid diffuse en lui sa chaleur traîtresse avant de le plonger dans la nuit infinie.

*
* *

Il fallait qu'il bouge. Ses mollets commençaient à raidir, ses hanches aussi, il pouvait presque les entendre craquer sous son poids. Une dernière gorgée de la bouteille de whisky et il fourra dans sa poche le couteau de chasse, quelques balles pour le fusil et sortit de l'avion. De nouveau, il lutta contre le vent pour avancer, arpenta le talus sillonné d'ornières, contourna la falaise où la neige s'érigeait en véritables murs, comme des andains verticaux recouvrant la face de la roche. Il se débattit entre ces murs de pierre et de neige, et retrouva l'endroit où Marium et lui s'étaient réfugiés. De nouvelles empreintes. Celles de Slone. Au sommet du rocher, les empreintes se dédoublaient et Core se retourna vivement, fusil pointé, terrifié à l'idée de trouver Slone juste derrière lui.

Et tandis qu'il s'efforçait d'atteindre l'abîme creusé à l'est de la roche, il n'arrêtait pas de se retourner, s'attendant à tout moment à voir Slone sur sa trace à flanc de falaise, le visage brouillé derrière un écran de neige. Le sentier qui menait à l'abîme était obstrué par des fragments de givre et bloqué par des fragments de rocaille, mais il était plongé dans le silence et l'immobilité, protégé des vents violents. Il s'arrêta là, au tout début du chemin, et se retourna, cherchant Slone.

En haut de ce chemin, sous les rochers, il s'agenouilla derrière une corniche ourlée de neige fraîche, le fusil armé, prêt à tirer. À l'intérieur de cette grande carrière ovale, à l'abri du vent, la neige flottait dans l'air comme dans une Nativité. Sur sa droite, à cinquante mètres sous ses pieds, les bottes marron de Marium dépassaient de derrière le talus.

Le fusil à l'épaule, il fit un pas de côté, escaladant rochers et plaques de schiste, avançant à tâtons à l'écart du chemin. Il parvint au fond de la carrière, sous un bloc de pierre, et aperçut l'embouchure de la source dans le viseur de son fusil, juste avant que la vapeur ne l'aveugle. Il attendit, essoufflé. Lorsqu'il repartit, il resta collé à la face interne de la falaise tandis qu'il contournait en rampant les rochers déroulés comme une langue pendante de la bouche de la source.

Il gravit la pente jusqu'à un plateau de schiste à l'entrée de la source et s'accroupit là, le fusil bien en main, tenant à sa portée toute cible susceptible de sortir du noir pour apparaître dans son champ de vision. Sous ses bottes, la croûte durcie des bouses de lynx et des mouflons de Dall. Sur sa droite, tout de suite à l'entrée, un feu de camp aux braises noircies, à côté, des os tout fins de lagopède et de lièvre d'Amérique. La chaleur de la source lui humidifiait les poumons, il releva sa cagoule et se baissa pour entrer à pas hésitants.

Au bout de quelques minutes, ses yeux s'habituèrent à la faible lumière et il vit, en bas d'une déclivité rocheuse, le nuage de vapeur qui s'élevait du plan d'eau et, quelques mètres plus bas, les crevasses qui disparaissaient dans le ventre de la terre. Il s'accroupit et scruta les alentours dans son viseur, guetta le moindre son dans la caverne, s'approcha encore, se laissa embrasser par cette accolade de chaleur.

À une dizaine de mètres de lui, dans un coin en partie plongé dans le noir, au-dessus du plan de schiste incliné, juste à la pointe du cône de lumière, il vit ses pieds, chaussés de nouvelles bottes en peau d'élan. À côté d'elle, posés contre la paroi, des piles de couvertures, des boîtes de conserve, un fusil et une lanterne. Il trottina vers le coin, le fusil levé à hauteur de ses pieds, cherchant à deviner le reste de son corps dans l'ombre. L'impatience coulait dans ses veines comme un poison. Elle fit pivoter ses épaules et sa tête hors de la pénombre, et alors il vit son visage. Elle était assise sur un sac de couchage, appuyée contre le mur de pierre, les joues creusées par la faim, les yeux lourds de fatigue ou d'indifférence.

Core prononça son nom. Sa voix dans cette grotte résonna avec un écho qu'il ne lui avait jamais entendu. Il tenait sa poitrine en joue, cherchait des yeux une arme qu'elle aurait pu porter, mais ses mains étaient croisées sur son ventre. Il lui demanda si elle était blessée, mais elle se contenta de basculer sa tête en arrière contre la pierre et de l'observer avec un air d'ennui profond. À présent en nage, il retira ses gants, ôta sa combinaison en caribou et posa le fusil dessus. Il se dirigea vers la lampe à pétrole dont il alluma la mèche, la lueur de la flamme redonna de l'éclat à ce visage fatigué. La beauté juvénile, les cheveux blonds, presque blancs, comme dans son souvenir. De nouveau il lui demanda si elle était blessée et s'approcha d'elle avec la lampe, se dressa devant elle, son ombre allongée sur les murs de pierre arrondis telle une silhouette d'encre décharnée et voûtée.

— Medora, dit-il. Medora Slone.

Elle ne voulait pas ou ne pouvait pas parler, elle semblait se trouver au-delà des mots, dans des limbes entre deux mondes où le langage n'avait plus ni cours ni pouvoir – des gestes, oui, mouvement ou immobilité, mais plus de mots, jamais.

— Il faut qu'on s'en aille. Il arrive. Il est juste derrière moi. Il vient vous chercher.

Elle demeurait immobile, Core répéta :

— Il arrive.

Puis, à la lueur de la lampe, son visage se mit à changer, ses traits se tordirent, et il émana de son cou et de sa poitrine un gémissement, comme un croassement sourd et terrifié. Core se retourna et la vit, là, à l'entrée de la grotte, la silhouette de Vernon Slone qui se découpait dans le contre-jour, dressée sous son masque de loup devant les nuages de poussière neigeuse gris clair.

La flèche lui transperça la peau juste en dessous du col, sans bruit, sans à-coups, ni choc avec le corps ni impact avec les os. Les ailettes orange de la flèche dépassaient de sa chemise, environ cinquante millimètres de la tige ressortaient dans son dos. Le son qu'il percevait à présent était son propre halètement tandis qu'il se retenait au rocher, glissant sur le côté de plusieurs centimètres. Étendu de travers sur les plaques de schiste, il sentait sa bouche déborder de salive et la salive dégouliner sur ses lèvres craquelées. Et puis la nausée, une peur qui n'était autre que la conscience douloureuse de la mort.

C'était pour cela qu'il était venu. Pour cela qu'il était resté.

Pendant que le sang et la sueur lui sortaient de la peau et coulaient sur la pierre, il surveillait les allées et venues de Slone qui rôdait dans la grotte avec son arc. Core jeta un œil au fusil, posé sur la combinaison en caribou, hors de sa portée, puis il s'écouta étouffer dans ses miasmes et, derrière lui, perçut les gémissements, étouffés eux aussi, de Medora Slone. La douleur était en train de céder la place à un engourdissement qui irradiait dans son cou et son torse, descendait dans son bras gauche et ses doigts gluants de sang. Il comprit que la mort était proche.

Slone fit quelques pas vers Medora. Il laissa tomber l'arc et resta là, debout, à la regarder dans le coin éclairé de la grotte. Elle sanglotait en silence. Core crut percevoir la respiration de Slone derrière le masque mais ce grésillement qu'il entendait était le bouillonnement de son sang dans sa propre gorge.

Arrivé devant Medora, Slone se figea, inclina la tête vers elle, d'un côté, puis de l'autre, comme s'il avait du mal à la reconnaître après treize mois de séparation – après tout ce qu'elle avait fait. Elle pleura, tendit les bras vers lui pour mettre fin à ce chaos. Il se pencha alors, serra les deux mains autour de son cou, la hissa en l'air et lui cogna la tête contre la pierre.

La voix de Core, les cris qu'il aurait voulu pousser contre Slone, rien ne sortait – cloués dans son gosier, sous des flots de sang. Elle essaya elle aussi de crier, étranglée sous la poigne de Slone, battit des jambes, et finalement tendit la main pour lui ôter le masque du visage. Le masque tomba sur la pierre, elle l'attrapa alors par les cheveux, ses mains s'agrippant à lui, attirant son visage à elle. Enfin, lorsqu'ils furent face à face, lorsque leurs peaux se touchèrent, il desserra l'étau autour de son cou, relâcha son emprise, et l'embrassa. Leurs bouches ne se descellaient plus, ils respiraient l'un dans l'autre, dans un râle, un grognement animal, mêlé de douleur, deux bêtes accrochées à leurs crinières, affamées l'une de l'autre par la séparation.

Ils déchirèrent leurs vêtements avec cette même voracité, et Core les vit s'éloigner vers un coin sombre, nus. Il entrevit ses seins lourds et une de ses cuisses, avant que l'ombre ne les avale complètement. Entendit un hurlement passionné, quasiment inhumain. Il parvint presque à convoquer la splendeur de sa jeunesse, les traits de sa femme et de sa fille, devenues figurines de cristal dans sa mémoire. Étendu sur la pierre, à moitié évanoui, il pouvait sentir son corps s'éroder, décliner, se liquéfier, incapable de se rappeler la prière aux morts qu'il aurait voulu prononcer.

Un corps nu finit par émerger des ombres et de la vapeur, les gouttes d'eau prises dans sa barbe blonde rayonnaient à la lueur de la lampe, ses cheveux au carré emmêlés et trempés. Il réveilla Core, l'extirpa brutalement des nappes d'air dans lesquelles il tombait. *Tu ne me chercherais pas si tu ne m'avais pas trouvé.* Il posa un genou au sol et attrapa la hampe de la flèche dans le haut du dos de Core, puis il la tira dans l'autre sens, d'un coup sec, rapide, mais qui n'empêcha pas la douleur de flamber, explosant dans le cou de Core, dans ses dents, dans ses pommettes, par vagues successives.

Slone essuya le sang de la flèche sur la manche de chemise de Core, puis il s'accroupit à côté de lui et l'observa. Core était incapable de déchiffrer l'expression de Slone, incapable d'élucider les mystères que celait son visage. Derrière lui, Medora sortit de l'ombre à pas lents, sa peau mate pommelée de rougeurs, la semence ruisselant encore entre ses cuisses. Il tremblait de froid, il avait perdu trop de sang, la chaleur de la source ne suffisait plus à le réchauffer à présent. Medora lui enveloppa le torse et les jambes dans la combinaison en caribou, enroula la capuche autour de sa gorge, avant de s'agenouiller à côté de Slone, en tenant la main de Core. Elle semblait mesurer la grandeur de la confusion et de l'amour en lui. Il sourit presque.

Maintenant qu'il les voyait côte à côte, Core remarqua cette même fossette au menton, cette bosse sur l'arête nasale, le blanc écru de leurs yeux. Il se doutait bien que sa vision les mélangeait, que la lumière dans son esprit s'éteignait.

Il regarda Slone.

— Les bottes, réussit-il à dire malgré la soif qui lui desséchait la gorge et la bouche au point qu'il entendit à peine ses propres mots.

Slone se pencha sur lui, plissa les yeux en signe d'incompréhension.

— Les bottes, répéta-t-il en désignant ses pieds d'un hochement de tête. Elles sont à vous.

Slone tourna les yeux vers les bottes que Medora avait prêtées à Core pour sa chasse aux loups, puis il reporta son regard sur Core, avec un sourire en coin, une expression qui signifiait qu'il pouvait les garder. Il se leva, s'éloigna, et lorsque Medora relâcha la main de Core, il se sentit à nouveau tomber dans un puits sans fond.

Ils s'habillèrent et remballèrent leurs provisions, les fusils et l'arc, les couvertures et la lanterne. Core les observait entre deux longs clignements d'yeux. Avant de l'abandonner dans l'obscurité et la vapeur de la grotte, Slone s'approcha de lui une dernière fois, s'accroupit pour lui glisser une cigarette allumée entre les lèvres. De sa main gauche engourdie et gluante de sang, Core lutta pour extirper le chocolat qui se trouvait dans la poche avant de sa salopette puis arracha l'aluminium qui recouvrait la tablette avec ses dents.

La fumée se mélangeait au goût du chocolat et du sang dans sa bouche, il écoutait leurs pas qui quittaient la source, descendaient, hors de portée, jusqu'à ce qu'il se retrouve seul dans le silence et le noir. Là où la lumière grise et pâle du jour venait effleurer la pierre au-dessus de lui, il voyait sa fumée se mêler à la vapeur, élaborant des formes dont le sens lui échappait. Des formes telles qu'il aurait voulu les avoir peintes lui-même. Il se souvint alors qu'il avait été peintre. Il les aurait inventées, les aurait peintes d'inspiration, touché par une grâce dont il était privé à présent.

Il ne mourrait donc pas de ses excès de whisky et tabac, quel dommage de ne pas s'être autorisé à en profiter davantage ces trente-cinq dernières années. Tellement de gens se résumaient à des gouffres de plaisir. Préoccupés seulement de leur propre jouissance, ils mûrissaient ou pourrissaient coupés des autres, oublieux du bourdonnement ambiant. À présent il était un vieil homme aux cheveux blancs qui avait tout misé sur un avenir qui l'avait oublié. Les visages de sa mère et de son père lui apparurent ensuite, leurs traits nets et précis – leurs visages de jeunes parents. Ne les ayant pas vécues, il était incapable de se remémorer leurs morts. La plupart d'entre nous ont la mort qu'ils méritent. Pas Bailey Slone.

L'instant d'après, il rampait sur des bras qu'il ne sentait pourtant plus, laissant derrière lui des empreintes de mains brunes sur la roche striée. Il se traîna jusqu'à l'entrée de la grotte, le corps à moitié sorti dans la neige et la lumière blafarde. En appui sur ses coudes et son ventre, il porta le regard en contrebas, dans la cuvette. Les Slone étaient en train de traverser la crevasse. C'est alors qu'il s'effondra et roula sur lui-même, sur l'épaule et le flanc d'abord, puis sur le dos, les bras en croix.

Il sentait les flocons s'échouer sur son front et sa bouche, le froid s'insinuer dans ses vêtements. Le ciel de crème au-dessus de lui, uniforme, sans strates ni nuages – de la gaze, sans début ni fin, son regard figé, les flocons comme les plumes d'un duvet de paradis.

À droite, des silhouettes se découpaient sur la ligne de crête, les loups, qui l'observaient avec un calme anormal, six loups, qui patientaient.

Il était admiratif de leur patience, cette sagesse qu'ils avaient d'attendre. Avant de sombrer dans des abîmes de noirceur souveraine, il se sentit, l'espace d'un instant, honoré de leur procurer cette nourriture. Honoré de s'affranchir des limites de sa chair, de la leur livrer pour les régénérer. Et juste avant de fermer les yeux, il vit le petit, debout derrière les loups. Bailey Slone, tel que Core l'avait découvert dans la cave, la trace de l'étreinte autour de son cou, la peau blanche des morts, les yeux promettant encore plus de peur à venir.

*

*   *

Les quatre hommes qui le réveillèrent portaient des masques sur leurs visages enfoncés sous les capuches de parkas en fourrure de loup. Ils ne parlaient pas. Des anges sans ailes, terrifiants. Derrière leurs têtes, le ciel épais s'était empourpré d'ecchymoses violettes. De leurs mitaines, ils balayèrent la couche de neige qui avait recouvert le haut de son corps. L'un des hommes le maintint droit jusqu'à la taille tandis que les deux autres lui enfilaient la combinaison en caribou. S'il n'y avait pas eu la brûlure du froid qui lui mordait tout le corps et la douleur encore vive de la flèche dans sa blessure, il aurait cru que c'était cela la mort.

Ils l'enveloppèrent dans une couverture – une housse à cadavre, pensa-t-il –, le soulevèrent en le portant par les épaules et les pieds et le déposèrent sur une peau de bête. Ils le transportèrent ainsi le long de la source, vers le bas de la cuvette. Sans se presser – une procession funéraire. Tandis qu'ils parvenaient au mur de pierre, Core aperçut en dessous de lui l'endroit où reposait le corps de Marium, remplacé désormais par un chaos de vêtements déchiquetés, d'os, d'entrailles roses, d'empreintes de pattes trempées dans le sang. Core reconnaissait là les vestiges du festin des loups, et savait aussi qu'ils l'avaient épargné, malgré ses vœux.

Deux attelages de chiens de traîneaux attendaient dans la neige, serrés les uns contre les autres pour dormir ou se tenir chaud. Quand les hommes débouchèrent de la faille entre les rochers, les chiens aux aguets se levèrent. La neige tombait dru. À l'est, la pleine lune fendait les nuages de sa lumière jaune. Les hommes l'allongèrent sur les lattes d'une couche à l'arrière d'un traîneau. Il sentit qu'on l'enveloppait dans une peau, il y avait un husky juste au-dessus de lui – l'odeur franche et froide de sa fourrure, sa truffe mouillée reniflant sa bouche et son menton.

À l'aide de peaux supplémentaires, ils l'arnachèrent aux montants avec le husky, l'installèrent tête à la proue, le visage fourré dans le cou du chien, les trente-six kilos de chaleur animale se propageant lentement à son corps. Sous lui, il reconnut le contact rugueux des pattes des animaux dérapant sur la croûte de neige, puis la course lisse sur les couches de neige plus récentes où les traîneaux glissaient en rejoignant la lune.

Chaque fois qu'il cédait à un vague sommeil, il s'attendait à sombrer dans les abysses, à ne plus se réveiller, à ne plus se relever. Et chaque fois, il recouvrait la vie, conscient du traîneau en mouvement, de l'odeur du chien au-dessus de lui, des aboiements à l'avant. Chaque fois qu'il se réveillait, il se redécouvrait vivant. Une brèche dans la roche – une heure ou deux plus tard, il n'était pas sûr, le temps était devenu un sablier renversé, se vidant et se reremplissant, sa mémoire sautant d'une décennie à l'autre. Les traîneaux arrivèrent au village de Keelut.

Les hommes le transportèrent jusqu'à une cabane, puis se retirèrent, le laissant en face d'un feu au milieu d'une assemblée de femmes aux bras nus, qui le sortirent de sa couverture et le dénudèrent jusqu'à la taille. La blessure de la flèche ne saignait plus, la peau avait séché autour des deux trous, une croûte noire et épaisse devant et derrière. Une des femmes apporta une bassine d'eau chaude et des chiffons. Elles le déshabillèrent complètement et le lavèrent là, sur le sol, devant le feu, sur une bâche bleue. Elles l'aidèrent à lever la tête pour boire dans une bouteille en plastique, et quand les blessures furent propres, elles les enduisirent d'un onguent âcre, glacé d'abord, puis piquant.

Il vit une femme blonde s'emparer de la combinaison en caribou. Elle la scruta longuement, la renifla, cherchant une odeur, c'était incompréhensible pour Core.

Avec des éponges pour laver les voitures, elles lui rincèrent l'entre-jambes et les jambes, les caillots de sang séché qui avaient coulé sur sa peau. Allongé là, il sentait l'eau et l'air sur ses parties génitales racornies, mais il n'éprouvait aucune honte. Elles le séchèrent délicatement puis elles lui enfilèrent de vieux vêtements douillets qui sentaient l'antimite. La tendresse de ces mains de femmes sur son torse et ses membres faillit le faire pleurer.

À quand remontait la dernière fois qu'il avait été ainsi caressé par des mains aussi aimantes ? Il aurait voulu mourir, encore et encore, rien que pour jouir d'une telle affection, d'un tel salut. Combien de fois, avant d'être vaincu par l'apathie, était-il allé chez le coiffeur pour cette seule et unique raison ? Pas tant pour se faire couper les cheveux que pour éprouver la certitude de son existence sous ces mains qui lui touchaient le crâne et lui rendaient la vie. Aucun massage corporel n'était comparable aux doigts délicats d'un coiffeur.

Elles lui donnèrent encore à boire, puis elles approchèrent un pot en fonte chauffé dans le foyer, un bouillon âcre à la fois faisandé et sucré. La femme blonde le nourrit avec une louche en bois, elle avait à peu près son âge, se dit-il – la mère de Medora ou bien celle de Vernon Slone, il en était sûr.

Il but le bouillon soutenu par d'autres mains dans son dos. Il ne pouvait s'empêcher de fixer des yeux cette femme qui le nourrissait. Il avait remarqué une chose qui le fascinait : dans son visage, les traits de Medora et de Vernon Slone se mélangeaient – les cheveux blonds et fins, le nez, le menton, les yeux jaune-brun, les oreilles ovales. Les visages des deux Slone étaient là, dans celui de cette femme encore belle. Elle était leur mère à tous les deux. Il se rappelait les visages si semblables de sa fille et de son fils, agenouillés à ses côtés dans la vapeur de la grotte.

Avant qu'il ne s'abandonne et laisse le sommeil l'entraîner dans les vastes pâturages de la nuit, il comprit que cette femme, au-dessus de lui, cette femme suffisamment impliquée dans les soins qu'elle lui prodiguait pour le sauver, n'était pas seulement l'origine de ces deux visages, mais peut-être aussi, le point de départ des loups.

*

* *

À son réveil, le lendemain matin, dans un hôpital de la ville, sa fille était à son chevet, assise sur une chaise en bois, portant sur le nez des lunettes qu'il ne lui avait jamais vues et un pull rouge aux couleurs de Noël. Son sourire ne trahissait qu'un infime soulagement. Dans le brouillard médicamenteux du réveil, il la prit, l'espace d'un instant, pour sa femme, avec trente ans de moins. Il jeta un œil à la couverture, puis il sentit sa main dans celle de sa fille.

Elle voulait qu'il lui raconte tout ce qu'il avait vu. Elle voulait entendre la vérité. Mais il ne lui donnerait qu'une histoire – une histoire qui semblait s'être déroulée dans un rêve, à l'écart du monde réel – et cette histoire aurait les apparences de la vérité. Il se redressa dans son lit, se préparant à délivrer ce conte. Il lui fallut puiser profondément en lui pour trouver le début et la force d'y croire.

XIII

Ils passèrent les derniers mois de l'hiver à des kilomètres et des kilomètres de Keelut, dans la hutte de glace de leur père au fin fond de la taïga, une grotte de terre qu'il avait creusée quand, enfants, ils l'accompagnaient dans des parties de chasse de trois semaines. Ils avaient toujours connu ces avant-postes rudimentaires – de nombreux chasseurs du village s'en étaient construit de tels pour l'hiver, quand les caribous migraient à l'est. Dans la vallée, loin du village, leur mère leur avait laissé des sacs à dos de provisions, et une carte où la hutte de glace de leur père était entourée au stylo bleu.

Il leur avait fallu une journée entière pour la trouver, sur les chemins, en quatre-quatre, jusqu'à ce que la voiture s'étrangle sous la neige, et qu'ils doivent continuer à pied en emportant ce qu'ils pouvaient. Ils creusèrent pendant quarante minutes à travers les couches de neige jusqu'à ce qu'ils atteignent l'entrée, la porte en pin éraflée, de griffures de grizzly sans doute. Une fois à l'intérieur, ils se retrouvèrent au sec, avec un poêle en état de marche, du petit bois, et des tonneaux en acier remplis de denrées non périssables datant d'avant leur naissance. Il y avait dans l'air cette odeur franche de terre givrée jusqu'à ce que Slone parvienne à fermer la porte sur la neige qui s'engouffrait et qu'il allume le poêle.

Ils virent tout de suite que leur père avait rempli le côté exposé au vent de provisions pour deux saisons : de la pâte à pancakes en poudre, des haricots secs, de la farine, du riz, des nouilles, des raisins secs, du lait en poudre, du café, des pêches et des abricots secs. Dans un autre tonneau : trousse à pharmacie, bougies, allumettes, radio, piles, mouchoirs et lacets de bottes de neige, de l'essence à réchaud, des mèches pour les lampes. Le chocolat qu'elle dévorait enfant et n'avait pas revu depuis des années. Des cartouches de cigarettes. Pulls, chaussettes, caleçons longs, salopettes. Couvertures, munitions, livres. Un matelas suspendu au plafond bas avec du barbelé pour décourager les vagabonds. Avec un peu de sucre et de vanille, ils arriveraient même à se faire de la glace.

Peut-être, se dit-elle, que son père avait préparé tout cela en pensant à ce jour, le jour où ils auraient besoin de ce refuge – le jour où leur différence éclaterait aux yeux du monde et où ils seraient forcés de fuir, de décréter leur propre exil en punition de péchés qu'ils ne pouvaient empêcher. Elle n'avait pas revu le visage de son père depuis six ans, depuis cette nuit où il avait glissé le canon de son fusil dans sa bouche et appuyé sur la détente avec son gros orteil, mais elle s'en souvenait, elle se souvenait de son odeur de cigarette, de sa voix toujours aussi caverneuse, aussi rugueuse que son apparence. Cette hutte de glace était une preuve de son amour pour elle, elle le savait – une preuve de son amour pour eux, malgré leur différence.

Ils dormirent, mangèrent, lurent, ravis du spectacle l'un de l'autre ; leurs délices durèrent tout l'après-midi. Elle refit le bandage de sa blessure en haut du dos, appliqua un onguent là où la balle était entrée, tira les fils quand la cicatrice fut propre. Pendant des semaines et des semaines, ils ne firent presque rien d'autre que rester couchés l'un à côté de l'autre, nus sous les couvertures, tandis que la neige s'amassait autour d'eux. Elle éprouvait une fatigue inédite, abrutie par la chaleur du poêle trop intense pour leur petit abri. Il coupa du bois pour refaire leur réserve, chassa le lynx, le renard, le lapin, tout ce qu'il put trouver, mais la famine frappait toujours ce territoire et il ne put trouver grand-chose de plus. Il gardait les fusils de chasse prêts, juste à côté de l'entrée, un autre fusil à côté du poêle et le pistolet à la ceinture en permanence. Il lui expliqua ce qu'elle devait faire si elle entendait des hommes approcher de l'entrée pendant qu'il était dehors. En six points différents tout autour du périmètre, il tira du fil de détente entre les arbres ; de l'autre côté du fil, il avait planté dans le sol des bâtons tranchants capables d'empaler un homme.

Un après-midi, alors qu'ils profitaient des dernières lueurs pour chasser, ils tombèrent nez à nez avec un avion monomoteur à hélice pris dans les cimes des arbres et recouvert de neige – un parmi les innombrables avions portés disparus dans le pays. Plus légère que son frère et meilleure grimpeuse depuis toujours, elle se laissa pousser par lui à travers les branches et progressa prudemment jusqu'à l'avion. Derrière les éclats de verre, elle distinguait le pilote de brousse, assis sur son siège, ceinture attachée dans un banc de neige. Le casque était resté accroché à son crâne, le reste n'était plus qu'un maillage de squelette. Avec la force de l'impact, l'hélice s'était pulvérisée contre le moteur, le feu avait laissé des traînées noires sur la portière. La queue, fissurée, pendait dans le vide, l'une des ailes était brisée, pliée contre le fuselage. Elle balaya la neige de l'autre aile, vérifia qu'elle pouvait supporter son poids, et entra à l'intérieur par la fenêtre sans vitre. Derrière les sièges, il y avait des cageots en bois remplis de courrier. Le cachet sur les enveloppes indiquait 1968. Elle en jeta un paquet à Slone – il n'y avait rien dans l'avion qui pût leur être utile – et pendant deux semaines, cet hiver-là, elle lut ces lettres, messages oubliés de mondes qu'elle essayait d'imaginer, ébahie par la variété des écritures de tous ces gens passés à autre chose depuis si longtemps.

Elle lisait à voix haute pour Slone, une écriture à l'encre bleue affadie sur un papier couleur de pêche où persistait le fantôme d'une bouffée de parfum, quelques lignes de Marie pour Joseph qui commençaient ainsi : *S'il te plaît, je t'en conjure, ne va pas dans cette jungle là-bas. Il n'y a pas d'amour dans la guerre, et moi j'ai tout cet amour qui t'attend ici. Tu peux l'éviter, Joe. Enfuis-toi, viens me rejoindre, reste avec moi, jamais ils ne te retrouveront ici.*

*
* *

L'hiver faiblit, le dégel suivit et le printemps arriva enfin, tel un sauveur dont elle les avait crus oubliés. Un éternel recommencement : à la fin de chaque mois de mars, ils se demandaient toujours si le printemps ne les avait pas oubliés.

Slone creusa une hutte plus grande au sommet d'une arête boisée tout au bord de la taïga, hors de vue de l'ancienne piste des caribous et cachée du ciel par un pruche du Canada. Même en passant à trois mètres d'eux dans la forêt, leur présence était insoupçonnable. Elle l'observait, torse nu, à l'ouvrage dans les arbres, allant d'un puits de lumière à un autre, elle surveillait l'avancée de son trou, profond dans la terre, au-dessus de la nappe phréatique, prenant soin de ménager une bonne évacuation des eaux pour les maintenir au sec. Elle le regarda concevoir la structure avec du bois d'épicéa, taillant les poteaux et les poutres de soutènement, enfonçant des pieux dans la terre.

Il travaillait avec des outils laissés pour eux dans la vallée par les gens du village – scie, hache, marteau, maillet, pelle et pioche, des sachets de clous et de vis, des rouleaux de panneau isolant. Elle lui prêtait main-forte pour tailler les arbustes qui renforceraient les murs extérieurs, elle l'aidait à porter les poutres, à arracher et transporter les mottes d'herbes. Elle gratta et polit les branches de conifères pour le toit. Elle apprit à fixer les poutres les unes aux autres avec des clous. Il lui enseigna tout cela avec une patience qui l'étonna.

Pas de fenêtre, une entrée circulaire d'un mètre cinquante de diamètre. Ils déménagèrent ensemble le matelas et le poêle de la hutte de leur père, déménagèrent les provisions que leur père avait amassées pour eux. Ils marchèrent jusqu'à leurs deux voitures, dissimulées dans les collines à trois kilomètres l'une de l'autre, puis marchèrent encore pour revenir avec les balluchons de matériel qu'ils n'avaient pas pu emporter en plein hiver.

Parfois, quand ils voyaient le même avion voler deux jours de suite au-dessus de leurs têtes, ils attendaient la nuit pour sortir et se dirigeaient à la lumière des étoiles, au cas où l'avion serait à leur recherche. Dans la lueur violette qui précède le crépuscule, ils ramassaient leurs prises, relevaient leurs pièges et collets dans la forêt, leurs filets dans la rivière – ils profitaient de ce moment où on ne pouvait pas les repérer depuis les airs. Le monde se souciait-il encore de ce qu'ils avaient fait cet hiver-là ? Impossible d'en être sûr.

Lorsqu'ils se baignaient nus dans le lac ou la rivière à la lueur de la lune, ils étaient saisis par leur propre présence, saisis par l'eau encore glacée au milieu du printemps. Ils rassemblaient de la nourriture, arpentaient une forêt noire dont ils connaissaient le moindre recoin, les chemins qu'ils avaient eux-mêmes dégagés, les chouettes et les chauves-souris, leurs cris, reconnaissables eux aussi. Ils mangeaient de l'ombre, du brochet, des pousses de jacinthes des bois. De la martre, du renard, du cerf. Avec chaque nuit qui passait, leurs yeux s'habituaient encore davantage au noir. Il était capable de dépecer un cerf à la lueur de la lune ou d'un feu. De distinguer les empreintes d'un ours ou d'un élan. Quand il leur fallait cheminer à la lumière du jour, il avançait en piétinant les buissons, en poussant des huées, de façon à ne pas tomber nez à nez avec un grizzly ou un ours brun. Le fléau qui avait frappé ce territoire, quelle qu'ait été la malédiction à l'œuvre ici, disparut tandis que l'hiver battait en retraite. Le dégel était là, les animaux aussi.

Elle l'écoutait respirer, ronfler à ses côtés. Quand ses ronflements cessaient, elle retenait sa respiration elle aussi et tentait de percevoir le bruissement du lever du jour derrière les murs de terre. Ils dormaient toute la journée, au crépuscule il la réveillait. Après trois jours sans avion, ils ressortaient à la lumière du jour.

Ils retrouvèrent la tombe de Bailey quand la terre fut suffisamment meuble pour être sondée. Ils le tirèrent des glaces dégelées du cimetière de Keelut et le transportèrent dans sa boîte en contreplaqué vers les profondeurs de la taïga. Slone choisit l'endroit où ils avaient dormi, près d'un buisson de bruyère. Il lui demanda de monter la garde pendant qu'il creusait le trou, lui fit ouvrir le couvercle avec un pied-de-biche et regarder à l'intérieur – plus qu'un simple regard, une véritable acceptation de la réalité, et elle le fit, car elle savait qu'une fois qu'elle l'aurait regardé, il ne reparlerait plus jamais de ce qu'elle avait fait.

Tout ce qu'elle possédait, c'était certains souvenirs. Fillette de cinq ou six ans, l'été dans la forêt près du village, une forêt de pruches du Canada et de chênes immenses. Les rayons du soleil traversant la cime des arbres devant ses yeux, le pollen flottant dans la lumière comme une galaxie d'étoiles. Ou bien encore ces premières années à l'école du village, si loin dans le passé, et le visage magnifique de leur maître, un missionnaire américain. Les cheveux noirs, les yeux bleus – une combinaison surprenante, inédite pour elle. Il avait apporté assez de bibles pour chacun des douze enfants. Il leur faisait la lecture des versets, et les enfants restaient assis, fascinés, les yeux fixés, non sur leurs textes, mais sur lui, ses lèvres, leur mouvement, leur ravissement, comme si les mots eux-mêmes étaient pur plaisir.

Lorsqu'elle racontait ses souvenirs à Slone à présent, il lui répondait que la mémoire est une illusionniste, une grande imposture. Il avait oublié la moitié de ce dont elle se souvenait. Partout où elle était allée, ils étaient ensemble, main dans la main, alors si toutes ces choses étaient réellement arrivées, il s'en souviendrait lui aussi, si les particules de pollen, ce jour d'été, avaient flotté dans les rayons du soleil comme des étoiles, si le maître d'école leur avait donné des bibles, il le saurait. *Il veut mes souvenirs aussi*, songea-t-elle. *Il a déjà mon visage et mon corps, la moindre de mes cellules, mais il en veut plus, il veut me prendre mon ombre aussi.*

Enfants, chaque été, ils passaient plusieurs jours sur ce territoire, sans rien d'autre que leurs propres corps. Elle se souvenait de siestes, allongés sur des tapis de mousse au soleil, sur le lichen des rochers. Plus tard, quand la nuit tombait, ils s'enroulaient l'un autour de l'autre pour se tenir chaud. C'était la même chose aujourd'hui. Jour après jour, elle s'arrondissait, il en voulait un autre, il avait insisté. En elle, elle percevait déjà la succion, le sanglot, la pulsation annonçant les cris de faim, le désir de grandir. Et c'est à ce moment-là qu'elle se rappela qu'elle avait d'autres espoirs.

Après le dégel, ils retrouvèrent leur mère à l'endroit convenu dans la vallée. Elle lui gifla la barbe, prit son menton dans sa main, pressa ses lèvres. Elle lui dit, lui ordonna de rendre Medora heureuse et de la rendre heureuse, elle aussi. Elle lui dit qu'il avait les dents sales. Il se contenta d'acquiescer et de détourner le regard vers les collines tandis que Medora étouffait un rire.

Désormais ils marchaient à la lumière du jour comme de la lune, parcouraient d'immenses distances et glanaient en chemin airelles, quatre-temps, canneberge, sève de bouleau, racines de linaigrette. Elle ramassait des lauriers de Saint-Antoine pour leur couleur rose. Elle les voyait briller, vraiment briller, dans la première heure du jour, et souvent, elle partait, sans lui, les ramasser. La chaleur paisible du matin, ces moments de solitude – comment aurait-elle pu les laisser s'échapper ?

Une brise de fin de printemps s'engouffra dans l'entrée de leur hutte et la réveilla, saisie au vol, un couteau à la main, en équilibre au-dessus de lui, encore endormi. Le mois précédent, au lieu convenu, leur mère lui avait donné un magazine, elle y avait lu dans un article que les rêves étaient inutiles. N'avaient pas le moindre sens, ni par rapport au passé ni par rapport à l'avenir.

N'étaient que le rebut du cerveau jeté aux ordures pendant que le corps se repose. Pourquoi alors, d'où venait cette vision qu'elle avait eue d'elle-même avec le couteau en main, avant même d'en sentir la présence physique, avant même de se réveiller et de se découvrir sur le point de plonger la lame dans son cou ? Car, se dit-elle, nous prenons nos désirs pour des rêves. Elle reposa le couteau et se rendormit.

Le mot du traducteur

C'est par une lettre courte, brutale et sommaire que ce roman commence. Et l'on croit avoir à faire à un roman court, brutal et sommaire. On se trompe. Très vite, le texte se dérobe, échappe à cette apparente simplicité. Le traducteur doit alors restituer ce faux-semblant, cette émotion qui avance masquée. Ce masque, chez William Giraldi, c'est la poésie.

En entrant dans le texte, les premières impressions sont sensorielles, le froid de l'Alaska, la sécheresse du désert, la douleur d'une mère, la violence de la guerre, le goût d'acier de la vengeance, le goût de soufre du secret. Puis on entre dans la langue, et il y a comme une musique permanente, qu'on n'avait pas entendue tout d'abord, mais qui est partout une fois qu'on l'a perçue.

J'ai mis du temps à l'entendre. Puis à apprivoiser la langue, à trouver l'entrée de chaque scène. Car partout l'air est suspendu. En apparaissant, le traducteur fracasse le décor, il faut tout reconstruire, remettre chaque chose, chaque couleur, chaque odeur, chaque impression à sa place. Je ne sais pas si j'y suis parvenue, peut-être ai-je déplacé des objets, creusé davantage les sillons d'un visage, la pente d'une montagne… Mais j'ai retrouvé dans ma dernière relecture les impressions de la première lecture. C'était le but. On sait qu'on a fini quand, en relisant, on ne résiste plus à l'envie de se laisser emporter.

Mathilde Bach,
septembre 2014.

Remerciements

Avec ma gratitude pour :

Bob Weil, lumière dans l'obscurité.

Steve Almond, rabbin, frère et ami.

John Stazinski, inestimable, depuis le commencement.

Will Menaker, extraordinaire lecteur.

David Patterson, sage 007.

L'équipe motivée de W.W. Norton & Liveright, parangon de l'édition.

Katie, Ethan et Aiden, lueurs de pardon dans cette obscurité.

Biographie de l'auteur

William Giraldi est né en 1974 dans le Connecticut. Il est l'auteur d'un premier roman très remarqué outre-Atlantique, *Busy Monsters* (2011). Il enseigne à l'Université de Boston, collabore à la prestigieuse revue littéraire AGNI et rédige régulièrement des critiques pour *The New York Times Book Review* et *The New Republic*. La publication d'*Aucun homme ni dieu*, son deuxième roman, marque son entrée sur la scène littéraire française.

11333

Composition
NORD COMPO

Achevé d'imprimer en Espagne
par BLACKPRINT CPI IBERICA
le 6 décembre 2015

Dépôt légal : décembre 2015
EAN 9782290120484
OTP L21EPLN001893N001

ÉDITIONS J'AI LU
87, quai Panhard-et-Levassor, 75013 Paris

Diffusion France et étranger : Flammarion